铁 葫 芦

DIANA GABALDON

OUTLANDER

异乡人

5

遥远的重逢 上册

VOYAGER

［美］戴安娜·加瓦尔东 著

任海蓓 译

百花洲文艺出版社

献给我的儿女，

劳拉·朱丽叶，

赛缪尔·戈登，

以及詹妮弗·罗斯，

你们赋予了这部书心脏、血液和骨骼。

目录

Part 02

拉里堡

Part 04

湖区

Part 05

你无法重归
故里

Part 05

爱丁堡

引子

　　我小的时候，从不愿意踏进水坑。并不是害怕水中淹死的蠕虫，也不是害怕弄湿袜子——总体来说，我算是个脏孩子，能对各种污秽愉快地视而不见。

　　不愿踏进水坑，是因为我不肯相信那光洁无痕的一片只不过是坚实大地上薄薄的一层水膜。我宁愿相信那里通向某个深不可测的地方。有些时候，当我的靠近激起小小的涟漪，我会觉得那水坑深处是无底的海洋，盘踞着慵懒的触手，潜藏着闪烁的鳞甲，有恐怖的巨兽与长着尖牙的怪物无声无息地漂浮在深渊之中。

　　之后，低头望着水中的倒影，我会看见自己的圆脸与乱发背后那片毫无特征的蔚蓝，继而认为水坑会通向另一重天际，一旦涉足，便会瞬间跌入那无穷无尽的蓝色空间。

　　唯有当黄昏之后星星出现，我才敢踩进水坑，只需一个闪光的亮点，我就可以大胆地涉水而过——因为即便跌入水坑坠向深渊，只要抓住那颗星星，我就能平安无恙。

　　时至今日，每每路遇水坑，虽然我的脚步不停，但我的意识仍会几近止步，片刻之后再匆匆赶上自己的时候，剩下的就只有背后思绪的回音：

　　是否这一次，你将坠入深渊？

Part 01

战争，以及

男人的爱

CHAPTER 01

乌鸦的盛宴

多少个高地将领出征，

多少个勇士倒下。

死亡，它是如此昂贵，

皆为苏格兰的国王和律法。

——《你不会再回来了吗》

1746 年 4 月 16 日

他觉得自己死了。然而，他的鼻子在痛苦地颤动，这一点，他想，在此刻的境况之下很不正常。他坚信造物主是仁慈而善解人意的，但残留在胸的原始负罪感让他与所有凡人一样，对下地狱的概率很是畏惧。而关于地狱的一切耳闻让他觉得，区区的鼻子疼绝不可能是留给那些倒霉蛋的唯一折磨。

话说回来，他也有很多理由认为这里不是天堂。首先，他没有资格进天堂。其次，这里看着不像天堂。最后，他觉得有福之人既已进入天堂，相对于该下地狱的家伙们，更不该领受折断的鼻梁骨作为奖赏。

炼狱在他的想象之中一直是个灰色的地方，但此时笼罩在他周遭的隐隐红光看着倒很像那么回事。意识清晰一点儿了，他的推理能力开始恢复，虽说有点儿慢。该由谁过来向他宣读判决呢？他颇有些气愤地想，至少在他经受了足够的炼狱折磨、最终进入神之国门之前。至于来者是恶魔还是天使，他不太清楚。说到炼狱对其成员的要求，他实在一无所知，上学时牧师从没提过那些。

他一边等待，一边盘点起种种可能需要领受的其他折磨。他感到身上各处的割伤、划伤和挫伤开始隐隐作痛，并且很肯定这次又把右手的无名指给折断了——那根手指如此生硬地挺在那儿，加上被冻僵了的关节，实在很难保护好它。但这一切都没什么大不了的。还有什么？

克莱尔。她的名字像尖刀一样划过他的心脏，让他感受到一种肉体上从来没有被迫忍受过的、酷刑般的痛楚。

如果肉体还在，他可以肯定此时的折磨会加倍难耐。送她回到石阵的时候，他曾经预料到会是这样。经受精神上的痛苦按说是炼狱里的起码要求，而他也早做好了准备，以承受分离之苦作为对自己最大的惩罚——这惩罚应当足以为他曾经的所作所为赎罪，他想，为那些包括谋杀和背叛在内的所有罪行赎罪。

他不清楚炼狱中的人是否有资格祈祷，但他还是做了祷告："主啊，愿她平安，愿她和孩子平安。"她一定能平安到达石阵的，他想，怀孕仅两个月，她的脚步还是很轻快的，况且那倔强的意志力是他见过的所有女人之中绝无仅有的。可是，她究竟能否穿过那险恶的通道回到她原来的所在——无依无靠，任由巨石掌控，穿越此时与彼时之间神秘而危险的层峦叠嶂？他永远也无法知道。这么想着，他轻易地忘记了鼻子的抽搐。

继续清点身上的伤处时，他异常忧虑地发现，左腿"不见"了。知觉消失在胯部，关节处则纠缠着一种刺痛感。想必那条腿早晚会回来，不是他最终进入天堂那天，就是在末日审判之时。而且说到底，他姐夫伊恩失去了一条腿，但戴着木质的假肢也过得挺好。

可是，他的自尊心还是有点儿受挫。啊，这一项多半是为了治愈他自负的罪孽而授予的惩罚。一定是这样。他下定决心坚强地接受一切，一定要竭尽所能地谦逊。但他仍旧不由自主地伸出了摸索的手（或是他权且当作手在用的什么东西，如果身体已经不复存在的话），那手试探着往下，想知道那条下肢究竟断在何处。

那手碰到了什么，很硬。手指缠在一些湿湿的乱发中。他猛地坐起身，有点吃力地睁开了那双被风干的鲜血封锁住的眼皮。回忆像洪水一般涌回脑海，他发出了呻吟的声音。全都搞错了，这里的确是地狱。而不幸的是，詹姆斯·弗雷泽终究还是没有死。

横在他身上的是一具尸体。那死沉的重量粉碎性地压着他的左腿，怪不得他失去了知觉。那个脑袋，重得像个失效的炮弹，脸朝下压在他肚子上，潮湿的头发没有光泽，黑黑的一片散在他浸湿了的亚麻衬衣上。突然间的恐慌令他抽身向上，那个脑袋一滚，侧转过来靠在他的大腿上，一只藏在丝丝缕缕的头发背后、半睁着的无神的眼睛朝他看过来。

那是乔纳森·兰德尔。做工精良的红色上尉军服已湿透，呈近乎黑色。詹米笨拙地想把那尸体推开，却发觉自己异乎寻常地虚弱。他张开手掌，无力地推着兰德尔的肩膀，另一边的胳膊肘没撑住身子，垮了下来，重又平躺在地。下着冰雨的天空呈现出黯淡的灰色，在他头顶令人晕眩地婆娑着。随着他的每一次喘息，乔纳森·兰德尔的脑袋在他肚子上猥亵地上下起伏。

他把双手平摊在泥沼地上——冰冷的水浸湿了他的衬衣，从十指之间满溢上来——于是他把身子扭转到侧面。尸体瘫软的重量慢慢地滑开去，随之离去的是残存在他们之间的那一点温度，冰凉的雨水倾倒在他重新暴露的肉体之上，骤降的寒意如一记重击，令他剧烈地颤抖起来。

他在地上扭动，努力地拉扯着自己布满污泥又褶皱不堪的格纹呢披肩。四月的风悲鸣不已，风声之外，他听见远处有叫喊声，随之而来的是一阵呻吟和号哭，像是风中的幽灵。笼罩着这一切的则是一群乌鸦沙哑的啼鸣。听那声音，足有几十只乌鸦。

挺奇怪的，他暗自心想，这么大的风暴里不应该有鸟飞。他的手再次一扬，终于把格纹呢披肩从身下拉了出来，他哆嗦着把披肩盖在身上。他伸手把呢料覆上自己双腿的时候，看见格纹裙摆和左腿都浸透了鲜血。这个景象居然没怎么震慑到他，只是略微引起了他的注意——深红的血污与身边灰绿色的沼泽植物反差很强烈。激战的回声从他耳边渐渐淡去，于是他把卡洛登战场交给了那啼鸣的乌鸦，自己沉沉睡去。

过了很久，他醒了，有人在叫他的名字。"弗雷泽！詹米·弗雷泽！你在吗？"

不在，他迷迷糊糊地想，我不在。他昏迷时的那个地方，不管是哪里，都远比这儿要好得多。他躺着的地方有个向下的小斜坡，一侧积着水。冰雨已经停了，风还在沼地里刺耳而寒心地呜咽着。天色几乎暗成了黑色，一定是晚上了。

"跟你说，我看着他往这边过来的，就在一大丛金雀花边上。"那声音很远，一边与什么人争执着，一边渐渐消失了。耳边传来一阵窸窣，他转头看见一只乌鸦。一蓬被风吹乱的黑色羽毛，明亮的眼珠子注视着他。在料定他构不成威胁之后，那乌鸦随意地一转脖子，把尖锐的喙戳进了乔纳森·兰德尔的眼睛。

詹米一阵抽搐，口中厌恶的叫喊和激烈的动作把那乌鸦吓得拍打起翅膀，惊叫着飞走了。

"哎，那边！"泥泞的地上传来一串脚步声，一张脸出现在他面前，随之而来的是亲切的触觉，一只手搭在了他的肩上。

"他还活着！过来，麦克唐纳德！来搭把手，他自个儿没法走路。"来了四个人，他们费了不少功夫扶起了他，将他无力的手臂垂挂在尤恩·卡梅隆和伊恩·麦金农的肩头。

他想叫他们别管他。刚才醒来时他已经回忆起自己的初衷，回忆起自己是决意要战死沙场的。然而，这些人的陪伴带给他一种甜蜜的感触，让他着实无法抗拒。经过方才的休息，他那条受伤的腿已经恢复了知觉，他意识到了自己的伤情有多么严重。无论如何，他都快要死了。应该感谢上帝，他不用在黑暗中独自死去。

"喝点儿水？"当杯沿凑到他嘴唇上，他强迫自己清醒足够久的时间把水喝下，小心翼翼地没有把杯子打翻。一只手在他额头上按了一小会儿，然后无声地移开了。

他烧得厉害，闭上眼睛能感觉到眼底的火焰。他的嘴唇变得干裂生疼，但时不时袭来的寒意更加糟糕。至少，发热时他可以躺着不动，而发冷时的寒战却会把左腿里沉睡的恶魔惊醒。

默塔。想到他的教父，他突然有种可怕的感觉，但空白的记忆使这种感觉无法成形。默塔死了，他知道一定是这样，却不知道为什么，也不知他是怎么知道的。高地军队一大半都死了，被屠杀在那片沼泽——这是从这间农舍里大伙儿的交谈中得出的结论，可他却对那场战斗没有丝毫的记忆。

他以前也在军队打过仗，知道这样的失忆在士兵中并不少见。虽然见过如此的情形，但他自己从没遭遇过。他明白记忆是会恢复的，所以心中期望着自己能在记忆恢复之前死去。他一边想着一边挪动了一下，这一挪动，一道白炽的剧痛穿过他的腿，他哼了一声。

"你还好吧，詹米？"尤恩在他身边撑起手肘，一张担忧的脸在黎明熹微的晨光里显得很苍白。他头上绑着血迹斑斑的绷带，是一颗子弹擦过头皮的伤，领口还留下了铁锈色的污迹。

"唉，我没事。"他抬起一只手感激地搭上尤恩的肩膀。尤恩轻拍着他的手，重新躺下。

乌鸦回来了。漆黑如夜空，它们随夜色而息，随晨曦而返。它们是属于战争的鸟群，倒下的士兵的血肉之躯是它们的盛宴。那天那残暴的鸟喙叼走的眼珠完全可能是他的，他回想着，体会到自己的眼球在眼皮底下的形状，浑圆而炙热，美味的凝胶不安分地来回滚动，徒劳地在四下里寻求宽恕。这时候，初升的太阳把他的眼皮变成了一片深暗的血红。

有四个人聚在这间农舍唯一的窗户前低声交谈着。

"逃出去？"其中一个朝窗外点了一下头，"天哪，我说，咱们这些人里面情况最好的跟跟跄跄也走不了几步——起码有六个人根本动不了。"

"你们能跑就跑吧。"地上一个躺着的人说道。詹米咬牙切齿地看了看自己那条包裹在破棉被里的腿，跟着说："别为了我们犹豫不决了。"

邓肯·麦克唐纳德从窗口转过身，忧郁地一笑，摇了摇头。屋外的光照射在他棱角粗犷的脸上，疲倦的皱纹显得更深了。

"不成，我们还是留下，"他说，"首先，这儿满地都是英国佬，跟虱子似的。你从这个窗口就看得到，一群一群的。没人能从德拉莫西活着出去。"

"就连昨天从前线逃走的那些人，都走不远，"麦金农轻声附和，"你没听到晚上英国兵快行军打这儿经过？就咱们这帮残兵败将，你说他们会抓不住？"

没有人回答，答案是什么大家都清清楚楚。因为寒冷、疲劳和饥饿，很多高地人还没开战就已经站不住了。

詹米转过脸面对着墙，祈愿他的人马离开得足够早。拉里堡是个偏远的地方，如果他们逃离卡洛登足够远，再被抓的可能性就非常小了。不过克莱尔也曾告诉过他，出于饥渴的复仇欲望，坎伯兰的部队将蹂躏整个苏格兰高地，足迹遍及偏僻的乡野。

这一次再想到她，他心中仅仅泛起了一波强烈的渴望而已。上帝啊，若她在此地，有她的双手触摸他，照料他的伤处，让他把头枕在她的怀里……可是她走了——离他而去，去到那两百年之遥的地方——而这一刻他要为此感谢上苍！泪水缓缓地从他紧闭的眼睑之中流淌出来，他艰难地侧转过身去，不让其他人看到。

"主啊，愿她平安，"他祈祷道，"她和孩子。"

到了下午三点左右，烧焦的气味突然从没有玻璃的窗口飘进屋里，充斥在空气中。那是一种比黑火炮的烟雾更浓厚的辛辣气味，其中夹带的一层气味让人联想起烤肉的香气，隐隐地摄人心魄。

"他们在烧死人。"麦克唐纳德说。待在农舍这么久，他就一直没有离开过窗前的这个位置。他看上去就很像个骷髅，煤黑的头发满是灰暗的尘土，尽数朝后梳着，露出一张瘦骨嶙峋的脸。

沼地里此起彼伏地响起短促而干哑的爆破声，是枪响。所谓仁慈的一枪——每每有身着格子呢垂死的苏格兰武士被扔进柴堆，与他的战友中更幸运的已死之人一同被付之一炬，富有同情心的英国军官会赐予他仁慈的一枪。詹米抬起头，邓肯·麦克唐纳德依旧坐在窗边，只是紧闭着双眼。

躺在边上的尤恩·卡梅隆轻声道："愿我们也能找到同样的仁慈。"一边说着，一边在自己身上画了个十字。

他们果真如愿了。第二天正午刚过，农舍外终于传来穿着皮靴的脚步声，越来越近，大门打开了，皮质的合页不声不响。

"上帝！"见到农舍内的景象，来人压低了嗓音惊呼道。穿门而入的风搅动起屋里的臭味，夯土地面上或卧或坐地挤满了肮脏污秽、沾满血迹的人。

没有人讨论武装抵抗的可能性。他们无心恋战，抵抗毫无意义。屋里的詹姆斯等人只是坐着，等待来客的随意支配。

来客是一位少校，穿着笔挺的制服和锃亮的靴子，模样清爽光鲜。在门口稍事犹豫，查看了屋里的各色人等后，他走进屋里，身后紧跟着他的中尉。

"我是梅尔顿勋爵。"他一边说，一边环顾四周，意欲寻找这些人的头领，好为他发的话找个最为合适的听众。

邓肯·麦克唐纳德看了看这位少校，慢慢站起来，点头致意。"邓肯·麦克唐纳德，来自里奇谷。"他说，"这里其余的各位，"他的手一挥，"不久之前都曾是詹姆斯国王陛下的战士。"

"如我所料。"英国人冷淡地说。他年纪挺轻，三十开外，但举手投足有久经沙场的自信。他刻意逐个审视了屋里的人，随后从上衣里掏出一张叠好的纸。

"在此，容我宣读坎伯兰公爵殿下的指令，"他读道，"授权处决任何参与近日叛乱之人等，立即执行。"他再次环顾农舍，问道："此地可有人自认应当免于叛国罪责？"

屋里的苏格兰人之中发出了细微的笑声。免罪？在这杀气未消的战场边缘，被硝烟熏黑了脸庞的人们，哪一个可能免罪？

"没有，大人，"麦克唐纳德说，嘴边挂着淡淡的笑意，"我们全都是叛徒。是否这就执行绞刑？"

梅尔顿脸上梢显厌恶地抽搐了一下，继而恢复了先前的无动于衷。他是个身材单薄的人，骨骼清瘦，却能相当自如地表现权威。

"你们将被处以枪决。"他说，"有一个小时时间准备。"他犹豫地瞥了一眼他的中尉，似乎唯恐在下属面前显得过于慷慨，却仍接着说道："如有人需要纸笔留下书信之类，我的文员会为你们提供。"他朝麦克唐纳德略一点头，便转身离去。

那一个小时很阴郁。有几个人索要了笔墨，开始执着地写信，没有其他可供书写的硬质表面，他们就把纸张垫在倾斜的木头烟囱上面。其他的人开始安静地祈祷，或者，只是等待。

由于盖尔斯·麦克马丁和费德里克·默里未满十七岁，麦克唐纳德为他们向英军祈求获得怜悯，申辩因其年龄小无须担负同长辈相等的罪责。这个请求被立即驳回。两个小伙子靠着墙并肩坐着，面色苍白地握住彼此的手。

詹米为他们感到钻心的痛楚——也同样为身边的其他人，这些忠实的朋友和勇敢的战士。对于自己，他感觉到的唯有解脱。再也无须担心，再也无须操劳。为了他的弟兄、他的妻子和他未出世的孩子，他已竭尽所能。此时，让他肉体上的苦难从此消亡，他将走得无比感激，为了这份安宁。

他闭上眼，用法语开始忏悔，与其说是一种需要，不如说是一种形式。"我的主啊，我悔过……"他每次都是这么起头，然而他并不悔过，此时此刻任何懊悔也都为时已晚了。

他死后会立即找到克莱尔吗？他想问，又或许会像他猜想的那样，被判处暂时的分离？无论如何，他都将再次见到她，他紧紧地固守这一信念，比他信奉教会的任何信条都更为执着。上帝把她赐予了他，而他必将令她复活。

忘了继续祷告，他转而开始闭着眼睛想象她的面容，勾勒出脸颊和鬓角的曲线，那明朗的浅色眉毛总能引得他上前亲吻。就在那儿，在她眉间一小块光滑的地方，在她的鼻梁之上，在她清澈的琥珀色双眸之间。他的注意力进而集中到她的嘴形，仔细地想象着那丰满而甜美的线条，那种口感，那种触觉，还有那种欢愉。周围祷告的声音、笔尖刮擦信纸的声音，和盖尔斯·麦克马丁细小的抽泣声，都从他的耳边消失了。

下午三点左右梅尔顿回来了，这次带着他的中尉、文员，外加六名士兵。他又一次在门口踌躇不前时，麦克唐纳德不等他开口便站了起来。"我先上。"他说完稳步穿过房间，正要低头走出门洞，梅尔顿勋爵的手按住他的袖口："能否请您报上全名，先生？我的文员会记录下来。"

麦克唐纳德看了一眼那文员，嘴角露出一丝苦笑。"功勋账吗？哎，好吧。"他耸耸肩，站直了身子，"邓肯·威廉·麦克劳德·麦克唐纳德，来自里奇谷。"他朝梅尔顿勋爵恭敬地一鞠躬，"愿为您效劳——阁下。"

他走出门外，没多久便听到一声枪响，近在耳畔。

两个小伙子被准许同时赴刑，走出门时他们仍旧互相紧握着手。其余的人逐一被带走，报了姓名由文员记下。那名文员坐在门口的脚凳上，低头盯着怀中的文书，没有朝走过的人瞧上一眼。

轮到尤恩时，詹米用胳膊使劲撑起身子，倾力抓住好友的手。"我们会马上再见的。"他耳语道。

尤恩·卡梅隆的手握了一握，露出无言的微笑。然后，他俯身在詹米的嘴唇上亲吻了一下便起身离开。

六个不能行走的人被留到最后。

"詹姆斯·亚历山大·马尔科姆·麦肯锡·弗雷泽，"他缓缓地报出全名，让文员有时间一一记下，"图瓦拉赫堡的领主。"他耐心地拼出每个字母，随后抬头望向梅尔顿，"我必须向您请求，大人，请帮助我站立起来。"

梅尔顿没有回答，只是怔怔地向下盯着他，表情中些微的厌恶正转变为一种带着惊异的恐惧，似乎渐渐明了了什么。

"弗雷泽？"他问道，"图瓦拉赫堡的弗雷泽？"

"正是。"詹米耐心地说。这人就不能快一点儿？被判处枪决是一回事，但近在咫尺地听着战友们赴死可是另一回事，此时要控制住情绪简直没有可能。他支撑着身体的手臂不胜压力地颤抖着，不听话的肠胃抽搐起来，发出恐惧的咕噜声，无法与自身更高级别的功能取得一致。

"真是该死。"英国人一边咕哝着，一边弯腰凑到墙角的阴影里，仔细瞧了瞧躺着的詹米，随后转身招呼他的中尉。"帮我把他抬到亮一点儿的地方。"他指示说。他们的动作很欠温和，一阵剧痛从腿上直冲头顶，詹米呻吟了一声，刹那间头晕目眩，没听清梅尔顿说了什么。

"你是那个人称'红发詹米'的詹姆斯党人？"他焦急地又问了一遍。

听见这个，詹米浑身上下闪过恐惧的雷电，让他们知道他就是恶名昭著的红发詹米，他们就不会枪决他了。他会被套上铁链带去伦敦受审，成为一件战利品。随之而来的是刽子手的绳索，他会被勒得半死不活，躺在绞刑架上，被他们开膛破肚、掏出五脏六腑。想到这里，他的肠胃发出又一阵更长更响的咕噜声，他的肠胃明显不喜欢这个念头。

"不是，"他用尽可能坚决的语气否认道，"赶紧继续吧，可以吗？"

梅尔顿不理会他，跪下来扯开詹米衬衣的领口，拽着他的头发往后拉扯起来。"见鬼！"梅尔顿的手指戳着他的喉咙，就在锁骨上方一点儿。那里有一个小小的三角形伤疤，明显引起了审讯官的关注。

"图瓦拉赫堡的詹姆斯·弗雷泽，红发，喉部有一处三角形刀疤。"梅尔顿放开他的头发站起来，若有所思地揉着下巴。片刻之后，他定了定神，转身对着中尉指了指农舍里其余五人。"把其他人带走。"他下令道，浅色的双眉深深地皱起。他沉着脸站在詹米跟前，其他苏格兰犯人被一个个抬出屋子。

"我得想想，"他咕哝道，"见鬼，我必须想一想！"

"想吧，"詹米说，"如果你有这本事。我可得躺下了。"他们先前把他支起靠在侧墙上，腿在面前伸展开来，可是平躺了两天后，直起身子端坐着实在勉为其难，屋子仿佛醉醺醺地倾斜着，眼前不停地冒出金星。他倒向一侧，慢慢把身子放平，一边拥抱着泥土地面，一边闭上眼等待眩晕赶快过去。

梅尔顿在低声说着什么，詹米听不清，听不听得清他也并不在乎。坐在阳光里的时候他第一次看清了自己的那条腿，因而很有把握地认定自己肯定活不到绞刑的那一天。

大腿中段以上发了炎的部分是一片愤怒的深红色，比周围风干的血污都红得厉害。伤口本身化了脓，当屋里其他人的臭气慢慢减弱，他开始闻到脓液散发出来淡淡的有点甜的臭味。不管怎样，比起伤口感染致死的痛苦与迷乱，他似乎觉得迅速的当头一枪要可取得多。你听到枪响了吗？他疑惑着，便迷迷糊糊地睡去了，阴凉的夯土地面枕在他火热的脸颊之下，光滑而舒心，像母亲的胸脯。

他没有真的睡着，只是热度上升，陷入了昏睡，但耳边梅尔顿的声音又猛地把他惊醒。"格雷,"那个声音说道,"约翰·威廉·格雷!你可记得这个名字?"

"不记得,"他在睡意和热度之下迷茫地答道,"我说,要么枪毙我,要么走开,好吧?我生着病呢。"

"靠近凯瑞埃里克,"梅尔顿的声音不耐烦地催促着,"你在树林里遇见他,一个金发男孩,十六岁上下。"

詹米眯起眼看着那个折磨他的家伙。视野在热度之下有点儿扭曲,但眼前那张消瘦的脸庞仿佛似曾相识,一双大眼睛几乎有点儿女性化。

"哦,"说完,他从脑中潮水般涌起的一幅幅混乱的画面中挑选出一张脸庞,"就是那个想要杀我的小伙子。对,我记得他。"说完又闭上了眼睛。在热度的作用下,不同的知觉莫名其妙地搅混在一起。他折断了约翰·威廉·格雷的手臂,记忆里他手中那男孩细长的骨头幻化成克莱尔的前臂,被他拉扯着,意欲挣脱巨石的掌控。迷雾中清凉的微风像克莱尔的手指一般摩挲着他的脸颊。

"醒醒,该死的!"梅尔顿急切地摇晃着他,他的脑袋在脖子上被摇得啪嗒作响,"听着!"

詹米疲惫地睁开眼:"啊?"

"约翰·威廉·格雷是我的弟弟,"梅尔顿说,"他把遇见你的事告诉了我。你放了他一条生路,而他向你许下了一个誓言——有这么回事吗?"

他非常吃力地回忆起来。遇见那个男孩是起义刚开始,头一场战斗的前两天,也是苏格兰打了胜仗的普雷斯顿潘斯战役。六个月,时过境迁,从那时到现在,时光的断层之间发生了太多的事情。

"对,我记得。他发誓要杀了我。不过你要是替他代劳我也不会在乎。"他的眼皮又耷拉下来。是不是非得醒着才能被枪毙?

"他说他欠你一笔荣耀之债,而那确是事实。"梅尔顿站起身,掸了掸马裤膝盖上的灰尘,转身面对他的中尉,后者旁观了整个问询过程,神情甚是疑惑。

"情况很糟糕啊，华莱士。这个……詹姆斯党渣滓很有名。你听说过红发詹米吗？大报上那个，听说过吗？"中尉点头，好奇地看着脚下尘土中满身污秽的人形。梅尔顿冷冷地一笑："是啊，他这会儿看着就没那么危险了吧！可他仍旧是红发詹米·弗雷泽，而公爵大人若得知我等擒获如此显要的人犯，定会十分欣喜。他们尚未找到查尔斯·斯图亚特，而要是有几个如此知名的詹姆斯党人，也一样能取悦伦敦塔丘观刑的人群。"

"要我给公爵大人去信吗？"中尉把手伸向他的通信盒。

"不！"梅尔顿转身俯视他的犯人，"那正是困难所在！这个肮脏的浑蛋，一边如此地诱惑你大开杀戒，一边却曾该死地施恩于我的家族。他当时在普雷斯顿附近俘获了我的弟弟，却并没有杀了那该死的小子，反倒放他归队。就这样，"他咬牙切齿地说，"我们全家因为荣耀欠了他这笔巨大的人情，真是活见鬼！"

"天哪，"中尉说，"说到底，您就不能把他交给公爵大人了！"

"不能，该死的，我连枪毙他都不能，否则便会令我兄弟的誓言蒙羞！"

这时他们的犯人睁开了一只眼睛。"你要是不说，我也不会告诉任何人。"他提完了建议，又马上闭上眼睛。

"闭嘴！"这下梅尔顿大发雷霆地踢了他一脚，詹米一声呻吟，闭起了嘴。

"或许我们可以用个假名枪毙了他。"中尉建议。

梅尔顿勋爵鄙视地瞪了他的下属一眼，回头朝窗外估测了一下时间："离天黑还有三小时。我要监视其余死刑犯的尸体下葬。你去搞一辆小板车，铺上些干草。找个赶车的——人要低调一点儿的，华莱士，也就是可以收买的意思，哦——天一黑就让人和车都过来。"

"是的，大人。呃，大人？那犯人怎么办？"中尉怯懦地指着地上躺的人问道。

"他怎么办？"梅尔顿生硬地反问，"爬都爬不动，别说是走了。他哪儿也去不了——起码在车来以前。"

"板车？"犯人好像又活了过来。事实上，在各种骚动的刺激下，他勉强用一边的手臂成功地撑起了身子。失去光泽的红色乱发之下，充血的蓝眼睛里闪烁着警觉的光芒："你们要把我送去哪儿？"

梅尔顿从门口回过头，极为厌恶地瞥了他一眼："你不是图瓦拉赫堡的领主吗？我这就送你去那里。"

"我可不要你送我回家！我要你枪毙我！"

两个英国人面面相觑。"说胡话呢。"中尉认真地说。梅尔顿点点头："我怀疑他能不能活着到达目的地——但至少，他这条人命不会记在我的头上。"

门在两位英国军官的身后重重地关上，留下了詹米·弗雷泽孤身一人——依然活着。

CHAPTER 02

搜索开始

因弗内斯，1968 年 5 月 2 日

"他当然已经死了！"克莱尔激动的声音有点儿刺耳，震响在几乎被搬空了的书房里，在空荡荡的书架之间传出了回音。她身后是一片铺满软木的墙，她就站在那儿，像个囚犯等待着行刑枪队，来来回回地望着女儿和罗杰·韦克菲尔德。

"我觉得他没有。"罗杰感到非常疲劳。他用手揉了揉脸，拿起了书桌上的文件夹。这个文件夹里是他三周来做的所有研究。就在三周之前，克莱尔和她女儿才刚到这里请求他的帮助。

打开文件夹，他慢慢地用拇指翻过所有的内容。卡洛登战役中的詹姆斯党人；一七四五年的起义；那些勇敢的苏格兰人集结在美王子查理的旗帜下横扫苏格兰的土地，却最终在卡洛登灰色的泥沼里惨败于坎伯兰公爵手下。

"这儿，"他说着抽出用回形针别着的几页纸，古老的字迹在影印件上黑白分明，显得很怪异，"这是洛瓦特勋爵军团的卯簿。"

他把那一沓纸递给克莱尔，而接过纸张的是她女儿布丽安娜。她翻看起来，隐隐地皱起了两道红色的眉毛。

"你瞧第一页，"罗杰说，"标着'军官'的那部分。"

"好吧，'军官'，"她念出声来，"西蒙·洛瓦特勋爵……"

"大家常说的小狐狸，"罗杰打断她，"老洛瓦特的儿子。下面还有五个名字，对吗？"

布丽安娜朝他抬了抬眉毛，继续念道："威廉·奇泽姆·弗雷泽，中尉；乔治·德阿默德·弗雷泽·肖，上尉；邓肯·约瑟夫·弗雷泽，中尉；贝亚德·默里·弗雷泽，少校；"她顿了顿，咽下口水，念出了最后的那个名字，"詹姆斯·亚历山大·马尔科姆·麦肯锡·弗雷泽，上尉。"她放下手中的纸，脸色有些苍白，"是我父亲。"

克莱尔立刻走到女儿身边，握紧了她的手臂，脸色也同样苍白。

"对，"她告诉罗杰，"我知道他去了卡洛登。他把我留在……巨石阵的时候……就已经决定要回到卡洛登战场，去援救他手下那些为查尔斯·斯图亚特而战的兄弟。我们知道他确实去了，"她朝桌上的文件夹点点头，灯光下那空白的马尼拉纸表面显得很无辜，"你找到了他们的记录。但……但詹米……"仿佛这个名字一经说出口便搅乱了她的心绪，于是她闭紧了嘴唇。

这下轮到布丽安娜来扶持她母亲了。

"你是说他决定要回去，"一双深蓝色的眼睛充满鼓励地注视着她母亲的脸，"他决意要带领他的兄弟们离开战场，然后自己回去作战？"

克莱尔点点头，情绪略微平复了一点。

"他知道自己没有什么机会可以逃脱。如果英国人抓到他……他说他宁愿战死沙场。他心意已决。"克莱尔转向罗杰，琥珀色眼睛里透出的目光有点儿令人不安。罗杰一直觉得她长着鹰一般的眼睛，仿佛可以看得比普通人远很多。"我无法相信他没有战死——那么多人死在那里，而他去得又是那么决绝！"

几乎半数的高地武士死在了卡洛登，倒在炮火与枪弹之下。然而，詹米·弗雷泽却没有。

"他没有，"罗杰坚持说道，"林克莱特书中的那段我念给你听过。"他伸手拿起那本白色的书——《石楠地里的王子》。

"继战役之后，"他读道，"十八个受伤的詹姆斯党军官隐藏在沼泽附近的一所农舍。疏于治疗，他们带伤躺了两天，之后被带出农舍执行枪决。在此之中有一人免遭于难，此人隶属洛瓦特勋爵军团，名为弗雷泽。其余的人被葬在该农庄边缘。"

"看到没？"他放下书，认真地看着面前的这两个女人，"洛瓦特勋爵军团的一名军官。"他抓起卯簿的那几页纸。

"那些军官就在这儿！只有六个。我们知道农舍里的那个不可能是小西蒙，他是著名的历史人物，他的结局我们知道得很清楚。他撤离了卡洛登——没有受伤，记着——随后带领一队人马往北挺进，最终回到了博福特城堡，离这儿不远。"他朝落地窗挥了挥手，窗外隐约看得见因弗内斯夜晚闪烁的灯火。

"从里亚纳赫农舍存活下来的那个人也不可能是威廉、乔治、邓肯或贝亚德四人中的任何一个。"罗杰说，"为什么？"他从文件夹里拿出另一张纸，挥舞了一下，几乎有点儿得意，"因为他们都死在了卡洛登！他们四个都战死了——我在布尤利的一所教堂里找到了一块铭牌，他们的名字全都列于其上。"

克莱尔长舒了一口气，坐倒在书桌后那把古老的皮质转椅上。

"圣耶稣基督·罗斯福啊！"她闭上眼睛，手肘支在桌上，脑袋埋进双手之间，浓密的棕色鬈发倾泻而下，遮住了脸颊。布丽安娜一手搭在克莱尔的背上，俯身看着母亲，面带愁容。她是个高个儿姑娘，骨骼细长，红色的长发在写字台温暖的灯光下闪着亮光。

"如果他没有死……"她试探地说。

克莱尔突然抬起头打断道："但他已经死了！"她的脸绷紧着，眼睛周围显现出细小的皱纹，"看在上帝的分上，两百年过去了，不管有没有死在卡洛登，他现在总归是死了！"

面对母亲的愤怒，布丽安娜退后了一步，低下头，红色的头发——和她父亲一样的红色头发——轻垂到脸颊边。

"我想是吧。"她小声附和道。罗杰看得出她艰难地忍住了眼泪。难为她了，罗杰心想，在这么短的时间里，首先是突然得知你一辈子爱着并称其为父亲的人其实不是你的父亲；其次，又发现你真正的父亲是个生活在两百年之前的苏格兰高地人；最后，还意识到他很可能死得非常惨烈，并不得不与他牺牲自己而解救出的妻子和孩子骨肉分离，彼此遥不可及……这一切实在是足够震撼一个人的。

他走过，伸手拍了拍布丽安娜的手臂，她心烦意乱地瞧了他一眼，努力地笑了一笑。他张开双臂环抱住她，虽然为她的痛楚深感怜惜，但罗杰仍不免感叹：这触觉是多么美妙，多么温暖，柔软而富有弹性。

克莱尔依然一动不动地坐在桌前。她金黄色的鹰一般的眼睛这会儿变得很柔和，目光茫然地停留在书房东侧的墙上，眼神遥远而充满着回忆。那堵墙上仍旧满满地覆盖着罗杰已故的养父韦克菲尔德牧师留下的便条和笔记。

罗杰自己也朝墙上看着，眼神聚焦到一张白玫瑰社团寄来的年会通知书上——多少年来，白玫瑰的那些热情而偏执的灵魂依然在倡导苏格兰独立，集结在一起怀念往昔，祭奠查尔斯·斯图亚特和当年追随他的高地英雄。

罗杰稍稍清了清嗓子。

"呃……如果詹米·弗雷泽没有死在卡洛登……"他说。

"那他很可能死在不久之后。"克莱尔直视着罗杰，琥珀色的眼睛深不见底，目光很冷寂。"你不了解那个时候，"她说，"高地正陷于饥荒——大伙儿在战斗前都好多天没吃东西了。他还受了伤——这我们已经知道。所以，即使他得以生还，那里也……也没人能照料他。"说到这里，她的声音哽咽了一下，如今她已经是个医生了，即便在当年，她也懂得护理疗伤——二十年前，就是那个时候她踏入巨石阵，由命运的驱使邂逅了詹姆斯·亚历山大·马尔科姆·麦肯锡·弗雷泽。

　　罗杰同时留意着她们两人,一边是在他怀中颤抖着的这个高挑的女孩,一边是站在书桌旁的那个女人,此时那么冷静和优雅。她曾穿过巨石,跨越时空,被怀疑为间谍,被当作女巫拘捕,无法想象的扭曲境遇把她从第一任丈夫弗兰克·兰德尔怀中夺走。而时隔三年之后,她的第二任丈夫詹姆斯·弗雷泽又绝望地将怀有身孕的她从巨石阵间送回,以期能从即将吞没他的灾难中挽救她和未出世的孩子。

　　罗杰心想,她一定受够了吧?但身为历史学家,他有着一种学者的好奇,那种贪婪而不道德的好奇是如此强烈,以致无法被区区的恻隐之心压抑。更重要的是,对于他业已卷入的这场家庭悲剧中的第三个人物,詹米·弗雷泽,罗杰也开始莫名地关切起来。

　　"如果他没有死于卡洛登,"他重复道,这次显得更加坚决,"那也许我能找到他的下落。想让我试试吗?"他屏住呼吸等待着,感觉布丽安娜温暖的气息穿透了他的衬衫。

　　詹米·弗雷泽在这个世界上生活过,而后又在这个世界上死去了。罗杰隐约感到自己有责任查明真相,隐约感到弗雷泽的女人和孩子有权了解关于他的所有可能存在的事实。对于布丽安娜,这些事实是她对从未谋面的父亲唯一可能的了解。而对于克莱尔——从她惊诧的反应推断,罗杰的问题背后是一个她显然尚未产生的想法:她曾两度越过时空界线,因而她确实可能再重复一次。而假使詹米·弗雷泽没有死在卡洛登……

　　这时候,他可以看见那个想法在克莱尔的脑海里出现了,一丝意识的光芒闪过那雾色笼罩的琥珀色眼睛。她的肤色平常就很白净,此刻那张脸更是血色全无,就像她面前桌上的那把开信刀的象牙手柄一样。她的手指紧紧地握住了开信刀,关节突兀,骨头突出。

　　克莱尔许久都没有说话,目光聚焦到布丽安娜身上,流连了片刻,随后转而面对罗杰。

　　"是的,"她小声说,声音轻得几乎听不见,"好的。请你帮我找到他的下落。找到他。"

CHAPTER 03

弗兰克和全面坦白

因弗内斯，1968 年 5 月 9 日

尼斯河桥上来往的行人很多，大家都赶着回家喝下午茶。罗杰走在我前面，宽宽的肩膀保护着我不被周围的人群撞到。

我抱在胸口的书封面很硬，紧贴着那封面，我能感觉到自己沉重的心跳。每次我静下来细想我们这究竟是在干什么时，我的心都会如此沉重地悸动。我不清楚两种可能之间哪一种更糟糕——是证实詹米已战死在卡洛登，还是证实他没有。

我们疲惫地往牧师公馆走着，桥上的木板在脚下发出空洞的回声。书很沉，搞得我手臂酸疼，于是我把重负从一只手换到了另一只手。

"小心，瞧着你那该死的轮子，伙计！"一个工人骑着自行车低头从桥上的人群里穿过，差点把我撞到栏杆上。罗杰一边喊着，一边灵巧地把我让到一边。

"对不住啦！"那工人抱歉地回答，抬手挥了挥，车子从两群回家喝下午茶的学生之间穿了过去。我回头望向桥的那边，想看看布丽安娜有没有正好在我们身后，却不见她的影子。

一下午我和罗杰都泡在文物保护协会。布丽安娜则拿着罗杰开出的

一列公文清单，去高地氏族办公室索取影印件。

"罗杰，你真是太好心了，帮了我这么多忙。"我大声说道，尼斯河喧闹的声音回荡在桥上。

"没问题。"他有点儿尴尬，停下脚步等我赶上前去。"我也很好奇，"他微笑着补充，"你了解我们搞历史的——不肯放弃任何一个谜题。"他摇摇头，试图赶走眼前被风吹乱的黑色头发。

搞历史的，我的确很了解。我同一个搞历史的一起生活了二十年。弗兰克同样不想放弃这个谜题，然而，他也不愿意去解开它。而今他去世两年了，这个谜题便留给了我和布丽安娜。

"你得到林克莱特博士的回音了吗？"走下拱桥时我问道。虽然已近黄昏，但北方的天此时日头还很高。掩映在河岸上的青柠树叶之间，那粉红色的太阳依然挂在桥下那座花岗石衣冠冢之上，熠熠发光。

罗杰摇摇头，迎风眯起了眼睛。"没有，不过我一周前才去的信。如果星期一还没有回音，我就打个电话。不用着急，"他侧过脸对我笑笑，"我很小心的。我只告诉他是出于研究的目的，我需要卡洛登战役后藏身里亚纳赫农舍的詹姆斯党军官名单——如果有这样一个名单的话。另外，若有当时幸存者的信息，请他为我指明原始资料的来源。"

"你认识林克莱特？"我一边问，一边把书本挪到侧面支在胯上，好让左臂歇息一下。

"不认识，但我把询问信写在了巴利奥尔学院的信纸上，并巧妙地提到了我以前的老师切斯莱特，他跟林克莱特认识。"罗杰令人宽慰地眨了下眼睛，我笑了。

他的眼睛是一种透亮的碧绿，衬着他橄榄色的皮肤，显得很明净。虽然他嘴上说帮助我们找寻詹米的历史是出于好奇，但我很明白他更深层的兴趣——冲着布丽安娜来的。我也明白，在这层兴趣之上并非只是他一人有意。唯独不知道的是，罗杰本人是否清楚这点。

回到韦克菲尔德牧师的书房，我把满怀的书堆到桌上，解脱地瘫倒在火炉边的高背椅中。罗杰去厨房倒了杯柠檬汁。

端详着我们带回的一大摞书，我浅尝着杯中酸酸甜甜的滋味，放慢了呼吸，但脉搏仍然跳得慌乱。詹米在那里头吗？如果在的话……握在冰冷的玻璃杯上的手变得很湿，我随即掐断了自己的思绪。别想得太远，我提醒自己，还是等找到些什么再说吧。

罗杰环视着书房四周的书架，像在寻求其他的可能。他已故的养父——韦克菲尔德牧师，是个很不错的业余历史学家，而他酷爱收藏垃圾的习惯也很糟糕。书信、日志、小册子、大报，各种古董书籍和当代文献，全部摩肩接踵地挤在书架上。

罗杰犹豫了一下，接着，他的手落在身旁桌上的另一摞书上。那是弗兰克的书，是他一生颇为杰出的成就，起码从封套上印着的赞誉之词来看是这样。

"你读过这一本吗？"罗杰拿起名为《詹姆斯党人》的那本书，问我。

"没有，"我喝下一大口柠檬汁，稍微镇静了一点儿，又忍不住咳嗽了一声，"没有，我没法儿去读。"自从归来之后，我就下定决心不去看任何关于苏格兰历史的资料，尽管十八世纪正是弗兰克的研究方向之一。心中明白詹米已死，不得不面对没有他的余生，我努力逃避任何令我想起他的事物。那是一种徒劳的逃避——布丽安娜的存在每天在那儿提醒着我，忘记他根本没有可能。但我还是无法去读那些关于美王子查理的文献——那个无能透顶的年轻人——也受不了任何关于他的追随者的书籍。

"我明白。我只是觉得你可能知道这里是否存在有用的信息。"罗杰顿了顿，颧骨上的红晕更深了，"你——呃，你丈夫——我是说弗兰克，"他仓促地补充着，"你有没有告诉他……呃，关于……"他的声音缩了回去，尴尬地哽在喉中。

"那个，我当然说了！"我尖锐地回答，"你觉得呢——消失了三年，我就闲庭信步地走进他的办公室，说一句：'哦，你好，亲爱的，晚饭想吃什么？'"

"不，当然不是。"罗杰赶忙嘟哝道，一边回转身去，紧紧盯着书架，脖子后面映出窘迫的深红。

"对不起，"我一边说一边深吸了一口气，"你会这么问很正常。只不过——我的伤口还……没有愈合。"远远没有愈合。我惊恐地发现那伤口其实仍旧皮开肉绽着。我放下玻璃杯，把它搁在手肘边的桌上。如果我们继续讨论这个问题，我需要一杯比柠檬汁浓烈得多的东西。

"是的，"我说，"我都告诉他了。关于巨石阵——关于詹米。关于一切。"

罗杰怔了一会儿，没有回答。接着，他半转过身，只让我看见他侧影强健而清晰的线条。他没有看我，俯身注视着那些弗兰克写的书，封底照片上的他清瘦黝黑，俊朗地向后人微笑着。

"他相信你了吗？"罗杰轻声问。

我感到嘴唇上的柠檬汁有点儿黏，舔了一舔才开始回答。

"没有。"我说，"起先没有。他觉得我疯了，甚至带我去心理医生那儿检查。"我放声笑了起来，但又马上打住，回忆让我握紧了拳头，心中充斥了当时的愤怒。

"那，后来呢？"罗杰转过来看着我，他脸上的红晕已经褪去，剩下的是眼里好奇的影子，"他后来怎么想的？"

我深吸了一口气，闭上了眼睛："我不知道。"

因弗内斯的这家小医院里充满了陌生的气味，闻着像苯酚消毒水和浆粉。

我无法思考，也尝试着不去感觉。比起当年涉险踏入过去，归来之旅要可怕得多。因为去时，关于身在何处、发生了什么等种种问题，有一层质疑与不确信一直庇护着我，而我始终生活在希望里，希望得以逃离。而今，对于身在何处，我已经再明白不过，对无路可逃的事实也确信无疑。詹米已经死了。

医生、护士努力和言善语地照顾我的饮食，但我的世界里除了悲痛和恐惧已容不下其他东西。对他们的问题，我回答了我的姓名，便不再开口。

我闭目躺在洁白的床上，十指交叉紧紧地护住脆弱的肚子。我一遍又一遍地回忆穿过巨石阵之前的所见——雨中的沼泽和詹米的面容。我知道，如果看久了周遭的那些新事物，脑海里的这些影像会逐渐退却，取而代之的将是护士的身影、床头的瓶花等索然无味的东西。我用一只手的拇指偷偷地按着另一只手的拇指的根部，享受着那个小小的伤口带给我的隐晦的慰藉，那是我让詹米用小刀刻下的一个 J 字——是他在我身上留下的最后一触。

如此的状态一定持续了很久。我时不时昏睡过去，梦见詹姆斯党起义的最后几天——又一次看见树林里长满了深蓝色真菌的死尸；看见卡洛登公馆阁楼的地上垂死的杜格尔·麦肯锡；看见泥泞的战壕中，那高地战队衣衫褴褛的士兵，沉睡在屠杀降临之前最后的那个晚上。

偶尔，闻到消毒水的气味，或者听见安抚的轻声细语，我会惊叫着、呻吟着醒来，因为这些气味和声响与我梦里回荡着的盖尔语的叫喊声实在格格不入。不久我又会沉入睡梦，把伤痛牢牢地握紧在掌心里。

再次睁开双眼时，弗兰克出现了。他站在门口，一手正把深色的头发拢到脑后，显得有点儿无所适从——难为他了，可怜的人。

我躺在床上，默不作声地看着他。如同他的祖先乔纳森和亚历克斯·兰德尔，他的面容精致、明朗而富有贵族气息，也有着一样完美的头型和深色的直发。除去五官上的细微差别，弗兰克的脸有一种难以名状的与众不同，既不像亚历克斯的清灵，也不像乔纳森的冷傲，在他的脸上找不到丝毫的恐惧或残酷。他清瘦的面孔流露着智慧与和善，拉碴的胡子和眼窝下的黑影暴露了些许倦意，不用说我也知道他是连夜开车赶过来的。

"克莱尔？"他走到床边试探地问，似乎并不确定我是克莱尔。

我也不是很确定，但仍点了点头，说了声："你好，弗兰克。"久未开口，我的声音嘶哑而粗糙。

他拉起我的一只手，我没有反对。

"你……好吗？"过了一分钟他问道，一边眉头轻蹙地看着我。

"我怀孕了。"在我混乱的意识里，这好像是问题的关键。之前我从没考虑过应该对弗兰克说些什么，假如我能再见到他的话。然而，当他出现在门口的一瞬，我的决定似乎立刻在脑中清晰地成形了。我要告诉他我怀孕了，他会离去，于是我便能与脑海中詹米的最后一面长相厮守，将他火热的触摸紧握在手中。

他的脸抽紧了一下，但没有放开我的那只手。"我知道，他们告诉我了。"他深吸了一口气慢慢吐出，"克莱尔——你能不能告诉我发生了什么？"

我感到脑中一片空白，但耸了耸肩。

"那好吧。"我说，一边开始疲惫地整理思绪。我不想谈那些，但对于这个男人我感到我有些许的义务。不是内疚，我还没有感到内疚，但无论如何我有这个义务。毕竟我是他的妻子。

"好吧，"我说，"我爱上了另一个人，所以我便嫁给了他。对不起。"他脸上闪过一道诧异，于是我补充说，"我也没有办法。"

我的回答出乎他所料。他张开嘴，又闭上，接着牢牢地抓紧我的手，紧得我赶忙把手抽了回来。

"你这是什么意思？"他声音尖锐地问，"克莱尔，你这么久都去哪儿了？"他猛地站起来，赫然耸立在我的病床上方。

"你记不记得我们最后见面时，我正在去往纳敦巨岩的方向？"

"是啊？"他一半愤怒一半怀疑地朝下瞪着我。

"嗯，"我舔了一下干枯的嘴唇，"事实上，我从那巨石阵里一块裂开的岩石中间穿了过去，回到了一七四三年。"

"别开玩笑了，克莱尔！"

"你认为我在闹着玩？"如此荒唐的想法使我大笑起来，尽管此时的我距离幽默的境地可谓天渊之别。

"别这样！"

我收起笑声。两个护士神奇地出现在门口，肯定是偷偷躲在附近的走廊里。弗兰克靠过来抓住我的胳膊。

"听着，"他咬紧牙关从齿缝里说道，"你必须告诉我你去了哪儿，做了些什么！"

"我正在告诉你！放开我！"我坐起身，甩开他的手，"我说了，我穿过一块石头到了两百年之前。我还遇见了你见鬼的祖先，乔纳森·兰德尔，就在那儿！"

弗兰克眨了眨眼，完全惊呆了："谁？"

"乔纳森·兰德尔，而且他还是个该死的、肮脏的、下流的变态狂！"

弗兰克和门口的护士全都惊讶地张着嘴。我听见他们身后的走廊里传来脚步声和匆忙的交谈声。

"我必须与詹米·弗雷泽结婚，好逃离乔纳森·兰德尔，可后来——詹米——我没法儿控制我自己，弗兰克，我爱上了他，如果可以，我一定会留在他身边，但因为卡洛登和孩子，他把我送了回来，然后——"这时，一个穿医生制服的人推开护士们走进门来，我停顿了一下。

"弗兰克，"我吃力地说，"对不起。我没想到会发生这些，我也尽我所能努力想回来——真的，我尽力了——但我回不来。而现在，一切都太晚了。"

眼泪不由自主地从眼底涌起，淌下了我的脸颊，大部分是为了詹米，为了我自己，还有我怀着的孩子，而有一小部分也是为了弗兰克。我使劲抽着鼻子，努力地收回泪水，在床上坐直了身子。

"听着，"我说，"我知道你不会再想跟我有任何干系，我完全不怪你。你——你走吧，好吗？"

他的脸变了。他不再愤怒，只是变得很痛苦，带着一丝困惑。他坐到我床边，不去理会那个医生。这时，那医生已经走进病房，开始试着摸索我的脉搏。

"我哪里也不去，"他说得很柔和，又一次拿起我的手，尽管我想要抽离，"这个——詹米，他是什么人？"

我抽搐着深吸了一口气。医生握着我的一只手，仍在试图判断我的脉搏，我感到一种可笑的恐慌，好像被他们俩夹在当中俘为囚徒。我费力地平复了心情，尝试着平静地回答。

"詹姆斯·亚历山大·马尔科姆·麦肯锡·弗雷泽，"我正式地、一字一顿地说出他的全名，就像他在我们婚礼的那天第一次告诉我时一样。想到这里，又一滴泪珠溢出眼眶，由于两只手都被困住，我只能用肩膀把它擦干。

"他是个高地人。他在卡洛登，战、战死了。"没有用，我又一次泣不成声，泪水无法为撕扯着我的伤悲止痛，而只是我应对这难忍的伤痛的唯一方法。我俯身向前，努力地收敛，用身体包裹住腹中那微小到难以感知的生命，那小生命是詹米·弗雷泽在我身上唯一的遗存。

我隐约感到弗兰克和医生交换了一个眼神。理所当然，卡洛登对他们来说只是遥远过去的一小部分。而对于我，它刚刚发生在两天以前。

"我们也许该让兰德尔夫人休息一下，"医生建议说，"她这会儿好像有点儿难过。"

弗兰克疑虑地看看医生，再看看我："嗯，她当然有点儿难过。但我真的很想知道……呃，这是什么，克莱尔？"摸着我的手，他发现了我无名指上的银戒指，弯下腰开始研究起来。那是詹米给我的结婚戒指，一枚宽宽的银质指环，纵横交织的高地传统图案中穿插地刻着一朵朵小小的蓟花纹样。

"不！"弗兰克转动着戒指，想把它从我手指上退下，我惊慌失措地大叫起来。我抽出手，握紧了拳头，把它怀抱在胸，用左手牢牢地保护着，那左手上依然戴着弗兰克的金色婚戒。"不，你不能拿走它，我不准你拿走！那是我的结婚戒指！"

"来，你看，克莱尔——"弗兰克的话被医生打断，这时医生已经走到病床另一侧，站在弗兰克身边低头耳语起来。我听见了几个字——"这会儿别折磨您夫人。这样的打击……"——紧跟着，弗兰克站起来，被医生坚持着请了出去，医生一边走一边朝一位护士点了点头。

被新一波的忧伤吞噬着，我几乎没有觉察到皮下注射器针头的刺痛。依稀听见弗兰克离开时的话："好吧——但是克莱尔，我会知道的！"而后，黑暗万幸地降临下来，我终于睡了很久很久，没有做梦。

罗杰端起玻璃酒瓶，把酒倒进酒杯，待到半满时递到克莱尔手中，微微一笑。

"菲奥娜的奶奶总是说，威士忌能解决所有的烦心事儿。"

"有些药方确实还比不上威士忌。"克莱尔接过酒杯，回敬了他微微一笑。

罗杰给自己也倒上酒，坐到她身边，静静地抿了一口。

"我努力劝他离开，你知道，"她突然放下杯子说，"我是说弗兰克。我告诉他，无论他认为发生了什么，我明白他无法再找回对我的感觉。我说我愿意离婚。他得离开我，忘了我——继续他没有我时已经开始的新生活。"

"但他不愿意这样。"罗杰接下话茬。太阳下了山，书房里开始有点儿冷了，他弯腰打开了老式的电暖炉。"是因为你怀孕了？"他猜测道。

她突然冲他尖锐地看了一眼，接着有点儿自嘲地笑了。

"没错。他说只有无赖才会抛弃一个无依无靠的孕妇，尤其是一个对现实世界的把握有那么点儿虚无缥缈的孕妇。"她讽刺地补充道，"我其实并不那么无依无靠——兰姆叔叔给我留了点儿积蓄——不过，弗兰克毕竟不是一个无赖。"她把目光投向书架。她丈夫的历史著作并排立在那里，书脊反射着台灯的亮光。

"他是个正人君子。"她温和地说，又从杯子里抿了一口酒，然后闭上眼睛，让酒精的气味散发开去。

"而同时——他知道，或许是怀疑，他自己没有生育能力。这对于一个如此热衷于历史和宗谱学的男人是个巨大的打击。你知道，他整天思考的都是那些历朝历代生生息息的事情。"

"是，我可以想象，"罗杰慢慢地说，"可他难道不会觉得——我是说，你怀的是另一个男人的孩子？"

"他可能想过，"她琥珀色的眼睛又聚焦在他身上，威士忌加上回忆让那清澈的眼眸泛起了柔光，"但事已至此，既然他不相信——也无法相信——我所说的关于詹米的一切，那孩子的父亲本身就是一个未知数。如果他不知道那个男人是谁——并且说服自己，认为我其实也不知道，只是在创伤的打击下臆造出了种种幻想——那样的话，便没有人能说那孩子不是他的。显然我不能。"她加了一句，带着一丝怨恨的意味。

她灌下一大口威士忌，搞得眼睛湿湿的，于是停下来擦了一擦。

"不过为了保险起见，他带着我彻底远走高飞，来到了波士顿。"她继续说道，"哈佛大学给了他一个很好的职位，那儿没有人认识我们。布丽安娜就在那儿出生了。"

一阵烦躁的哭声把我又一次惊醒。一整晚为宝宝起来了五次之后，早上六点半我才重新回到床上。此时睡眼惺忪地看了眼时钟，才七点。浴室里，弗兰克高亢地哼唱着《统治吧，不列颠尼亚》，愉快的声调盖过了哗哗的流水声。

我躺在床上，精疲力竭，抬不起四肢，不知能否忍受住那哭声直到弗兰克洗完澡把布丽安娜抱到我怀里。然而宝宝仿佛知道我在想什么，那哭声提高了两三个音调，上升到一种间歇性的尖叫，时不时停一下，发出恐怖的喘息。被惊慌驱使，我把被子甩到一边跳了起来，就像战时迎接空袭一般。

蹒跚着穿过冰冷的走廊走进育婴房，我发现三个月大的布丽安娜仰面朝天，放声大哭着。嗜睡的我仍然头昏脑涨，半晌才想起我是在她俯卧在床时离开的。

"宝贝儿！你会自个儿翻身了！"也许是被自己大胆的举动吓着了，布丽安娜紧闭上双眼，挥舞起粉红色的小拳头，放大音量开始号啕。

我一把抱起她，拍着她的后背，对着那长满了柔软的红发的头顶轻言细语起来。

"哦，亲爱的小宝贝！多聪明的姑娘！"

"怎么了？出什么事了？"弗兰克走出浴室，用毛巾擦着头发，另一条毛巾裹在腰间，"布丽安娜怎么了？"

他神情忧虑地向我们走来。在我临产之际，我和他一度都很焦躁不安，不清楚一旦詹米·弗雷泽的孩子降生，我们之间会发生什么，于是他变得很暴躁，我变得很恐慌。然而，当护士从摇篮里抱出布丽安娜交到弗兰克怀中，一句"这是爸爸的宝贝姑娘"便抹去了他脸上所有的表情，低头见那玫瑰花苞一般完美的小脸，他瞬时绽放出一脸温柔的惊叹。不出一个星期，他便全身心地被布丽安娜降服了。

我微笑着转向他说："她翻身了，自己翻的！"

"真的？"他洗刷一新的脸上喜形于色，"这是不是早了点儿啊？"

"是有点儿早。斯波克医生说起码还得等一个月呢！"

"啊，斯波克医生知道些什么？来，小美人儿，这么天才，亲爸爸一个！"他举起那包裹在粉色贴身睡衣里的小小的柔软的身体，在她圆圆的小鼻子上亲了一口。布丽安娜马上打了个喷嚏，我们都笑了起来。

不一会儿我打住了，突然意识到这是我将近一年里第一次开怀大笑，更不用说是同弗兰克在一起了。

他也意识到了这点。我们的目光在布丽安娜的头顶上方相遇，他浅棕色的眼睛此时充满了柔情。我微微一笑，有点儿胆怯，又迅速地察觉到他正一丝不挂地站着，精干的肩膀上有水珠慢慢滑下来，停在他胸前光滑的褐色肌肤上，闪着亮光。

这时，我们同时闻到了一股烧焦的气味，生生地打破了这一番幸福家庭的场景。

“咖啡！”弗兰克随手把布丽推搡到我怀中，冲向厨房，留下一堆毛巾躺在我的脚边。看着他朝着厨房冲刺的背影，赤裸的屁股闪着突兀的白光，我微笑着把布丽抱在肩头，慢慢地跟随其后。

他光着身子站在厨房水池边，烧焦了的咖啡壶上方升起一团难闻的烟雾。

“要不，喝点儿茶？”我问，一边娴熟地用单臂把布丽安娜挪到髋部，一边在碗橱里翻找起来，“橙白毫的茶叶恐怕没了，只能用立顿茶包了。”

弗兰克做了个鬼脸。骨子里的英国人，他是宁可舔马桶水也不肯喝袋泡茶的。那些立顿茶包是每周来的清洁女工格罗斯曼夫人留下的，她认为用散茶叶泡茶既麻烦又不堪入目。

“不用了，我去学校的路上买杯咖啡好了。哦，说起学校，你记得今晚系主任夫妇要过来吃晚饭吧？欣奇克利夫夫人会给布丽安娜带一件礼物过来。”

“嗯，是啊。”我缺乏热情地说。欣奇克利夫夫妇我见过，对再次与他们见面，我丝毫不抱期待。可毕竟还是得努力表示一下。我暗自叹了口气，把宝宝挪到另一边的肩上，从抽屉里摸出一支铅笔列起了购物清单。

这时候布丽安娜开始挖掘起我红色雪尼尔晨衣的前襟，嘴里发出贪婪的小咕噜声。

“你又饿了？不会吧！”我对着她的脑袋说，“我两小时前刚刚喂过你。”经她这么一觅食，我的乳房本能地开始漏出奶水，我迅速地坐下松开了晨衣前襟。

“欣奇克利夫夫人说婴儿不应该一哭就喂，”弗兰克评论说，“不按时间表喂食会宠坏孩子。"

欣奇克利夫夫人的育儿经我已经不是第一次听到了。

"宠坏就宠坏了呗。"我冷冷地回答，没有看他。布丽安娜粉红的小嘴猛地合上，开始不顾一切地尽情吮吸起来。我也知道欣奇克利夫夫人还认为母乳喂养粗俗而不卫生。而我，见惯了十八世纪的婴儿在母亲胸口吃奶时满足的样子，不那么认为。

弗兰克叹了口气，却没有再说什么。过了一会儿，他放下隔热锅垫，侧着身走出了门外。

"那么，"他有点别扭地问，"我们六点左右见？要我带什么东西回来吗，好省得你出门？"

我浅浅一笑说：" 不用，我能行。"

"哦，那好。"他犹豫了一会儿，我调整姿势把布丽挪到腿上，让她的头枕在我的臂弯里，圆圆的小脑袋呼应着我乳房的曲线。我刚一抬眼，便发现弗兰克正专注地凝视着我，眼光聚焦在我敞开了一半的隆起的胸脯上。

我的眼睛飞快地向下一瞥，见他正在勃起，我立刻低下头面向怀里的婴儿，好隐藏起自己潮红的脸庞。

"再见。"我冲着孩子的小脑袋含糊地说道。

他呆立了一小会儿，然后俯身向前，在我脸上轻轻一吻，那温暖的裸体近得令人不安。

"再见，克莱尔，"他轻柔地说，"晚上见。"

他出门之前没有再走进厨房，于是我正好给布丽安娜喂完奶，让心情平复到貌似比较正常的状态。

自从我归来，我还是第一次见到弗兰克的裸体。他总是在浴室或壁橱里更衣的。同样，在今早那小心翼翼的轻吻之前，他也没有尝试吻过我。产科医生把我的妊娠期纳为"高危"之列，因而与弗兰克同床而睡的事自然不予考虑了，即使我有这个意愿——而显然我没有。

我其实早该料到的，但我没有。起先是沉迷于纯粹的痛苦之中，继而又在即将为人母的压力之下麻木了知觉，我把所有的考虑都拒之于隆起的大肚子之外。布丽安娜出世之后，我便在每一次喂奶的时光里寻求短暂而盲目的和平，当我抱紧她无辜的小身体，我可以在单纯的触摸和拥抱的感官享受之下，寻求一种思想和回忆上的解脱。

弗兰克也一样，他喜欢抱着宝宝，和她玩耍，喜欢沉睡在沙发里，任她张开手脚趴在他瘦长的身上，将红润的脸颊压扁在他的胸口，一同打着呼噜，平静地相互陪伴。我和他却从不触碰对方，甚至，除了交代基本的家事，几乎连真正的交谈都没有，唯一的话题只有布丽安娜。

小宝宝是我们共同关心的焦点，通过她我们既可以彼此接触，又可以保持一定的距离。可现在对于弗兰克来说，这个距离似乎还是太远了。

打破这个距离我也可以做到——至少生理上没有问题。一周前我上医生那里做了检查，他——用慈爱的一眨眼和在我臀部的轻轻一拍——肯定地告诉我我可以随时与我丈夫恢复"关系"了。

我知道弗兰克在我失踪之后并没有坚持独身主义。他五十不到的年纪，依然精干而强壮，肤色黝黑，整洁时尚，是个非常英俊的男人。鸡尾酒会上，女人们会像蜜蜂采蜜一般围绕着他，嗡嗡作响地释放求偶的冲动。

一次系里聚会，我特别注意到一个棕色头发的姑娘，她举着酒杯站在角落里，哀怨地注视着弗兰克。晚些时候，当她醉到泪水纵横而语无伦次时，护送她回家的两位女伴将憎恶的目光依次投向弗兰克和身边的我，我穿着印花孕妇裙无语地挺着大肚子。

他倒是一直低调小心，晚上按时回家，竭力不在领口留下口红印。如今他想真正地回家了？我想他确实有权指望他想要的。再次成为他的妻子，这也应该算是为妻的职责吧？

然而，只有一个小小的问题。深夜醒来，我伸手探寻的那个人不是弗兰克；他那光滑而轻捷的身躯并不是游走在我的梦里唤醒我的那个人，并不是梦里似是而非地抚摸着我，令我湿漉漉地醒来、心急气喘的那个人。可是那个人，我将永远触之不及。

"詹米，"我悄悄地呼唤着，"哦，詹米。"晨光之中，我的泪水洒在布丽安娜柔软的红发里，像珍珠和钻石一般晶莹剔透。

那是糟糕的一天。布丽安娜的尿布疹发得厉害，烦躁不安地老要人抱。吃奶与哭闹交替进行，时不时停下来吐一口奶，弄得我无论穿着什么，上面都是东一块西一块的，又湿又黏。没到十一点我就换了三件衬衫。

厚重的哺乳胸罩在我手臂底下硌得慌，我感觉到乳头冰凉而皲裂着。费力地把屋子刚收拾了一半，就听到地板底下发出一阵哐当声，紧接着，暖气片轻叹一口气便停止了工作。

"不，下周不行，"我对着电话告诉暖气维修店的人，窗外二月寒冷的浓雾正从窗台钻进屋里，把我们层层围起，"我这儿只有四十二度①，还有个三个月大的婴儿！"正说着那婴儿，她便开始号啕大哭，层层包裹在她所有的毛毯里，坐在宝宝椅上，哭得像只被开水烫过的猫。我不去理会电话那头喋喋不休的叫喊，把听筒直接在布丽安娜张大的嘴边放了几秒钟。

"听见没？"我重新提起电话说道。

"好吧，夫人，"电话那头的声音无可奈何地回答，"我今天下午过去，大概十二点到六点之间。"

"十二点到六点？你就不能缩小点范围？我还得去菜市场呢。"我申辩道。

"你可不是镇上唯一坏了暖气的，夫人。"那声音很坚决地说完，挂上了电话。我看了看钟，十一点半。我从来没做到过在半个小时里买完菜回家。带着小宝宝买菜就像进入婆罗洲最黑暗的角落探险，需要携带

---

① 四十二华氏度，相当于五到六摄氏度。

无数的装备，耗费巨大的精力，多半得九十分钟才够。

咬了咬牙，我给高价送外卖的菜市场打了电话，订好了晚餐必需的原料。一把抱起宝宝，这时的她已经面色发紫，奇臭难闻。

"你看着不好受啊，宝贝儿。咱们把它给换了就会好多了，对吧？"我一边把布丽安娜鲜红的屁股上黏稠的"棕色稀泥"擦干净，一边尽力柔声安慰着她。她拱起后背，想要逃离那滑腻腻的毛巾，变本加厉地尖叫起来。我最终换好了今天的第十次尿布，再次在宝宝身上抹好凡士林。收集尿布的服务车要明天才能来，屋里充斥着氨气的味道。

"好了，亲爱的，抱抱，抱抱。"我把她举过肩膀轻拍着，但她的号叫久久没有平息。毕竟，我无法怪她，她可怜的小屁股几乎被磨破了皮。照理说，我该让她躺在毛巾上什么都不穿的，但屋里缺了暖气，实在没有办法。我和她都裹着几层毛衣，套着厚厚的冬大衣，这又使频繁的喂奶比往常麻烦得多。无论宝宝如何哭闹，敞开一侧的乳房都需要好几分钟才能办到。

每次睡不到十分钟布丽安娜就醒了，因而我也一样。四点的时候，当我们终于一同进入梦乡，没过一刻钟就被暖气维修工的轰然到来给吵醒了。他砰砰砰地敲响大门，没放下手中巨大的螺丝扳手。

我一手把宝宝抱在肩上轻轻晃动，一手开始操持晚饭，耳边伴随着哭喊和地窖里的狂敲乱打。

"我可不敢打包票，夫人，不过这会儿暖气是有了。"修理工唐突地走进来，擦去额头的油污，皱着眉头俯身瞧了瞧此时还算文静、趴在我肩上的布丽安娜，她的小嘴正呀巴呀巴地吮着大拇指。

"大拇指的味道咋样，甜心儿？"他问，"他们说不能让小孩儿吃手指的，你知道，"他直起身告诉我，"那样牙长歪了得戴牙箍。"

"是吗？"我咬牙切齿，"我得付你多少？"

半小时以后，填满了辅料抹上了油的鸡躺在烤盘上，周边围了一圈蒜泥、迷迭香和柠檬丝。只差在油光光的鸡皮上挤上一点儿柠檬汁，我就能把它推进烤箱，去给布丽安娜和我自己换衣服了。厨房看着像被并不专业的劫匪打劫了的现场，橱柜门打开着，烹调用具散落在每一寸水平桌面上。我顺手合拢了几扇橱门，关上了厨房的大门，相信这道门总能阻止欣奇克利夫夫人了，虽然起码的礼貌很难挡得住她。

弗兰克给布丽安娜买了件粉红色的连衣裙。裙子非常美，但瞥见领口层层的蕾丝花边时，我有些将信将疑。那花边看着不仅扎人，而且很容易扯坏。

"这样吧，咱们试一下，"我对她说，"爸爸想要你穿得漂漂亮亮的。咱们小心别吐在上面了，好吗？"

作为回应，布丽安娜紧闭了双眼，挺直了身体，肚子咕噜咕噜地又拉出了更多黏黏的东西。

"哦，干得漂亮！"我真诚地说道。这意味着小床床单又得换掉，但起码对她的湿疹没什么影响。收拾了残局，换上新尿布，我抖了抖那粉色的裙子，又趁着新衣服还没套上她的小脑袋之前，停下来小心地把她脸上的口水、鼻涕擦拭干净。她眨了眨眼，挥舞起小拳头，发出诱人的咯咯笑声。

我笑着低头在她肚脐上"噗"了一下，她扭动着小身子更开心地咯咯笑起来。我们又玩了几次，随后开始了更衣的艰难工作。

布丽安娜不喜欢新裙子。一套到头上她就开始抱怨，当我把她胖胖的小胳膊塞进蓬松的袖子时，她仰起脑袋，发出了尖厉的叫喊。

"怎么了？"我吃惊地问。这时候我几乎已经懂得了她所有哭喊的含义，但刚才的哭声与众不同，充满了恐惧和痛苦。"怎么了，亲爱的？"

此时她开始愤怒地狂号，泪水滚滚流下脸颊。我惊慌地把她翻过身，拍打起她的背脊，以为也许是突然的疝气发作，但她没有弓起身子。相反，她强烈地挣扎起来，等到我把她转过身子抱起来，才发现她舞动着的细嫩手臂的内侧有一条长长的红道子。裙子里居然有一根大头针，当我把袖子往她胳膊上套的时候，在她皮肉上划了一条长口子。

　　"哦，宝贝！真是对不起！妈妈真对不起你！"我轻轻地把扎在她身上的大头针取出扔掉，泪水滚滚地流下了脸颊。我把她紧紧抱在肩上，拍着，哄着，努力平息我自己惊恐的负罪感。我当然没想要伤害她，但她无从知道。

　　"哦，宝贝儿，"我嘟哝着，"现在都好了。是的，妈妈爱你，都没事儿了。"我怎么就没想到检查一下呢？可什么样的疯子会用直直的大头针来包装婴儿服装？我被愤怒与悲伤折磨着，轻柔地把裙子穿到布丽安娜身上，擦干她的下巴，把她抱到卧室放在我的单人床上，转而匆忙换上了干净的衬衫和像样的裙子。

　　我正套着长筒袜时，门铃响了。一个袜子的脚跟有个破洞，但没有时间管它了，我蹬上夹脚的鳄鱼皮高跟鞋，抱起布丽安娜，赶忙去开门。

　　门外是弗兰克，手里大包小包的没法拿钥匙。我一手接下了他大部分的东西放到门厅的桌子上。

　　"晚饭做好了吗，亲爱的？我买了新的桌布和餐巾——我们现有的有点儿太寒碜了。当然还有葡萄酒。"他微笑着一手举起酒瓶，侧身向前看了我一眼，立马收起了微笑，挑剔地打量起我凌乱的头发和刚才又被布丽安娜吐出的奶沾湿了的衬衫。

　　"天哪，克莱尔，"他说，"你就不能打扮一下？我是说，你一整天在家，又没什么别的事情——就不能花几分钟——"

　　"不能。"我大声地回答，一边把带着烦躁的倦意又在嗷嗷乱叫的布丽安娜一把塞进他的怀里。

　　"不能。"我重复道，从他没有防备的手中接过了酒瓶。

　　"不能！"我尖叫着蹬着脚，胡乱挥舞起酒瓶，他闪躲了一下，酒瓶继而击中了门柱，紫红的博若莱酒溅满了整个门廊，留下玻璃碎片在门口的灯光下闪闪发光。

　　我把破碎的瓶子扔进门口的杜鹃花丛，没穿大衣就顺着小道冲进了冰冷刺骨的雾气之中。早到了半个小时的欣奇克利夫夫妇正惊愕地站在小道尽头，多半是想趁我不备来挑一挑我操持家务的毛病。我从他们身边径直走过，希望他们好好享用他们的晚餐。

我开着车漫无目地在雾中行驶，打开车里的取暖器向脚上猛吹着，一直开到汽油将尽。我不想回家，起码现在还不想。找家通宵营业的餐厅吗？然后我意识到这是星期五晚上，将近十二点，毕竟有一个地方我还是可以去的。我掉转车头驶向我们家所在的郊区，往圣芬巴尔教堂开去。

这个点教堂总是上锁的，为的是防止抢劫和人为破坏。对于晚间前来朝拜的信徒，门把之下装有按钮式门锁，五个按钮分别标着从一到五的数字。只要依照正确的顺序按下三个按钮，门闩会自动弹开，允许信徒合法进入。

我沿着教堂后侧静静地走向圣芬巴尔雕像脚下，在登记册上记录下我的到来。

"圣芬巴尔？"弗兰克曾经怀疑地问过，"根本没有这么一位圣人吧，不可能。"

"确有其人，"我说，带着一丝得意，"他是十二世纪的一位爱尔兰主教。"

"哦，爱尔兰人，"弗兰克有点儿不屑一顾，"那有可能。不过我不能理解的是，"他尽量委婉地说，"嗯，你去那儿是为什么呢？"

"什么为什么？"

"为什么选择参与这个明供圣体的永敬仪式？你从来就不是个虔诚的信徒，起码不比我虔诚。你也不去做弥撒之类的，贝格斯神父每星期都问我你在哪儿。"

我摇摇头："我也说不清，弗兰克。我就是觉得……需要这么做。"我看了看他，觉得怎么都无法给出充分的解释。"这儿……很安静。"最后我这么说。

他张开嘴像是要再说些什么，却还是转过身摇了摇头。

这儿确实很安静。教堂停车场里空空如也，只有这个时辰负责出勤的某个信徒的黑色轿车在弧光灯下闪着亮光。进入教堂，我签了到便走了进去，有意咳嗽了一声，以便无言地向十一点值班的信徒礼貌地告知我的到来。我在他背后跪下。那是个高大的男子，穿着一件黄色的防风夹克。过了一会儿，他起身走到圣坛前，行了屈膝跪拜礼，便转身走向大门，经过我的时候简单地点了点头。

门咯吱一下关上，留下我独自一人，还有圣坛上供奉着的圣体，在圣体光座之上放射着灿烂的金色光芒。圣坛上有两支巨大的蜡烛，光滑而洁白，在静止的空气中坚定地燃烧着，没有闪动。我把眼睛闭了一会儿，聆听着寂静的声音。

一整天发生的事情在我脑海里翻滚，一片混乱而脱节的思想与情绪。我没有穿大衣，从停车场走过来，短短的一段路上我颤抖不已，但此时我开始慢慢地暖和了一点儿，紧握的双手在膝头放松开来。

最终，我停止了思考，通常每次来这儿都会这样。到底是因为时间在永恒的面前停滞了，还是那深至骨髓的疲倦打败了我，我不知道。但我对弗兰克的负罪感实减轻了，对詹米揪心的哀思也淡去了些，甚至，那种作为母亲恒久不变的感情重压也降低到背景噪音的水平，不超过我自己的心脏缓慢跳动的音量，稳定而舒缓地持续在教堂里黑暗的寂静之中。

"主啊，"我悄悄地说，"我请求您的怜悯，您的仆人詹姆斯的灵魂。""还有我的，"我无声地补充道，"还有我的。"

我坐着一动不动，观察着圣体光座的金色表面反射出烛火的光芒，直到下一位信徒迈着轻柔的脚步走到我背后的一排座位，以屈膝礼沉重的嘎吱声告终。他们每个小时夜以继日地来到这里，永远不会抛弃至圣圣体而独自离开。

我继续坐了几分钟，然后离开座位，向圣坛方向点了点头。走向教堂门外的时候，我看见后排座位上有一个身影，沉浸在圣安东尼雕像的阴影之中。我走近时他动了一动，随即站起身向我走来。

"你在这儿干吗？"我压低嗓音责问道。

弗兰克朝刚进来的信徒跪着沉思的身影努努嘴，扶着我的胳膊肘带我走到门外。

我等到教堂的大门在我们背后合上，然后脱身转向他。

"这算什么？"我气愤地问，"你干吗跟着我？"

"我不放心你。"他指了指空旷的停车场，他的大别克车停在我小小的福特身边，像在保护着它，"这里挺危险的，一个女人深夜独自走在这儿。我不过是来护送你回去，仅此而已。"

他没有提欣奇克利夫夫妇，也没有提晚餐。我的排斥减少了一点儿。

"哦，"我说，"那布丽安娜呢？"

"我请隔壁的老孟欣夫人注意听着，怕万一她会哭闹，不过她好像睡得很死，我觉得不会有什么问题。来吧，外面冷。"

确实。波士顿海湾冰冻的空气盘旋在弧光灯柱周围，凝结成白色的藤蔓，我穿着薄薄的衬衫颤抖不已。

"那我们回家见吧。"我说。

去看布丽安娜的时候，育婴房里的暖意仿佛张开双臂拥抱了我。她仍然睡着，但红褐色的脑袋烦躁不安地开始左右翻转，小嘴儿像鱼儿似的摸索着开开合合。

"她饿了，"我轻声告诉弗兰克，他跟在我后面，越过我的肩膀怜爱地凝视着小宝宝，"我上床前最好喂饱她，那样她早上可以睡久一点儿。"

"我去给你倒杯热茶。"他走向门口，消失在厨房里，我一把抱起了那睡意浓浓的温暖被包。

她只吃了一边的奶就饱了。小嘴里满溢着乳汁，懒洋洋地从乳头慢慢移开，毛茸茸的脑袋沉入我的臂弯。无论我怎样轻摇她，呼唤她，都无法把她叫醒继续吃另一边的奶，最后我只好放弃，把她抱回小床，盖好了被子，轻轻拍她的后背直到枕头上传来满意的饱嗝，和随之而来的饱食后酣睡的沉沉呼吸。

"今晚给打发了？"弗兰克把黄色小兔花纹的婴儿毛毯盖过她的身子。

"是啊。"我重新坐回摇椅，身心疲惫而不愿再起来。弗兰克走到我身后，把手轻轻地放在我肩上。

"他已经死了吗？"他柔声问道。

我告诉过你了，我本想这么回答，却还是打住了，闭上嘴仅仅点了点头，一边缓缓地摇着椅子，望着黑暗中的小床和小床上小小的身影。

我右侧的乳房仍旧充满了奶水，刺痛地肿胀着。这个问题不解决，不管我有多累都无法入睡。无奈地叹了口气，我伸手去拿吸奶器，那个看上去笨拙而荒唐可笑的橡皮装置。虽说使用它既不舒服又有损尊严，但我情愿这样也不希望一小时后胀痛着醒来，让溢漏的奶水湿透衣襟。

我朝弗兰克挥挥手，打发他离开。

"你先睡吧。我得弄一下，几分钟就好……"

他没有离开也没有回答，只是从我手中拿走吸奶器，放到桌上。似乎并非由他操控，那个吸奶器就那么心甘情愿地自己移走了。育婴房温暖而漆黑的空气之中，他的手慢慢升起，温柔地贴合到我胸口隆起的曲线上。

他低下头，嘴唇柔软地合拢在我的乳头上。感觉到乳汁从微小的管道里奔涌而出的些微刺痛，我呻吟了一下。一只手放到他的脑后，我把他揽近了些。

"再用力一点儿。"我耳语道。他的嘴很柔软，只是温存地压迫着，不像被婴儿那硬硬的尚未长牙的牙床无情扣紧的感觉。婴儿的吮吸是一种死命的紧抓不放，那强烈的索求可以瞬时间开启丰盈的源泉，向贪婪的饥渴敞开怀抱。

弗兰克跪在我面前，用嘴一味地恳请着。上帝的感受是否也同我一样，我想知道，如此地看着面前的崇拜者——是否也同我一样充满温情与怜惜？疲惫的烟朦胧地笼罩着我，我恍然感觉一切都漂浮在水中，犹如慢镜头缓缓地播放着。弗兰克的手像海水里的绿藻，随波荡漾，轻拂在我的肌肤之上，那柔和的触摸像海带一般，借波涛的力量将我举起，继而把我轻放到育婴房地毯的沙滩之上。我闭上眼睛，任由潮汐把我带走。

老公馆的前门打开了，生锈的铰链吱呀一声宣告布丽安娜·兰德尔的归来。罗杰听到姑娘们的声音立刻起身来到门厅。

"一磅最好的牛油——你让我这么要的，我就这么说了。但我老怀疑，难道还有第二好的牛油？那最差的牛油呢？"布丽安娜一边说笑，一边把包好的东西一袋袋递给菲奥娜。

"哦，你要是从威克洛那个老家伙那里买的，多半就是最差的，甭管他怎么说。"菲奥娜打断了她，"啊，你买了肉桂，好极了！我就做肉桂烤饼吧，你想来看我做吗？"

"好啊，不过我可要先吃晚饭。饿死啦！"布丽安娜踮起脚尖充满期待地向厨房方向闻了一闻，"晚饭吃什么？羊杂碎吗？"

"羊杂碎！天啊，愚蠢的撒克逊外乡人——春天才不吃羊杂碎呢！那要等到秋天宰羊的时候才有。"

"我是个撒克逊外乡人？"布丽安娜听到这个称呼似乎挺开心。

"当然喽，呆子。不过我一样喜欢你啦。"

菲奥娜对着布丽安娜大笑起来。布丽安娜比那娇小的苏格兰女孩儿整整高过一尺。菲奥娜今年十九岁，长得胖乎乎的，甜美迷人，而站在她身边的布丽安娜则强健而骨感得如同一尊中世纪的雕像。在玻璃大吊灯的照射下，她高挺的鼻梁和闪着金光的红色长发让他看起来仿佛刚刚从一部泥金抄本里走了出来，生动亮丽，千年未改。

罗杰突然注意到，克莱尔就站在他的肘边。她凝望着女儿，眼神所流露出的怜爱和自豪中仿佛还夹杂着一些别的——兴许是回忆？他有点儿震惊地意识到，詹米·弗雷泽很可能也是如此，不仅有着他遗赠给女儿的惊人身高和维京人的红发，更有着如出一辙的十足的仪态和风度。

他觉得很神奇。并不需要不同寻常的言语或举止，布丽安娜就能无可争议地吸引人们的注意。她身上有一种近乎磁性的引力，能把周围的所有人纳入她行走轨道的光环之中。

那种引力深深地吸引着他。布丽安娜转身向罗杰投来一个微笑，他没有意识到自己挪动了双脚，但一转眼却已离她近在咫尺，近到能看见她颧骨上隐约的雀斑，闻到她购物归来流连在发梢的烟丝气味。

"你好，"他微笑着说，"从氏族办公室带回了什么好消息吗？还是光顾着给菲奥娜做狗腿子了？"

"狗腿子？"布丽安娜一双向上挑起的蓝眼睛笑成了三角形，"刚刚我还是撒克逊外乡人，现在又变成狗腿子了。你们苏格兰人要是友好起来管人叫什么？"

"宝贝——儿！"他夸张地卷着舌，把两个姑娘都逗得哈哈大笑。

"你听上去像只坏脾气的阿伯丁小猎狗，"克莱尔评论说，"布丽，你在高地氏族图书馆找到些什么没？"

"找到好多呢，"布丽安娜一边回答，一边翻着门厅桌上的一叠影印文件，"他们拷贝这些的时候我差不多全都读了一遍——最有意思的是这个。"她抽出一张纸递给罗杰。

那是一本高地传说故事集中的摘选，题为"酒桶崖"。

"传说故事？"克莱尔越过他的肩膀斜瞥着问，"这是我们要找的吗？"

"有可能。"罗杰一边仔细读着，一边分心回答道，语气有点儿心不在焉，"说起苏格兰高地，直到十九世纪中期左右，绝大部分历史都是口述的。也就是说，我们很难明确地区分出真人真事、关于历史人物的传说故事和关于虚构事物的传说故事，包括水怪啊，鬼啊，以及古人的那些事儿。记录这些故事的学者经常也都不太清楚——所以有时候真实与虚构的成分都存在，而有时候你看得出所描述的是确实发生过的历史事件。"

"就比如这个。"他把纸传给克莱尔，"听着就像真的。说的是高地的某处岩石和它名字背后的故事。"

克莱尔把一绺头发掠到耳后，低头读起来。吊灯的光线有点儿暗，她眯起了眼睛。菲奥娜见惯了发霉的旧纸和无聊的历史点滴，毫无兴趣地消失在厨房里开始准备晚餐。

"酒桶崖，"克莱尔念道，"这处不寻常的岩层高耸于一条溪流之上，其名起源于一位身为领主的詹姆斯党人和他的仆人。这位领主是历经卡洛登灾难、为数不多的得以逃生的人物之一，当他艰难地回到家乡后，却又被迫藏身于自己领地之上的某处岩洞，历时将近七年，以躲避英军在高地对查尔斯·斯图亚特在逃同党的搜捕。此领主的佃农忠诚地保守着其所在的秘密，并始终向他的藏身之地运送食物和用品。他们一向谨慎地将此隐士称作'灰帽子'，以防在经常路过的英国巡逻兵面前暴露他的行踪。

"一天，一个男孩带着一桶麦芽酒给他的领主送上山去，路遇一队英军龙骑兵。当他勇敢地拒绝回答英军的问题，并且拒绝放弃他所背负的货物时，一名骑兵袭击了他。于是他的酒桶坠下了陡峭的山崖，滚入山下的小溪之中。"

读罢，她抬起眼睛，向女儿挑了挑眉毛。

"这个有什么特别？我们知道——应该说我们认为我们知道，"她更正自己，朝罗杰狡黠地点了下头，"詹米逃离了卡洛登，但是有很多其他人也一样啊。你凭什么认为这个领主就可能是詹米呢？"

"当然是因为灰帽子这一点啰。"布丽安娜答道，似乎很奇怪她会这么问。

"什么？"罗杰困惑地看着她，"灰帽子又怎么了？"

作为回答，布丽安娜挑起一簇浓密的红发，在他鼻子底下摇摆着。

"灰帽子！"她不耐烦地说，"一顶灰褐色的帽子，对吧？他一直戴着帽子，是因为他的头发可能会被认出来！英国人不是叫他'红发詹米'吗？他们知道他长着红头发，所以他得把头发藏起来啊！"

罗杰无语地盯着她，她的长发松松地散在肩头，生气勃勃地闪着火光。

"没准儿让你说对了，"克莱尔激动地说，看着女儿的眼睛熠熠生辉，"他的头发就是这样，布丽——跟你的一模一样。"她上前温柔地抚弄着布丽安娜的长发。姑娘低头看着母亲，表情缓和下来。

"我知道，"她说，"我一边读一边就在想——想象他的样子，你明白吗？"她停顿了一下，清了清嗓子，似乎什么东西堵在了里面，"我似乎能看见他在石楠地里四处躲藏，而太阳照在他的头上。你说他以前也被通缉过，于是我就想——我想他一定很清楚……该如何藏身，如果有人在追杀他的话……"她小声地把话说完。

"对，"罗杰轻快地接口，想赶走布丽安娜眼里的阴云，"你的推理很不同凡响，不过我们可能需要再研究一下才能下定论。假如能在地图上找到这个酒桶崖的话——"

"你以为我是多傻的傻瓜？"布丽安娜轻蔑地反驳道，"我当然想到了。"阴云消散，她继而踌躇满志地说，"所以我才这么晚，我让管理员把他们所有的高地地图都翻了出来。"她从纸堆里找出另一张影印件，伸出一个手指在地图顶端附近得意扬扬地一指。

"瞧见没？这个地方非常小，在大部分地图上都没有标注，但这张上面有。就在这儿，那边是莫德哈堡的村庄，妈妈说那里离拉里堡庄园很近，而那儿——"她的手指移动了四分之一英寸，指着几个需要用放大镜才看得清的小字。"瞧见没？"她又说了一遍，"他回到了家园，拉里堡——而这就是他的藏身之处。"

"我手头没有放大镜，就姑且照你说的，认为这几个小字就是'酒桶崖'了。"罗杰说着挺了挺腰板，向布丽安娜咧开了嘴，"恭喜你，"他说，"我觉得你找到他了——起码到这点为止。"

布丽安娜笑了，眼睛亮得有点儿可疑。"是啊，"她柔声说道，手指轻柔地摩挲着那两张纸，"我的父亲。"

克莱尔握了握女儿的手。"如果你继承了你父亲的头发，那我很高兴看见你也继承了你母亲的头脑。"她笑着说，"咱们去菲奥娜的晚餐桌上庆祝下你的发现吧！"

"干得漂亮，"罗杰夸赞着布丽安娜，两人跟着克莱尔走向饭厅，他把手轻轻地搭在她腰间，"你该为自己感到骄傲。"

"谢谢。"她说完，浅笑了一下，嘴角却又马上挂上了沉思的表情。

"怎么了？"罗杰在走廊里停下脚步，小声问，"出什么事了吗？"

"没有，其实没什么。"她转过来面对他，两条红色的眉毛之间显出一条细小的皱纹，"只不过——我就是在想，设身处地地想——你觉得他究竟是怎么过的，在一个山洞里隐居七年？还有，那七年之后呢？"

突如其来的勇气把罗杰推上前去，在她双眉之间轻轻地吻了一下。

"我不知道，宝贝儿，"他说，"但咱们没准儿能查出来。"

Part 02

拉里堡

CHAPTER 04

灰 帽 子

拉里堡，1752 年 11 月

每个月，当孩子们中的一个带信来说平安无事，他就回到家中刮一次胡子。每次都在晚上，总是像狐狸一般轻捷地穿过黑暗。出于某种原因，他似乎觉得这是一种必需，一种向所谓文明世界的小小致敬。

他总是轻轻地从厨房门进去，迎接他的不是伊恩的微笑就是詹妮的一个吻，接着他的蜕变过程便开始了。桌上总会为他摆好一盆热水和新磨好的刀片，至于用作剃须皂的，有时会是堂叔杰拉德从法国寄来的真正的肥皂，而更多时候则是熬制了一半的羊脂掺上刺眼的碱水。

他觉得两个世界之间的转变从闻到厨房飘出的香味之时就开始了——那香味强烈而浓郁，与湖泊、沼泽和树木间稀薄的气息对比强烈——但是，只有完成了刮胡子的仪式之后，他才能重新变成一个完整的人。

大家习惯了不指望他在没刮胡子之前说话。经过一个月的孤独，打开言语之门变得非常艰难。并非因为他无话可说，只是一时间满腔的字字句句会争抢着要一吐为快，反倒僵持在喉咙了。他需要那几分钟时间小心地梳洗，以便斟酌决定先对谁说些什么。

关于当地的英军巡逻兵，关于政治，关于伦敦和爱丁堡的抓捕和审判，他需要听取各种新闻，问各种问题。但那些都可以等。他更急切地想跟伊恩聊聊庄园，跟詹妮聊聊孩子们。如果情形看着安全，他们会带孩子们下楼来问候舅舅，让孩子们一一给他一个睡眼惺忪的拥抱和一个湿漉漉的亲吻，然后爬回床上歇息。

"他马上就是个男人了。"这是他九月里回到家中的第一句话，边说边冲着詹妮的长子，与他同名的小詹米，点了下头。十岁的小詹米坐在桌边，有点拘束，意识到自己作为家中临时的男主人的地位，显然非常不自在。

"是啊，好像我需要再多一个男人来操心似的。"詹妮酸溜溜地回答，然而她一边走过儿子身旁，一边拍了拍他的肩膀，骄傲的神情揭穿了嘴上的谎话。

"有伊恩的消息吗？"三周前，他姐夫第四次被捕了，作为支持詹姆斯党的嫌犯被带去因弗内斯。

詹妮摇摇头，把一盘盖着盖子的食物送到他面前。山鹑馅饼浓浓的香味从馅饼皮上的小孔里溢出，弄得他口水直流，不咽下一口都没法儿说话。

"用不着担心，"詹妮一边说一边用勺子把馅饼舀到他的盘中，她的声音很平静，但眉间细小的竖纹加深了，"我让菲格斯把地契转让书和伊恩的退伍证书带去给他们看了。他们一旦意识到他不是拉里堡的领主，折磨他也没有任何好处的时候，就会放他回来的。"瞧了一眼儿子，她伸手拿起麦芽酒壶，"看他们有什么运气能证明一个小孩儿是叛徒。"

她的声音很沉重，可是语气里透着一种满足，想象着英格兰法庭混乱的样子。那张风吹雨淋过的地契转让书曾经多次在法庭上作为证物，证明拉里堡的所有权已从年长的詹姆斯转到小詹姆斯名下，每一次都成功地阻止了英格兰王朝将该地产作为叛党分子的财产而抢占为己有。

他可以预感到，当他走出这座农庄的大门，那薄薄的一层人性文明的表象将悄悄地溜走，随着他每一步的远离逐渐消散。有的时候他能留住一丝暖意与家庭的幻影，直到抵达他藏身的岩洞；有的时候那感觉几乎转瞬即逝，轻易地被一股夹着刺鼻焦味的寒风撕扯得一干二净。

英国人在高处的农田以外已经烧毁了三片小农场。休·科比和杰夫·默里被他们从家中的火炉旁拖出去射杀在自家门口，没有问话，也没有正式的指控。年轻的乔·弗雷泽躲过了劫难，他妻子看见英军走近，及时提醒了他，于是乔得以逃离到詹米所住的岩洞，与他共同生活了三个星期，一直到英国兵离开村庄，也带走了伊恩。

十月，给他带信的是两个大点儿的男孩。菲格斯是他从巴黎一家妓院带回来的；拉比·麦克纳布是厨房女佣的儿子，是菲格斯最好的朋友。

他慢慢地把剃须刀从脸颊旁划下，越过下颌的棱角，然后把泡沫沿着脸盆边沿从刀片上刮干净。从眼角的余光里，他瞥见拉比·麦克纳布脸上痴迷的羡慕神情。稍一转身，只见三个男孩，拉比、菲格斯和小詹米，全都张着嘴专注地看着他。

"你们没见过男人剃胡子？"他挑了挑眉问道。

拉比和菲格斯对看了一眼，把这问话留给准领主小詹米来回答。

"哦，这个……是啊，舅舅，"他红着脸答道，"不……我，我是说——"他结巴起来，脸红得更厉害了，"爸爸不在，就是他在，我们也看不见他老刮胡子，还有，嗯，舅舅您，一个月下来脸上有这么多胡子，我们也就是很高兴见您回来，嗯……"

詹米突然开始意识到，对于孩子们来说，他一定是个浪漫的人物。一个独居山洞、出没于黑暗之中的猎人，每每在黑夜中的迷雾里归来，带着一身污泥、乱发和一脸凶狠的红色大胡子——是啊，在他们的年龄，做个亡命之徒，终日隐居在石楠地里潮湿狭窄的山洞中，兴许是令人无比向往的冒险生涯。在十五岁、十六岁和十岁，他们不懂负罪感，不懂凄苦的孤寂，不懂那种无论你做什么都无法排遣的责任的重负。

或许在某种意义上他们能理解恐惧。对被捕的恐惧，对死亡的恐惧。但不是那种对孤独、对自身的天性，以及对疯狂的恐惧。不是那种长久的、无时不在的恐惧，惧怕自身的存在会给他们带来些什么——即使他们想得到那层危险，也会很快打发走那种想法，因为男孩儿们自然而然，也天经地义地认为，人可以永生。

"哎，是啊，"他一边说一边自然地转回到镜子跟前，接着小詹米的话茬，"悲哀和胡子都是男人天生的。亚当留下的祸患。"

"亚当？"菲格斯毫不掩饰地一脸疑惑，而其他两人则努力显出有点儿理解的样子。菲格斯是法国人，所以他们从不指望他什么都懂。

"哦，是啊，"詹米把上嘴唇往下盖过牙齿，小心地剃干净鼻子下边的胡须，"上帝刚开始造人的时候，亚当的下巴和夏娃一样，没有胡子。他俩全身都光溜溜的，跟刚生下来的小孩儿一样。"他接着说。瞧见小詹米的眼神快速地瞥向拉比的裤裆。拉比虽然还没长胡子，但他上嘴唇淡淡的阴影暗示着别处或许也已经有了新长的毛发。

"但是当那个天使举着火箭把亚当和夏娃赶出伊甸园时，他们刚一踏出大门，亚当的下巴就痒痒地长出了胡子，从此世上的男人就遭了诅咒，永远得剃胡子。"说完他在下巴上轻舞了最后一下剃刀，旋即戏剧性地向观众们鞠躬谢幕。

"可是其他地方的毛呢？"拉比继续问，"你没有剃那边儿！"小詹米想着便咯咯乱笑，脸又涨得通红。

"还好没有剃，"与他同名的舅舅评论道，"那可需要很稳当的手啊！不过镜子倒是用不着。"他的补充引来一阵集体的痴笑。

"那姑娘们呢？"菲格斯问，说到"姑娘"一词时，他低哑的声音不自然得像青蛙叫，惹得另两个男孩儿笑得更大声了。"女孩儿那里当然也长毛，不过她们不会剃掉——至少一般不会。"他一边补充，一边显然想起了自己早年在妓院里的某些见闻。

詹妮的脚步从走廊传了过来。

"哦，不过那可不是个诅咒，"他告诉专注的小观众们，一手举起脸盆朝打开的窗户外倒了出去，"那是上帝给男人的一个安慰。先生们，有朝一日你若有幸见到一位女子的身体，"他回头望着门口，压低声调秘密地说完，"你会发现她那里的毛发长成一个箭头的形状——记得，那是告诉可怜的无知的男人，跟着那个箭头就能带你安全到家。"

他撇下背后的窃笑，一本正经地转过身来，看见詹妮挺着庞大的肚子缓慢蹒跚的脚步，突然羞愧万分。她隆起的肚子上搁着一个托盘，上面是给他端来的晚餐。他怎么可以如此贬低她？怎么可以为了一时间笼络与孩子们的感情，说出如此粗俗的笑话？

"安静！"他突然对孩子们训斥道，弄得他们赶紧打住，迷惑地瞧着他。他连忙上前接下詹妮端着的托盘，放到桌上。

那是一道羊肉和培根做的鲜美的菜肴，闻着香味，菲格斯瘦瘦的脖子上明显能看见喉结在上下浮动。他知道他们总是把最好的食物留给他，餐桌上下一张张苦涩的脸不用多看也都明白。他每次回来都尽量带点肉来，设套捉的兔子或松鸡，有时是一窝千鸟蛋——但这些从来都是远远不够的，因为此时的庄园需要招待的不光是家人与伺佣，还有被杀害的科比和默里的全家。这些佃农的孤儿寡母在这里起码得住到春天，所以他必须尽全力供养他们。

"来，坐这儿。"他拉着詹妮的胳臂温柔地把她牵到身边的长凳上坐下。她有点讶异——他每次回来她都习惯了为他服务——不过还是欣然坐了下来。天很晚了，她也累坏了，眼眶下的黑影显而易见。

他切了一大块肉饼，非常坚决地把盘子送到詹妮面前。

"可这都是给你的！"她抗议道，"我吃过了。"

"吃得不够，"他说，"你需要多吃点——为了孩子。"他鼓励着。如果她不肯为自己吃，应该会肯为了孩子吃。她犹豫了一下子，但微笑着提起勺子吃了起来。

已经十一月了，冷风穿透了他薄薄的衬衣和马裤，但专注于追踪猎物，他几乎没有注意到寒冷。天上有云，不过一轮满月透过稀疏的云层，把天空照亮成一片青灰色。

感谢上帝没有下雨，否则滴答的雨水和淋湿的草木散发出的香气会掩盖动物的声响和体味。长期的野外生活把他的嗅觉磨炼得敏锐异常，几乎到了折磨人的地步，有时候踏进家门扑面而来的强烈气味会险些把他熏倒。

他没有闻到那头雄鹿身上的麝香味，因为距离有点儿远。但那头鹿显然闻到了他，而一瞬间微小的惊跳引起的窸窣声被猎人听见，露了馅儿。飞速飘动的云层下有黑影在周围的山坡上泛着涟漪，这时候那头鹿一定动也不动地隐藏其中。

听觉指引着他非常慢地转向雄鹿的位置，他手握长弓，箭在弦上，一旦雄鹿想逃，他便可能有机会下手。

对，就在那儿！看见鹿角时他的心跳到了嗓子眼儿，就在那金雀花丛之中，尖尖的黑色鹿角清晰而醒目。他稳住自己，深吸一口气，向前迈了一步。

野鹿突然跃起的声响总是大得足以震慑猎人。不过这个猎人有备而来。他既没有退却，也没有追击，只是坚守住阵地，目光顺着箭身方向追踪着跳跃的鹿身伺机发射。最终，强劲有力的一击把弦生疼地弹到手腕上。

一箭中的，射中的是肩胛之后。太幸运了，他都怀疑自己有没有能力追赶一头成年的雄鹿。猎物倒在金雀花丛背后的一块空地上，四条腿像树枝一般僵硬地挺着，跟所有垂死的有蹄类动物一样，异乎寻常地无助。秋日的满月照在它光滑的眼睛上，平日黑暗里温柔的凝视看不见了，空洞的银光之下隐藏着死亡之谜。

他从腰带里抽出匕首跪在雄鹿身旁，匆忙地念完了弑鹿祷词。那是伊恩的父亲，老约翰·默里教他的。他记得自己的父亲听了，在一边轻轻地撇了撇嘴，于是他揣测这段祷词也许并不是念给他们星期天在教堂敬拜的同一位天主。可是他父亲什么都没说，他便轻声重复了祷词，紧张而激动的心情让他几乎不记得说了什么，只觉得老约翰的手稳稳地按在他的手上，第一次将刀刃刺入鹿身的皮毛与热血之中。

如今技艺熟练的他很有把握地将黏黏的鹿嘴向上一推，用另一只手切开了猎物的喉咙。

血热乎乎地倾泻到刀和手上，喷射了两三下，然后缓缓地流淌出来。喉头的大血管一经切断，鹿身的鲜血便会这样慢慢地流淌干净。要不是饥饿、晕眩和这清冷的夜里醉人的气息，他也许会停下思考一番，但是今晚他没有。他不假思索地伸出手，捧起流动的血送入口中。

月光照在他拢成杯状的手上，血看着是黑色的，不停地滴漏下来，仿佛他喝下的并不是鹿血，而是那头生灵的精髓。他觉得那血咸咸的，带有银子的味道，温暖如同自己的体温。吞咽时没有一丝或热或冷的不适，只有口中浓郁的味觉，加上令人目眩的温热的金属气息。感应到食物近在咫尺，他的胃突然一抽紧，咕咕叫了起来。

他闭上眼睛呼吸着，湿冷的空气又吹了回来，在雄鹿尸骨的热气和自己的知觉之间回转。吞下了最后一口，他用手背擦了擦脸，又把手在草地上擦拭干净，继而开始干手头的活儿。

瘫软的死鹿骨架搬起来很重，而接下来要处理的则是内脏。他在鹿腿之间切开了长长的口子，既需要力量，又需要微妙的控制，那样才能不刺破包裹五脏六腑的囊膜。接着，他伸手探入鹿身温热而湿滑的内部，用力把内脏包拉了出来，手中的黏液反射着月色的寒光。一上一下两刀之后，内脏干净地滑出骨架，他犹如用了巫术一般，成功地把一头鹿变为鹿肉。

这头雄鹿个子不大，但鹿角上已经有了分叉。幸运的是，与其走开去寻找搬运的帮手，不如把骨架留下任由狐狸或獾貆摆布，这回他正好可以独自一人把它搬走。他将一侧的肩膀钻到一条鹿腿之下，缓缓站起身，努力哼哼着把重负挪到背上一个稳固的位置。

他缓慢而笨拙地移步下山，月光把他驼背的身影投射到一块大石头上，看上去怪诞而神奇。鹿角在肩头上下起伏着，他的侧影变成了一个长着角的男人。幻想令他打起寒战，他想到那巫师魔宴故事里的场面，想到那角神出现，饮尽了供奉牲礼上山羊与公鸡的鲜血的情景。

他有点儿反胃，更有点头晕。想着自己被撕扯在白天与黑夜之间，他越来越无所适从。白天的他是纯粹理智的生物，为了逃离潮湿而令人动弹不得的禁锢之地，他把自己严格地制约在沉思冥想之中，去书页里寻求庇护。而一旦月亮升起，理智消散殆尽的他则立刻屈从于直觉，如野兽般钻出巢穴，踏入清新的空气，在星光下的黑暗山野奔跑狩猎，在饥饿的驱使下独饮鲜血与月色，一醉方休。

他注视着地面，一步一步地走着，敏锐的夜视力令他即使在重负之下仍能立稳脚跟。背脊上瘫软的雄鹿在渐渐变凉，直直的柔软的皮毛擦着他脖子背后，微风中他自己的汗水也在变凉，恍惚之间，他感觉与自己的猎物正在走向同样的归宿。

直到拉里堡的灯光最终映入眼帘，他方才觉得人性的温暖降临到自己的身上。他收拾心情准备向家人问安，此时他的身心终于再次合二为一。

CHAPTER 05

一个孩子为我们降生

三周以后，仍然没有伊恩归来的消息。事实上，没有任何消息。菲格斯几天没来山洞了，詹米忧心忡忡，不知家中到底发生了什么。就算没有大事，上次打的鹿肉一定早吃完了，现在添了那么多人要养活，这个季节菜园里一定没有什么收成。

忧心渐甚，他决定冒险早点儿回家看看。他仔细检查了每个陷阱，赶在日落之前下了山。为防万一，他小心地戴上粗羊毛织的灰褐色圆帽，好掩盖一头红发，不致在夕阳下暴露目标。仅凭他的身高就可能招致怀疑，但怀疑不是定论，如果倒霉地遇上英军巡逻兵，他有充足的自信可以单靠腿力逃离险境。石楠地里的野兔都不是詹米·弗雷泽的对手，只要他事先做好准备。

他走近的时候，房子里异常安静，听不见平常孩子们的喧闹声。詹妮家有五个孩子，几个佃农家一共有六个，更别提菲格斯和拉比·麦克纳布，都还远未成熟，仍旧喜欢围着牲口棚相互追逐，像恶魔一般尖叫。

踏入厨房大门，整个屋子空荡荡地围绕着他。站定在后屋的走廊里，一手边是储物间，一手边是清洗间，主厨房就在前面，他将所有的知觉静静地伸展开来，一边呼吸着屋子本身强烈的气味，一边聆听着。不，确实有人在屋里。只听得一丝细小的刮擦声，紧接着是不经意的轻轻碰撞声，从厨房门里传了出来，那门用厚厚的布包裹着，好防止厨房里的热气跑到冰冷的储物后间。

那着实是家居的声响，他松了口气，小心地推开门，没有十分忌惮。独自站在桌边的是他的姐姐詹妮，挺着巨大的肚子，在一个黄色的大碗里搅着什么东西。

"你在这儿做什么？寇克太太呢？"

詹妮一声惊呼，把勺子掉在了地上。

"詹米！"她一手合在胸前，面色苍白地闭上眼，"天哪！你把我肠子都吓出来了。"她睁开眼盯着他，仿佛要把他看穿似的，那双蓝色的眼睛与他的一模一样。"看在圣母的分上，这个时候你来干什么？我以为至少再过一个礼拜才见得到你呢。"

"这两天菲格斯没来，我有点儿急了。"他简单地答道。

"你真是个好男人，詹米。"她的脸色恢复了正常，笑了笑，走近身拥抱了她的弟弟。有个随时可能呱呱坠地的婴儿夹在中间，拥抱是件尴尬的事儿，但依然非常令人愉悦。他把脸颊靠在她一头光滑的黑发上贴了一会儿，她身上的香味掺杂着蜡烛、月桂、牛脂皂和羊毛的气息，而今晚他觉得这香味里添了一丝异常的元素，他觉得他开始闻到了奶香。

"大伙儿都去哪儿了？"他一边不情愿地放开她，一边问。

"嗯，寇克太太死了。"她答道，双眉之间隐约的皱纹加深了。

"真的？"他画着十字小声地问，"太遗憾了。"四十多年前他父母刚一结婚，寇克太太就是家里的第一个女佣，过了些年她就一直是管家了。"什么时候的事？"

"昨天上午。大家其实也都不吃惊，可怜的老夫人，去得很平静。她如愿以偿地死在自己的床上，麦克默特里神父为她做的祷告。"

詹米下意识地望了一眼厨房通向仆人屋子的那扇门："她还在吗？"

詹妮摇摇头："不在了。我让她儿子在这儿为她守灵，但寇克一家觉得，照目前的情形——"她挤了挤眉眼，这目前的情形显然包括伊恩缺席、英军出没、佃农避难、食物奇缺，再加上他本人居于山洞的麻烦处境，"他们觉得还是在莫德哈堡她姐妹家中举行好点儿。所以，大伙儿都去了。我推说不太舒服就留下了。"她说着就笑了，抬了抬顽皮的眉毛，"不过其实我就是想要他们离开，我好有几个小时的清静。"

"我这一来，你的清静又被打乱了，"詹米同情地说，"需要我走吗？"

"不要，傻瓜，"詹妮和蔼地说，"坐下，我来弄晚饭。"

"那，咱们吃什么？"他问完，期待地在空气中闻了一闻。

"那要看你带什么回来了。"她一边回答，一边在厨房里忙碌着，从橱柜里拿出这样那样，一会儿停下往火上的大锅里搅一搅，锅中升起淡淡的热气。

"你要带了肉来，咱们就吃肉。没有的话，就吃牛腿麦片汤。"

他做了个鬼脸，想到煮麦片和两个月前买的腌牛肉吃剩下的最后一点儿腿骨，他兴味索然。

"那幸亏我运气好，"他说完，从猎物袋里倒出三只野兔，软绵绵的一堆灰色的皮毛和压瘪的耳朵，"还有黑刺李。"他把灰帽子里的东西倒了出来，帽子的衬里染上了鲜红的果汁。

詹妮看得两眼放光。"野兔馅饼！"她宣布道，"没有葡萄干，但感谢上帝，这些刺李反而更好。"注意到那堆灰色的皮毛里有一点点微小的动静，她马上拍了拍桌子，把闯入厨房的小虫消灭干净。

"詹米，把这些拿到外面去剥皮，不然厨房里跳蚤要泛滥了。"

当他剥完野兔皮回到厨房，发现馅饼皮早已经准备好了，而詹妮的裙子上沾满了面粉。

"把这些切成条，再帮我把骨头敲碎，好吗，詹米？"她一边问，一边皱起眉头读着桌上摊开在盘子一边的《麦克林托克夫人的烹饪与糕点食谱》。

"做个野兔馅饼你该不需要翻那本小书了吧？"他一边问，一边顺从地拿起放在橱柜顶上碎骨用的大木槌。他把木槌拿在手里掂量了一下，露出厌恶的表情。这跟几年前在英军监狱里砸坏他右手的那把槌子非常像，他眼前一下子栩栩如生地浮现出一盘野兔馅饼，被压碎而开裂的骨缝里有咸咸的鲜血和略带甜味的骨髓流出，渗入兔肉之中。

"我当然可以自己做，"詹妮心不在焉地回答，用大拇指一页页翻着食谱，"只不过当你做一个菜需要的一半的材料你都没有时，那么到这里翻翻兴许能找到些别的可以替代。"她翻到一页并皱起了眉头，"平常，我会用红酒做酱，可是家里没有，除了藏在地洞里的杰拉德送来的那桶，可我还不想打开它——没准哪天还用得着。"

无须解释，他清楚那个没准能用来干吗。一桶红酒可以打通释放伊恩的关节——或者至少买通情报了解他是否安好。他偷偷地斜瞥了一眼詹妮圆圆的大肚子，虽说大男人不懂，可就是毫无经验的他都能看出，她离生产的时间已经非常近了。他不假思索地提起水壶，把他的匕首刀刃在开水里来回烫了烫，然后擦拭干净。

"你这是干什么，詹米？"他一回头，发现詹妮正盯着他。她的黑色鬈发从发带里散出些许，见那乌木般的黑发间闪现了一丝银白，他心中一紧。

"哦，"他随口回答，显然没有仔细考虑，一边拎起一只兔子一边说，"克莱尔——是她告诉我的，说用刀切食物之前应该先用开水洗一下。"

他没有抬头看，却感到詹妮抬起了眉毛。那年他从卡洛登归来，发着高烧，神志不清，半死不活地回到家中，关于克莱尔，詹妮只问过他一次。

"她走了，"他这么回答，转开脸去，"别再向我提起她的名字。"于是一贯忠心的詹妮再没有提过，他也同样没有。他搞不清为什么今天会这么说，除非这是因为那些梦。

他常常做那些梦，形式各异，但每次都会搅得他第二天心神不宁，仿佛一瞬间她真的近得一触可及，却又马上再次远离。有时候醒来，他发誓能够在自己身上闻到她的气味，浓浓的带着麝香味，还有点点滴滴绿叶与芳草清新而辛辣的气息。在梦里他不止一次地射了精，这令他有点儿羞愧，有点儿不自然。为了分散他们彼此的注意力，他冲詹妮的肚子努了努嘴。

"快了吗？"他盯着那膨胀的大肚子，皱着眉问，"你看着像个马勃大蘑菇——只要一碰就会'噗'的一声炸开！"他轻弹手指夸张地演示着。

"哦，是吗？我可希望就像'噗'一下那么容易。"她拱起脊背揉了揉后腰，只见大肚子挺得越发危险了。他退到墙边，好给她多点儿空间。"要说什么时候，任何时候都有可能啰，我想。没法儿肯定。"她拿起量杯量好了面粉。他沮丧地注意到，袋子里剩下的面粉少得可怜。

"觉得快了就捎信到山洞里，"他突然说，"我一定下山，不管有没有英格兰人。"

詹妮停止搅拌，呆呆地望着他。

"你？为什么？"

"嗯，伊恩不在啊。"他一边说着一边又拎起一只剥了皮的兔子，熟练地卸下一条腿，把它从脊椎骨上切了下来。他抡起木槌，只消三下拍打，那颜色淡淡的兔肉就铺平开来，等着被放进馅饼里去。

"好像要是他在就会很有用似的，"詹妮说，"他的任务九个月以前就完成了。"她朝弟弟皱了皱鼻子，伸手去够那盘牛油。

"嗯哼。"他坐下来继续做手头的活，发现视线离她的肚子更近了。肚子里的那位显然醒着，并且很活跃，来来回回不停地动着，弄得那围裙随着她搅拌的动作也不停地扭曲，不停地突兀着。他不由自主地伸手轻轻地放到那庞大的弧线之上，去感觉里面的小生命惊人的动作，强壮的捶打和顿足明显表示它对那拥挤的空间极不耐烦。

"到时候让菲格斯来叫我。"他又说。

她低头气恼地看着他，用勺子把他的手打掉："我不是才说过了吗？我不需要你！上帝啊，老兄，我要操心的还不够多？这么一大屋子的人，都没有足够的吃的喂饱他们，伊恩在因弗内斯的大牢里，我每次一回头都有红衣服从窗口往里爬！是不是还要我担心他们把你也抓去？"

"你不用担心我。我会小心的。"他没有看她，只是专注着手里正切着的前腿。

"那好，小心地待在你的山上吧。"她顺着笔挺的鼻梁，越过碗边儿往下瞥着他，"我都生了六个孩子了，好吧？你觉得到现在我还不行？"

"没法儿跟你争，是吧？"他质问道。

"是，"她立刻回答，"那你就待在那儿。"

"我会过来。"

詹妮眯起眼睛，不动声色地看了他很久。

"你没准儿是打这里到阿伯丁最死心眼儿的傻子了，嗯？"

詹米抬头看了她一眼，脸上展开了笑颜。

"没准儿是，"他说，一边伸手拍了拍她沉重的肚子，"没准儿不是。反正我会过来。到时候叫菲格斯来叫我。"

三天以后，天没破晓菲格斯就气喘吁吁地上山来了。黑暗中他走错了路，从金雀花丛间摔了下去，声音响得没等他走进山洞，詹米就听见了。

"大人……"他一从小道尽头出现就上气不接下气，但詹米已经走过他身边，把披风一把拉过肩头，匆匆地朝山下的庄园赶去。

"可是，大人……"菲格斯跟在他身后，慌张地喘着气，"大人，那些士兵……"

"士兵？"他突然停下脚步转过身，不耐烦地等着那法国小伙儿爬下山坡。"什么士兵？"他问道，见菲格斯滑着走下最后几步山路。

"是英国骑兵，大人。夫人派我来告诉你——绝对不要离开山洞。有人昨天看见他们了，驻扎在当马格拉斯。"

"见鬼。"

"是啊，大人。"菲格斯在一块石头上坐下喘口气，一边给自己扇着风，瘦弱的胸膛上下起伏着。

詹米犹豫了一会儿，踌躇不定。所有的直觉都抗拒着回岩洞的想法。刚一见到菲格斯出现，他就激动得热血上升，此时一想到要乖乖地爬回山洞躲藏起来，像蛆虫一样在石块底下寻求庇护，他心中就非常抵触。

"嗯哼。"他应和道，低头看看菲格斯。清晨的光线开始改变，渐渐地，在黑黑的金雀花丛映衬之下，男孩清瘦的轮廓显现了出来，不过他的面孔仍旧是灰灰的一片，上面两道深一点的灰色显然是眼睛的位置。有一种疑云笼罩着詹米——为什么詹妮会在如此奇怪的时间派菲格斯过来？

如果确有迫切的必要警告他骑兵的到来，那么派孩子晚上过来会更安全。但如果并不十分迫切，那何不等到第二天晚上？答案很明显——因为詹妮觉得第二天晚上她可能就无法给他捎信了。

"我姐姐怎么样？"他问菲格斯。

"哦，好的，大人。很好！"那热诚的担保验证了詹米的怀疑。

"她生了，是吗？"他质问道。

"没有，大人！当然没有！"

詹米伸手抓紧了菲格斯的肩膀，那细小而脆弱的骨骼让他联想到那天帮詹妮敲碎了骨头的野兔。不管怎样，他还是握紧了手。菲格斯扭动着想逃脱。

"告诉我事实，小伙子。"詹米说。

"没有，大人！真的！"

他无情地把手抓得更紧："她叫你不要告诉我的？"

詹妮肯定是逐字逐句向菲格斯下的禁令，因为菲格斯回答这个问题时明显很释然。

"是的，大人！"

"啊。"他一放开手，菲格斯就跳了起来，一边揉着消瘦的肩膀，一边开始滔滔不绝。

"她说除了关于骑兵的事，不许我告诉你任何别的事儿，大人。如果我说了，她就会切下我的蛋蛋，跟萝卜香肠一样给煮了！"

听了这个威胁，詹米忍不住笑了。

"咱们可能是缺粮食，"他向自己的小学徒保证道，"可还没缺成那样儿。"他朝地平线望了一眼，看见黑色松树林的轮廓之后，一条粉红的细线显得纯净而清晰。"好，一起走吧。再过半个小时天就要亮了。"

这天早晨，农庄周围并不太平。明眼人都能看出拉里堡有点儿不同寻常。院子里的洗衣盆支在架子上，下面烧着的火灭了，留下一大盆湿衣服浸在冷水之中。牲口棚里传来了像是透不过气来的呻吟呼喊——一定是唯一剩下的那头母牛急需挤奶了。羊圈里传出刺耳的喋喋不休，多半是母羊们也正需要类似的关注。

他走进院子时，三只鸡咯咯咯地叫着，羽毛四散地跑开去，那条名叫耶户的捕鼠犬紧随其后。他立刻冲上前去朝那条狗的肋骨底下踢了一脚，那狗满脸惊诧地飞向空中，落地时发出一声嚎叫，爬起来便逃跑了。

他在客厅找到了小孩子们，他们同两个大点儿的男孩、玛丽·麦克纳布，还有另一个女佣苏琪，在科比夫人严密的看管下挤在屋里。科比夫人是个严肃而顽固的寡妇，正捧着《圣经》向大伙儿念着。

"且不是亚当被引诱，乃是女人被引诱，陷在罪里。"科比夫人读着，楼上传来大声起伏的尖叫，久久没有平息。科比夫人停顿了一会儿，在继续朗读之前先让屋里每个人都有时间体会了一下。她浅灰色的眼睛湿湿的，像生牡蛎一般，翻向天花板，接着心满意足地望着面前一片紧张的面孔。

"然而女人若拥有信心爱心，又圣洁自守，就必在生产上得救。"她往下读着。凯蒂突然歇斯底里地大哭起来，把头埋在姐姐的肩膀里。玛吉·艾伦满是雀斑的小脸涨得越来越红，而她哥哥在那尖叫声中已经面色惨白。

"科比夫人，"詹米说，"请停一下。"

他的话很礼貌，但他的目光一定和耶户刚刚被踢飞之前所看见的一模一样，因为科比夫人倒抽一口冷气，把《圣经》扑通一声掉在了地上。

詹米俯身捡起了《圣经》，朝科比夫人咧开嘴露出了牙齿。这个表情明显没有被理解为微笑，却也颇有成效。科比夫人脸色唰地白了，一手捂住了丰满的胸脯。

"也许你可以去厨房做点有用的事儿。"他说完朝厨房一甩头，做饭的女佣苏琪立刻像风吹的落叶似的急忙走了出去。科比夫人站起来跟着离开，样子端庄得很，却也不敢迟疑。

这一小小的胜利振作了他的精神，他很快把客厅里所有的人都请了出去，吩咐默里寡妇和女儿们去把衣服洗完，让玛丽·麦克纳布领着小一点儿的孩子们去把鸡捉回来。年长的男孩儿们被派去照看牲口，大家明显都松了口气。

屋里终于安静了，他站了一会儿，不知下一步该做什么。隐约觉得他应该留下看守这所房子，却强烈地意识到——就像詹妮说的——无论发生了什么，他都帮不了任何忙。前院有一匹陌生的骡子蹒跚着，想必接生妇正在楼上照顾着詹妮。

他没法坐下来，手拿着《圣经》在客厅周围不安地徘徊，轻轻地触摸着每一件物品。詹妮的书架被虐待得伤痕累累，是三个月前英国兵最近一次突袭时留下的痕迹。银质的大果盘有点儿凹痕，不过因为装在士兵背包里太重，所以在他们扫荡小型物件的过程中逃过了一劫。英国兵其实并没有拿走太多，家里真正值钱的东西，加上仅剩下的一点点黄金，都同杰拉德的酒一块儿安全地藏在了地洞里。

楼上传来一声长久的呻吟，他无意地低头看了看手中的《圣经》。他并没想打开它，但书页仍旧不自觉地在手中翻了开来，停下的位置正是头几页上记录家中生死婚丧诸般大事的地方。

第一条记录是他父母亲的婚礼。布莱恩·弗雷泽和艾伦·麦肯锡。母亲细腻圆润的笔迹写下了他们的名字和日期，下方的一行注释则出于父亲坚硬而深黑的草书："因爱而联姻"——这是一句醒目的批注，尤其鉴于其下第二条记载的是威利的诞生，其时距婚礼的日期仅有两月之隔。

詹米笑了，每次看到这些字他总会微笑。他抬眼望着墙上的油画，画中是两岁时的自己，与威利和大个子猎鹿犬布兰站在一起。那是十一岁时患天花去世的威利仅存的一幅肖像。画布上有一条刀痕——他猜想是一把刺刀所为，替它的主人宣泄着心中的恼怒。

"如果你没有死，"他对画中人柔声说，"一切会是怎样？"

是啊，一切会是怎样？他一边合上《圣经》，一边注意到最后的一条记载——"凯特琳·玛斯丽·默里，生于 1749 年 12 月 3 日，死于 1749 年 12 月 3 日。"哎，如果……如果十二月二日英格兰人没有来，詹妮还会不会早产呢？如果他们有足够的食物，如果大着肚子的她，还有所有的其他人，没有只剩下皮包骨头，一切会不会好一些？

"没有人知道，是吧？"他对着画像说道。画中的威利把手搭在他的肩膀上，他记得自己始终喜欢威利站在身后给他的安全的感觉。

楼上又传来一声尖叫，他拿着书的手被一阵恐惧紧紧地抓住。

"哥哥，请为我们祈祷。"他低语着在身上画了十字，放下《圣经》，决定去牲口棚帮忙。

牲口棚也没什么可做的，拉比和菲格斯两人忙活家里所剩无几的牛羊绰绰有余，十岁的小詹米也已经能够帮上大忙了。闲得无聊，詹米把散落的干草集成一捆，抱着给接生妇的骡子送了去。干草全部吃光以后，他们就非得宰了那头母牛了，与羊群不同，一个冬天下来，山上搜罗来的饲料，即使加上小孩子们采集来的杂草，也是不够一头牛吃的。运气好的话，腌了这头牛就够大伙儿吃到春天了。

他回到牲口棚的时候，菲格斯举着牛粪叉抬起了头。

"那个接生婆还行吗？名声可好？"菲格斯抬起尖尖的下巴，颇有些挑衅地表示质疑，"夫人可不应该放心让个农妇来照顾，绝对不行！"

"我怎么知道？"詹米不耐烦地问，"你觉得雇接生婆的事情跟我有关？”从前默里家所有的小孩都是老接生妇马丁夫人接生的，而卡洛登之后的第二年，马丁夫人跟许多其他的乡亲们一样在大饥荒中死了。新来的接生妇英尼斯夫人年轻很多，他就希望她有足够的经验能够知道该做什么。

拉比似乎也很想加入讨论。他对菲格斯沉下脸：“哎，你说的'农妇'是什么意思？你没注意到你也是个农民？”

菲格斯把持住自己的尊严，顺着自己的鼻梁俯视着拉比，虽说要这么做他必须先仰起头才行，因为他要比他朋友拉比矮上好几英寸。

“我是不是农民跟这个没有关系，”他骄傲地回答，“我不是个接生妇，对吧？”

“不是，你是个爱挑剔的傻瓜！”拉比粗鲁地推了一下他朋友，菲格斯惊叫了一声，重重地向后摔倒在牲口棚的地上。他立马爬了起来，猛地朝坐在马槽边哈哈大笑的拉比扑过去，但詹米的手一把抓住他的领口，把他拉了回来。

“不许这样，”他们的雇主说，“我可不想眼看着你们把剩下的一丁点儿干草给毁了。”他扶着菲格斯站起来，扯开话题问他：“对于接生婆你到底知道些什么？”

“可多了，大人。”菲格斯优雅地掸去身上的尘土，“我在爱丽丝夫人那儿时，见过许多姑娘被送到床上来的——”

“我敢说一定没错，”詹米冷冷地插了一句，“哦，要不你说的是产床？”

“产床，当然啰。啊，我就是在那里出生的！”法国小伙儿严肃地挺了挺瘦小的胸膛。

“确定无疑。”詹米微微地撇了撇嘴，“既然如此，我相信你当时一定观察得很仔细，所以你准知道一切该怎么安排吧？”

菲格斯没有理会这句嘲讽。

“那是当然，”他就事论事地接着说，“接生婆自然要在床下放一把刀，用来除去痛感。"

"我可不觉得她有这么做，"拉比嘟囔着，"至少听上去没有。"从牲口棚里虽然听不见大部分的叫喊，但还是有一些声音传了出来。

"还有，要把一个洒上圣水的鸡蛋放在床脚，用来帮助产妇更顺利地分娩。"菲格斯专注地说着，然后皱起了眉头。

"我亲手把鸡蛋给了那个女人，但她明显不知道该用它干吗。我可是特地把它保存了一个月的。"他哀怨地补充说，"因为母鸡已经几乎不下蛋了，我一定要保证在需要的时候我们有一个可以用。"

"接着，关于分娩以后，"他对听众的热忱不再怀疑，继续着他的讲演，"接生婆必须用胎盘煮上一壶茶，让产妇喝下，那样她的乳汁就会源源不断。"

拉比悄悄地发出一声干呕的声响。"你是说，用胎衣？"他难以置信地感叹，"上帝啊！"

对于这一先进的医学知识，詹米自己也感到有点儿想吐。

"哎，其实，"他强作随意状对拉比说，"她们还吃青蛙呢！你知道，还有蜗牛。这么想想，也许胎衣没啥奇怪的。"他暗自怀疑，什么时候他们自己也会不得不开始吃青蛙和蜗牛，不过马上觉得这个想法还是不说出来的好。

拉比装模作样地大声呕吐起来："天啊，谁会想做恶心的法国人！"

站在拉比身旁的菲格斯转身迅速地挥出了拳头。菲格斯在同龄人中虽然属于瘦小之列，却精干有力，而且善于瞄准对手的弱点，那是他在巴黎街头做小扒手时积累的经验。那一拳倏地正中拉比下怀，后者蜷起身子，发出猪膀胱被压瘪的声音。

"对比你更聪明的人说话要尊敬，请你注意。"菲格斯骄傲地说。拉比的脸涨得通红，嘴巴像鱼的嘴儿一样一开一合地喘着气，他睁大了双眼，露出惊诧的表情，那可笑的样子让詹米很难抑制住不笑出声来，尽管他仍深深地担心着詹妮，并对孩子们的争吵很是厌烦。

"你们两个小蠢货能不能把爪子收起来——"他刚说了一半就被小詹米的惊叫声打断，先前小詹米一直入迷地听着他们的交谈，没有作声。

"怎么了？"詹米转身，手立刻自动地按住了那把他只要离开岩洞就必然随身带着的手枪，他几乎以为院子里来了英国巡逻兵，但是没有。

"到底怎么了？"他质问道。接着，随着小詹米手指的方向，他看见了。有三个黑点在土豆地里棕色的枯藤乱枝上跳动着。

"乌鸦。"他轻声自语，感到脖子背后汗毛凛凛。那些象征着战争与杀戮的恶鸟，此时在詹妮生产的当头来到庄园，简直预示着最糟糕的厄运。他正瞧着，一只肮脏的鸟已经栖上了屋脊。

他不假思索地从腰带里拔出手枪，用前臂稳住枪口，仔细地瞄准目标。从牲口棚的大门到屋脊的距离很远，况且枪口又必须朝上，然而……

他手中的枪猛地一震，只见那乌鸦突然炸开在一团黑色的羽毛之中，两只同党迅即飞向空中，仿佛被同一记爆炸飞射了开去，疯狂地扇着翅膀，随着嘶哑的啼叫很快消失在那冬日的长空。

"我的上帝啊！"菲格斯用法语惊呼，"太棒了，那枪法！"

"是啊，打得漂亮，先生。"拉比仍然红着脸轻声地在喘息，但及时回过神来见识到了刚才的那一枪。这时，他朝屋子点了点头，抬起下巴指着上边："瞧，先生，就是那个接生婆吗？"

是的。英尼斯夫人把头伸出二楼的窗口，探着身子往院子里瞧着，金发随风飘散。兴许是她听见了枪声，担心出了什么麻烦事儿。詹米走进牲口棚的院子，朝窗口挥挥手示意平安无事。

"没事儿，"他喊了一声，"只是走火了。"他没有提乌鸦，生怕接生妇会告诉詹妮。

"上来！"她叫道，没有理会他的话，"孩子生了，你姐姐要见你！"

詹妮睁开眼，那双蓝眼睛稍稍上翘，跟他自己的一模一样。

"你果然来了？"

"我想总有人得过来——就算只是为你祷告一下。"他粗声粗气地回答。

她闭上眼，嘴角泛起了微笑。她此时很像他在法国见过的一幅肖像，他心想——很老的一幅画，不知是哪个意大利人画的，但不管怎样，是一幅好画儿。

"你真是个傻瓜——不过我很高兴。"她温柔地说，一边睁眼朝下望着臂弯里抱着的一团被包。

"想看看他吗？"

"哦，是个男孩儿，啊？"有了多年做舅舅的经验，他一把抱起那小小的包裹拥在怀中，一手轻轻地掀开毛毯的一角，看见了婴儿的小脸。

婴儿的小眼睛紧紧地闭着，睫毛深陷在眼帘的褶皱之中，都看不见。红彤彤的脸颊光滑圆润，上面栖息着的那对眼帘清晰地呈现出上翘的尖角，预示着他很有可能——至少在这一项值得注意的特征上——与他的母亲很像。

婴儿的脑袋高低不平得有点儿古怪，稍显歪斜的样子让詹米想到被踢瘪的甜瓜，觉得很不自在。但那胖胖的小嘴看着松弛而平静，湿湿的粉红色下嘴唇随着小呼噜声微微地震颤着，显然是刚刚的出生过程把他给累坏了。

"够辛苦的，哈？"他对着那孩子说道，但回答他的是孩子的母亲。

"哎，是啊，"詹妮说，"衣橱里面有威士忌——你能给我倒一杯吗？"她喉咙哑哑的，必须先清清嗓子才能把话说完。

"威士忌？你不是应该喝裹了鸡蛋的麦芽酒吗？"他问，一边费劲地强压下脑海里浮现出的画面，那壶据菲格斯所言对新产妇最为适合的营养茶的样子。

"威士忌，"詹妮很肯定地坚持说，"你躺在楼下瘸着腿快死了的时候，我有没有给你喝裹了鸡蛋的麦芽酒？"

"你喂我的东西比那个看着恶心多了，"詹米咧嘴笑着，"不过你说得对，你确实也给了我威士忌。"他小心地把沉睡的婴儿放在被子上，转身去倒威士忌。

"名字取了吗？"他一边冲小娃儿点头示意，一边往杯子里倒了满满的一杯琥珀色液体。

"我想叫他伊恩，随他爹。"詹妮的手轻柔地停留在那圆圆的小脑袋上，那上面覆盖着一层细密的泛着金光的棕色毛发。婴儿的头顶有个柔软的地方可以明显地见到脉搏在跳动，在詹米看来，小家伙脆弱得可怕，然而接生妇向他保证这是个精力充沛的小伙子，他也只好相信。一股隐约的冲动让他想把孩子头顶赤裸裸暴露着的弱点保护起来，他再次抱起那婴儿，把毛毯重新盖过他的脑袋。

"玛丽·麦克纳布告诉了我你跟科比夫人的事儿，"詹妮抿着酒评论道，"可惜我没看见——她说那可怜的老女人听见你的声音差点没把自己的舌头给吞了下去。"

詹米笑了笑，一边温存地拍拍娃儿的后背，让他靠着自己的肩膀躺着。沉睡中，那小小的男孩儿柔软而令人欣慰的重量就像一块去了骨头的火腿，慵懒地躺在他的怀中。

"只可惜她没有吞下去。你怎么受得了跟这个女人同住在一个屋子里？要是我每天在这儿，我非得掐死她不可。"

詹妮哼了一声闭上了眼睛，一仰头让威士忌滑下喉咙。

"啊，人家要烦你也得你让她烦才行，我可不给她多少机会。不过，"她睁开眼睛接着说，"如果她走了我是不会遗憾的。我有点儿想把她跟莫德哈堡的凯特里克老头儿配成一对儿。他老婆和女儿去年都死了，他正需要个女人。"

"是啊，不过如果我是赛缪尔·凯特里克，我情愿要默里的寡妇，"詹米评论说，"而不是科比的寡妇。"

"佩吉·默里的事儿已经张罗好了，"詹妮向他担保着说，"她开春就要嫁给邓肯·吉本斯了。"

"邓肯可真够快的啊，"他有点惊讶地感叹，接着仿佛想到了什么，朝着姐姐咧开了嘴，"他俩之间有谁知道这事儿？"

"没有。"她也咧开嘴笑了，但那微笑一会儿就变成了一副沉思的模样，"莫非你自己看上了佩吉不成？"

"我？"詹米一脸惊恐的样子，就像是她突然在质问他是否想从二楼的窗户跳下去一样。

"她只有二十五岁，"詹妮继续尝试着，"足够年轻，还能再生些孩子，又是个好母亲。"

"你喝了多少威士忌？"詹米弯下腰，假装检查瓶里还剩多少酒，一手拢住婴儿的脑袋以防它来回摇晃。接着，他直起身看了看詹妮，眼中带着温和的愤怒。

"我像只动物一样住在山洞里，而你要我去娶个老婆？"他突然感到内心空洞无物。为了不让她看见自己的忧伤，他站起来在屋里来回踱步，一边对着怀中的被包完全没有必要地轻声哼哼起来。

"你多久没有跟女人睡觉了，詹米？"詹妮在他身后随便地一问，他听了震惊地转过身瞪着她。

"见鬼，这哪算是问一个男人的问题？"

"你没有在拉里堡和莫德哈堡之间找过任何的未婚姑娘，"她没有理睬他，继续说着，"不然我肯定会听说的。也没找过任何寡妇，我觉得，是吧？"她微妙地停顿了一会儿。

"你知道我没有。"他的回答很简短，他可以感觉到脸颊一阵潮红，颇为恼火。

"为什么没有？"詹妮直言相问。

"为什么没有？"他目瞪口呆，"你疯了吧？你觉得呢？我是那种人吗，挨家挨户偷偷摸摸的，只要找到哪个女人没有挥舞着皮带把我打出来我就跟她睡觉？"

"好像她们真的会把你打出来似的。不会的，詹米，你是个好人。"

詹妮略带忧伤地微笑着，"你不会去占任何女人的便宜，你会先娶她的，是吗？"

"不！"他粗暴地回答。怀里的婴儿扭动了一下，发出睡意恍惚的声响。他不自觉地把孩子抱到另一边的肩膀，一边轻轻拍打，一边愤怒地盯着詹妮："我不准备再结什么婚，所以放弃你那些说媒的念头吧，詹妮·默里！我不会的，你听见没有？"

"哦，我听见了。"她镇定地说，顺着枕头朝上挪了挪身子，好能看见他的眼睛。

"你想到死都活得像个修道士一样？"她问，"连进坟墓时都没有个儿子来埋葬你，为你的名字祈福？"

"多管闲事，该死！"他的心怦怦直跳，他转身背对着她走到窗前，望着楼下的院子出了神。

"我晓得你在哀悼克莱尔，"詹妮在他身后温柔地说着，"你觉得如果伊恩回不来了我会把他给忘了？可是詹米，你是时候该重新开始了。你不会觉得克莱尔会想要你孤老终生吧，没人照料你，也没人为你传宗接代？"

他站在那里沉默了许久，感觉着那依偎在他脖子一侧的毛茸茸的小脑袋，感觉着它轻柔的暖意。他可以在雾蒙蒙的玻璃窗里看见自己高大、笨拙又肮脏的身影，那张冷峻的脸与怀里圆滚滚的白色小被包极不相称。

"她那时候有了孩子，"最后，他轻声地对着窗户里的倒影说，"当她——当我失去她的时候。"他还能怎么说？没有任何办法可以告诉詹妮克莱尔在哪里——确切地说，是他希望她在哪里。也没有任何办法解释他无法去想其他女人的原因，是他希望克莱尔还活着，尽管他明白自己真的永远失去了她。

床那边也沉默了许久，然后詹妮安静地问："你今天来是不是因为那个？"

他叹了口气，把一半脸转向她，头倚靠在冰凉的玻璃上。詹妮仰面躺在床上，黑发散在枕头上，向他投来柔情似水的目光。

"唉，可能是吧。"他说，"我无法帮到我的妻子，我大概是觉得可能帮得到你。也不是真能帮上什么忙，"他哀怨地补充说，"我对你跟对她一样，毫无用处。"

詹妮满脸忧伤地向他伸出了手："詹米，我亲爱的——"她的话突然被打断，一声粉碎性的巨响从楼下传来，伴随着尖声叫喊，她警醒地睁大了眼睛。

"圣母马利亚！"她的脸变得更加苍白了，"是英格兰人！"

"基督啊！"他发出惊讶的感叹，同时也是一句真诚的祈求。他飞快地打量了床和窗户，想判断躲藏和逃离哪个的可能性更大。穿着皮靴的脚步已经上了楼梯。

"橱柜，詹米！"詹妮指着衣橱急切地耳语道。他果断地踏进衣橱，关上了橱门。

转眼，卧室的门被一下子撞开，进来了一个戴着高帽子的红衣军人，高举着出鞘的利剑。骑兵团上尉停下来，扫视了整个房间，眼光最后停下，注视着床上瘦小的身躯。

"默里夫人？"他问。

詹妮费劲地撑起身子。

"我是，但活见鬼的你们究竟在我家做什么？"她质问道。她的手臂在颤抖，苍白的脸上闪着汗珠，但她高昂起头对那来人怒目而视："滚出去！"

那人没有理会詹妮，走进屋里，径直来到窗前。詹米从衣橱的缝隙里看得见他模糊的身影掠过，消失，然后再一次出现，背对着他开始向詹妮问话。

"我的侦察兵报告，听见这所房子附近传来枪响，就在不久之前。你家里的男人呢？"

"我家没有男人。"詹米看见她瑟瑟发抖的手臂支持不住，慢慢地躺倒在床上，"你们已经抓走了我丈夫——我最大的儿子十岁都没到。"她没有提拉比或是菲格斯，他俩的年纪已经大到足以被当作男人来对待——或者被当作男人来虐待了——假使这位上尉有那样的想法。运气好的话，他们远远地一看见英国人就应该拔腿逃脱。

这位上尉看上去是个严厉的中年军官，并不轻信。

"在高地持有枪械是一项重罪，"他说，一边转向身后跟着他进来的士兵，"搜查整所房子，詹金斯。"

这时楼道里传来越来越响的骚动，上尉抬高音量下达了命令。詹金斯才一转身走出房间，接生妇英尼斯夫人便冲进屋里，把几个想要拦住她的士兵甩在身后。

"放过可怜的夫人！"她面对着上尉大叫道，双手握紧了拳头。接生妇绾起的头发从发兜里散了开来，声音有点儿哆嗦，但她没有动摇："出去，你们这些坏蛋！放过夫人！"

"我没有伤害你的夫人，"上尉厌烦地说道，显然以为英尼斯夫人是一个女佣，"我只是——"

"她刚生完孩子才一个小时不到！按理现在你都不应该看她一眼，更别说是——"

"生完孩子？"上尉的嗓音变得很尖锐，突然专注地看了看接生妇，又看了看那张床，"默里夫人，你刚生了孩子？那那个孩子呢？"

他所问起的孩子此时正开始扭动起来，显然是吓坏了的舅舅把他抱得太紧了。

他从衣橱深处能看见詹妮像石头一般的脸，连嘴唇都血色全无。

"孩子死了。"她说。

接生妇震惊地张开了嘴，不过幸好上尉的目光被詹妮吸引着。

"哦？"他慢慢地开口，"那是——"

"妈妈！"一声痛哭从门口响起，小詹米挣脱士兵的手扑向了母亲，"妈妈，孩子死了？不要，不要！"他哭泣着跪倒在地，把头埋进床单。

仿佛是要驳斥他兄长说的话以证明自己鲜活的状态，小伊恩蹬起他那相当有力的小腿，直踢着他舅舅的肋骨，同时吸着鼻子发出一连串的小咕噜声，所幸，这一切在屋里的吵闹之下没有被人注意到。

詹妮努力地安慰着小詹米，英尼斯夫人徒劳地想要拉起小伙子，无奈他紧抓着母亲的袖子不放，上尉试图要说些什么，却无法超越小詹米悲痛欲绝的哭声，而与此同时，整座房子上上下下震荡着沉闷的皮靴声和各种叫喊。

詹米觉得上尉一定想要知道婴儿的尸首在哪里。他把那小小的身体抱得更紧了一点儿，轻轻地抖动着，努力想要防止小人儿因为任何原因哭出声来。他的另一只手搭在匕首的刀柄上，可这项防备亦是枉然，衣橱一旦被打开，他怀疑即使割破他自己的喉管也不会有丝毫的帮助。

小伊恩发出了恼怒的声响，暗示着他并不喜欢被抖动。当眼前浮现出整座房子被付之一炬，家中大小惨遭杀戮的景象时，詹米觉得这小小的呜咽就跟门外他年长的外甥痛苦的号叫一样响彻屋宇。

"都是你干的！"小詹米站起来冲着上尉走去，红肿的脸上沾满了泪水和愤怒，顶着一头黑色鬈发，低着头，活像一头小小的公羊，"你杀死了我弟弟，你这个英格兰浑蛋！"

在这突如其来的攻击下，上尉吃了一惊，退后一步对着小伙子眨了眨眼睛："没有，孩子，你搞错了。啊，我只是——"

"浑蛋！骗子！你这魔鬼的儿子！"小詹米气愤得一反常态，一步步逼着那上尉，喊出了他听到过的所有骂人的话，不管是盖尔语还是英语。

"嗯啊，"小伊恩在詹米耳旁哼哼起来，"嗯啊，嗯啊！"听着疑似一场大规模尖叫的前奏，惊慌失措的詹米立刻放开匕首，一下子把大拇指塞进发出声响的那张湿湿软软的小嘴巴。那婴儿无牙的齿龈猛地夹住他的拇指，差点儿没把他疼得大叫起来。

"滚！滚！滚出去！不然我杀了你！"小詹米扭曲着愤怒的小脸，

朝上尉叫嚷着。那英国人不知所措地站在床前，仿佛想求詹妮劝退那不肯妥协的小冤家，而詹妮却闭着眼睛像个死人似的一动不动。

"我下楼去等我的手下。"上尉勉强维护着他所剩的尊严，说完退出房间，匆匆合上房门。敌人一经消失，小詹米便跌倒在地，无助地抽泣了起来。

詹米从衣橱门缝窥见英尼斯夫人看着詹妮，开口似要提问，只见詹妮突然如死而复生一般从被子里弹起，怒目而视，手指按住嘴唇责令她闭嘴。小伊恩狂吮着詹米的拇指，为无法得到实质性的养料而低声咆哮。

詹妮侧身坐到床边，等待着。英国兵轰轰隆隆地在房子里忙上忙下。虚弱的詹妮颤抖地向着藏着她的男人们的衣橱举起一只手。

詹米深吸了一口气，打起精神。这是必须要冒的风险。他沾满口水的手已经湿到了手腕，婴儿沮丧的低吼变得越来越响。

他跌撞着爬出衣橱，大汗淋漓地把婴儿送到詹妮怀里。只消一个动作，詹妮立刻敞开胸脯，把那小脑袋按在了乳头之上，她俯身揽住那小小的被包，将其保护了起来。转眼间那刚刚要放大的哭叫声一下子消失了，转而变为强劲有力的无声的吮吸。詹米倏地一下坐倒在地，恍惚感觉膝盖背后划过了一把利剑。

衣橱打开时小詹米从地上坐了起来，此时仍旧满脸疑惑的他分开两腿靠在门上，看看他母亲，又看看他舅舅，再回头看看他母亲。英尼斯夫人跪在他的身边急切地对他耳语着，然而那泪湿的小脸上见不到任何领会的意思。

当窗外响起人声和马具的声响，暗示了英国兵终于撤离时，小伊恩已经吃饱喝足，在母亲怀里打起了呼噜。詹米隐蔽地站在窗口，望着人马远离。

寂静的屋里只剩下英尼斯夫人喝着威士忌的声音。小詹米坐到母亲身边，脸颊贴着她的肩膀。詹妮自从抱起她那新生的婴儿就一直没有抬过眼睛，此时她仍旧坐在那里低头俯视着膝上的孩子，散落的黑发遮住了脸庞。

　　詹米上前摸了摸她的肩膀。她身上的热量令他一怔，似乎久已习惯于阴冷恐惧的他，一旦触摸到另一个同类反倒感觉陌生而不自然。

　　"我下地洞里躲会儿，"他小声说，"天黑了就回山洞去。"

　　詹妮点点头，没有抬头看他。他发现她头上有几丝白发，在头顶分披向两边的地方闪着银光。

　　"我想……我不该再过来了，"他最后这么说，"这段时间。"

　　詹妮什么也没说，只是又点了下头。

CHAPTER 06

既因其血得称为义

结果，他还是又回了一次家。连续两个月，他很隐蔽地躲在岩洞里，几乎不敢夜出狩猎，因为英国兵仍在附近逗留，驻扎在科马尔。他们白天以八到十人为单位外出巡逻，面面俱到地梳理着乡村的脉络，掠夺所剩无几的财物，破坏他们用不上的一切。凡此种种，全都倚仗着英格兰王冠的福泽。

他住的洞穴隐藏在一座小山上，山脚下有一条小道经过。只是一条粗陋的土路，最先为野鹿的足迹所开辟，现在用得最多的仍旧是鹿群，而一头愚蠢的雄鹿常常会探头探脑地靠近洞穴，进入他的嗅觉范围。风向适宜的日子，他会看见一小群红鹿走过小道，有时候第二天会在暴露的泥土里找到新鲜的足迹。

对于为数不多的在山里做生意的人，这也是条有用的小道。近来的风向总是背向他的山洞，因而他不指望能见到鹿。他躺在洞口的地上，晴朗的日子里有足够的光线透过倒挂的金雀花和花楸的枝叶，照射到这里，供他阅读。可读的书并不多，但杰拉德从法国寄来的礼物里总会夹带上几本。

这场暴雨迫使我去做一件新的工作。这就是在围墙脚下开一个洞，像一条排水沟，这样就可把水放出去，以免把山洞淹没。在山洞里坐了一会儿，地震再也没有发生，我才稍稍镇静下来。这时我感到十分需要壮壮胆，就走到贮藏室里，倒了一小杯甘蔗酒喝。我喝甘蔗酒一向很节省，因为我知道，喝完后就没有了。

大雨下了整整一夜，第二天又下了大半天，因此我整天不能出门。现在，我心里平静多了，就考虑起……①

忽然书页上的阴影随着头顶翻动的树丛开始摇晃。直觉同时启动，他瞬时感到风向的突变——以及随风而来的人声。

他纵身跃起，手自觉地按在从不离身的匕首上。几乎没有时间停下小心地把书放回石台，他抓住花岗岩石壁上一个像把手一样的凸起，把自己拉进洞口狭窄的缝隙。

瞥见小道上一闪而过的红光和金属的亮泽，他猛然警醒，心生恼火。见鬼！他并不太担心任何士兵会偏离小道——他们的装备很不适合在野地里行走，即便仅仅是寻常的开阔土地，松软的泥炭和石楠丛，都不适合，更不用说如此荆棘密布的陡坡了——然而，有他们在这样的近距离里出没，意味着他在天黑前都无法冒险走出山洞，甚至连取水或方便都不行。他很快地看了看水壶，心里知道它已经快空了。

一声喊叫把他的注意力拉回下面的小道上，他差点儿没有抓住石壁。士兵们正重重围住一个驼着背，肩扛小酒桶的瘦小的身影。是菲格斯，他正背着新鲜的麦芽酒在上山的路上。见鬼，真见鬼！都有好几个月没喝麦芽酒了，他根本不需要这个。

风向又在改变，他能听见的只有只字片语，那瘦小的身影似乎在与面前的士兵争辩着什么，用空着的那只手使劲地比着手势。

"白痴！"他低声道，"把酒给他们赶紧跑，你这个小蠢货！"

———————

① 出自丹尼尔·笛福所著的《鲁滨孙漂流记》。

一个英国兵伸出双手想夺下酒桶，但随着男孩儿灵巧地向后一跳，扑了个空。詹米恼怒地拍打着自己的额头。面对权威，尤其是英国人的权威，菲格斯从来都喜欢反抗悖逆，不由自主。

这时男孩儿开始蹦跳着往后退，一边冲着追兵叫喊着什么。

"傻瓜！"詹米暴跳如雷，"扔下它快跑！"

而菲格斯既没有扔下酒桶，也没有快跑，显然对自己的速度自信得很，他转过身对身后的人无礼地晃动起屁股来。几个被激怒的红衣士兵气得不顾脚下潮湿的乱草，冲下小道开始追赶他。

詹米看见领头的军官抬起手臂呼喊着警告手下。很明显，他开始意识到菲格斯很可能是个诱饵，正试图把他们引入什么埋伏。但菲格斯也同时在叫喊，而那些士兵似乎听得懂足够多的法国脏话，因而尽管有些个听命于长官的士兵停下了脚步，但还有四个士兵叫骂着扑向手舞足蹈的男孩儿。

在一阵扑打和叫嚷中，菲格斯闪躲着，像鳗鱼一般在英国兵之间周旋、穿梭。此时人声喧嚣，风声凄鸣，詹米一定听不见那嗖的一下马刀出鞘的响声，但此后他总是觉得自己仿佛听见了，那金属摩擦和震荡的轻微鸣响，那是灾难降临的第一个暗示。每每回忆起这个场景，他总能听见那个声音，而这个回忆在他心里留存了很久很久。

或许是当时士兵们喧闹而急躁的情绪感染到了山洞里的他，或许是他自己自从卡洛登之后就一直抱着劫数难逃的想法，觉得似乎他身边所有的事物都染上了厄运，只因与他接触便身陷险境。无论他是否听见那马刀出鞘，没等看见那银色刀刃当空划过，他全身早就一如绷紧了的弦，蓄势待发。

那刀刃慢慢地划过，移动得几乎有点儿懒散，以至于他的脑子有足够的时间追踪着那条弧线，判断出它的终点，并无声地喊出那个"不"字！那刀刃划动得如此之慢，以至于他绝对有时间冲到下面的人群中间，抓住握着大刀的那个手腕，扭转那致命的利器，将它扔向安全的地面。

正当压倒性的冲动驱使他跃出山坡向前冲去的时候，意识中理智的一半告诉他，这是荒唐的想法，并将他双手凝固在石壁的把手之上，稳住了他。

"你不能，"那个声音告诉他，那个纤细的耳语声在满溢的盛怒和惶恐之下说着，"他这么做是为了你，你不能让这一切失去意义。你不能。"此时当焦灼的徒劳无功吞没着他的时候，那个声音冰冷死寂地说，"你什么都不能做。"

他什么都没有做，只是看着那刀刃完成了那懒散的一挥，跌入一个轻得几乎微不足道的哐当声，而争端焦点上的那个酒桶则一个跟头接一个跟头翻滚着坠下荒山陡坡，最终沉入深渊之中汩汩流淌的泥水里，不见了踪影。

霎时间，所有的叫嚷在惊愕中戛然而止。而当喧闹声再度响起的时候，他几乎都没有听见，因为那时他耳中响起的轰鸣已经跟外面的声响没有分别。双膝无力的他恍惚意识到自己马上要晕过去，他的视野变成了暗红的黑色，金星乱晃——但纵使黑暗的入侵都无法抹去他眼前那最后的一幕，那是菲格斯的手，那只小小的、灵巧的、小扒手的手，一动不动地躺在小道上的泥土中，手心向上，像是在祈愿着什么。

等待了漫长的四十八个小时，拉比·麦克纳布来到岩洞前的小路上吹起了口哨。

"他怎么样？"他开门见山地问。

"詹妮夫人说他会没事儿的，"拉比答道，年轻的脸庞苍白而疲惫，显然还没有从好伙伴的不测中回过神来，"詹妮夫人说他没有发烧，也没有发现他的……"他咕嘟一声咽下口水——"他的断肢，有什么烂掉的痕迹。"

"那些士兵把他送回庄园了？"没等拉比回答，他便已起身走下山坡。

"是的，他们都挺严肃的。我觉得——"拉比停了一下，解下了缠在荆棘上的衬衣，然后匆忙赶上他的雇主——"我觉得他们挺抱歉的。至少那个中尉这么说。他还给了詹妮夫人一个金币——给菲格斯。"

"哦，是吗？"詹米说，"相当慷慨。"接着他便缄口不语，直到两人抵达庄园。

菲格斯被安顿在育婴房里，平静地躺在窗边的床上。詹米走进屋里时他闭着眼睛，长长的睫毛柔和地覆盖在消瘦的脸颊上。不见平时常有的生动的表情和鬼脸，他的脸显得颇为不同。那灵活的宽嘴唇上方，略显鹰钩状的鼻梁给了他一丝贵族的气息，肌肤之下俨然开始硬朗起来的骨骼预示着有一天他那孩子气的魅力最终会被纯粹的帅气替代。

詹米走近床边，菲格斯那深黑的睫毛立即抬了起来。

"大人，"菲格斯说，那虚弱的笑容一展开，他的脸马上恢复了熟悉的轮廓，"您来这儿安全吗？"

"天！我的小伙子！我真是对不起你。"詹米俯下身跪到床边。他几乎不敢直视那横在棉被上纤细的前臂，纤细的手腕绑着纱布，手腕前空空如也。不过他还是强迫自己摁了摁菲格斯的肩膀作为问候，用掌心温和地抚弄着他浓密的黑发。

"疼得厉害吗？"他问。

"不疼，大人，"菲格斯说着，眉眼间突然闪过一阵剧痛，揭穿了他的谎话，然后他难为情地咧开嘴笑了，"嗯，不是很疼，而且夫人慷慨地给了我很多威士忌。"

床头桌上的平底玻璃杯里盛满了威士忌，可是只喝掉了一点点。刚断奶就喝上法国葡萄酒的菲格斯，其实并不太喜欢威士忌的滋味。

"我真是对不起你。"詹米又重复了一遍。他没有其他的话可说。况且，哽咽的喉咙令他什么也说不出来。他赶紧垂下眼睛，觉得菲格斯看见他哭泣肯定会难过。

"啊，大人，别担心了。"菲格斯的声音里流露出他惯有的调皮，"我，其实很幸运。"

詹米回答以前，先艰难地咽下口水。

"是啊，你还活着——感谢上帝！"

"哦，大人，不止那个！"他抬起头见到菲格斯绽开了笑脸，尽管仍旧很苍白，"您还记得我们的协议吗，大人？"

"协议？"

"是啊，您在巴黎雇我的时候，您说过，假使我被抓没命了，您会为拯救我的灵魂做上一年的弥撒。"他剩下的那只手颤抖着摸到了挂在脖子上的那枚破旧的绿色徽章——上面刻着守护窃贼的主保圣人圣狄思玛斯的头像，"但如果我在为您效劳时失去了一只耳朵或者一只手——"

"那我将供养你一生一世。"詹米不知道此时应该笑还是哭，最终只是拍了拍菲格斯放回到被子上的那只手，"是，我记得。请相信我会信守诺言。"

"哦，我从来都相信您的，大人。"菲格斯保证说。他显然已经很累了，脸颊比刚才更加苍白，一头黑发垂在枕头上。"所以我好幸运，"他依然笑着，轻轻地说，"一刀下去，我便成了有闲阶级的绅士了，对吧？"

他走出菲格斯房间的时候，詹妮在等他。

"跟我一块儿到底下的神父地洞去，"他扶着她的臂弯说，"我需要跟你谈点事儿，不过光天化日下我不该久留。"

她什么也没说，跟着他走到厨房与储物室之间那石头铺地的后走廊里。地上的石板间镶着一大块钻有小洞的木板，貌似用灰浆砌在铺地的石板之间。按理说，这是地窖的通风设施，而事实上——如果任何人心存怀疑想要检查，通过屋外一扇下沉的门进入的地窖里，确有一块这样的木质通风口镶嵌在天花板上。

然而掩人耳目的地方在于，那块通风板同时也为一间小小的神父洞提供了照明和通风，这间密室造在地窖背后，只要打开通风板包括灰浆砌缝在内的外框，便能看见一架短短的直梯向下通往那间窄小的房间。

密室只有五英尺见方，里面除了一张粗糙的板凳、一条毛毯和一个便壶，再没有其他家具陈设。一大瓶水和一小盒硬饼干是室内仅有的物资。事实上这间密室造好才没有几年，所以并不是名副其实的神父洞，因为还没有任何神父光临过这里。而它确实是一个洞。

两个人同时藏身此洞之中必须肩并肩地坐在板凳上。詹米把头顶的木板重新放好了，便爬下梯子坐到詹妮身边。他沉默了片刻，吸了口气开始说。

"我再也不能忍受了，"他的声音轻得詹妮必须侧身把头凑过来才听得见，像一位神父在聆听忏悔者的告白，"我不能。我必须离开这儿。"

在如此近的距离之下，他能感觉到她呼吸时胸口的一起一伏。她伸手握住他的手，细小而坚决的手指紧紧地抓住了他的。

"那你会再试试法国？"他之前曾两度企图逃往法国，两次的挫败都是因为所有口岸都有严密的英军把守。对于一个身高和发色特征如此出众的人，任何乔装打扮都不会管用。

他摇摇头："不会。我要自投罗网。"

"詹米！"詹妮激动得提高了嗓音，他捏了一下她的手以示警醒，她随即又压低了声音。

"詹米，你可不能这么做！"她低语道，"天哪，老兄，你会被绞死的！"

他仿佛若有所思地没有抬头，只是坚决地摇了摇头。

"我不这么认为。"他看了詹妮一眼，挪开视线，"克莱尔——她能够预知未来。"这是个最好的解释了，他心想，尽管并非事实。"她知道卡洛登发生的一切——她预先就知道。她也告诉了我之后会发生什么。"

"啊，"詹妮柔声说，"怪不得。所以她让我种了土豆——还造了这个地洞。"

"是的，"他轻捏一下她的手放开了她，在狭窄的板凳上侧转过身看着她的脸，"她告诉我英格兰王朝会对詹姆斯党叛军追杀一段时间——他们确实这么做了，"他苦笑着，"可是过了几年，他们将不再处死抓到的叛军，而仅仅把他们关押起来。"

"仅仅！"詹妮重复着他的话，"如果你一定要走，詹米，往石楠地那儿走吧！不要向英国人投降，不管他们会不会绞死你——"

"等等，"他按住她的手臂打断了她，"我还没说完呢。我不是想自个儿走到英国人那儿去束手就擒。我头上不还有个好价钱吗？让那笔钱白白浪费了多可惜，你不觉得吗？"他的声音里挤出一丝笑意，她听出来了，马上狠狠地瞪了他一眼。

"圣母啊，"她小声地问，"你是要叫谁出卖你？"

"看来是的。"他一个人在山洞里想好的这个主意，不过此时此刻才觉得它开始像一个真正的计划了，"我想也许乔·弗雷泽会是合适的人选。"

詹妮握着拳头在嘴唇上来回摩擦着。她很聪明，詹米知道她一下子就领悟了这个计划及其所有的含义。

"可是詹米，"她耳语道，"即使他们不马上绞死你——那也是担着多大的风险啊——詹米，他们把你抓回去以后也可能杀了你！"

他的肩膀猛地沉了下来，多少苦难与疲惫的重量压在他的肩头。

"上帝啊，詹妮，"他说，"你觉得我在乎吗？"

她许久都没有作声。

"不，我不觉得。"最后她回答说，"我也没法儿怪你。"她停了一下稳住自己的声音，"但是我还在乎。"她用手指轻柔地抚摸着他脑后的头发，"所以你要自己小心，知道吗，傻瓜？"

头顶的通风板一下子暗下来，一串轻轻的脚步在上面通过。兴许是一个厨房女佣正往储物室走去。一会儿，昏暗的光线回到地洞里，他又看见了詹妮的面孔。

"好的，"最后他轻声说，"我会小心。"

全部的安排花了两个多月才完成。他最终得到消息的时候已经是春天了。

他坐在洞口那块他最喜欢的石头上，看着星斗在夜空显现出来。即便是卡洛登过后那最艰难的一年，他也总能在这样的傍晚时分寻得片刻的安宁。当日光渐渐退却，仿佛所有的事物都从自身内部放射出浅浅的亮光，于是，衬在天空或大地之上，万物的轮廓和其中所有的细节变得清晰可辨。他能够看见一只遁形于树干上的飞蛾，若在日光下一定分辨不清，而此时黄昏的光线用一层稍暗的三角形阴影将其勾画了出来。转瞬间那飞蛾即将展翅高飞。

他朝山谷尽头望去，极力把视线拉长，够到远方山崖边缘的黑色松林。再往上便是满天星辰。猎户座就在那个方向，威严地迈步朝地平线跨去。昴宿星团在此时尚未变黑的天幕上几乎还看不见。这很可能是他在相当长的一段时间里最后一次瞭望天空，所以他要尽兴地享用。他想到监狱，想到铁牢、锁链和实墙，想到威廉堡，想到温特沃思，想到巴士底狱，想到那四英尺厚、阻隔空气与日光的石砌高墙，想到那肮脏、恶臭、饥饿和葬身墓穴的感觉⋯⋯

他耸耸肩挥去那些念头。他选择了这一条路，并且对自己的选择很满意。他搜索星空，寻找着金牛座。金牛座虽不是最漂亮的星座，却是属于他自己的。生于公牛的天象之下，他倔强而坚强。他希望自己有足够的坚强来完成他的计划。

夜的声音正在慢慢活跃起来。一声尖锐而高昂的口哨划过其中，像是湖上的麻鹬唱的归巢的歌，但他辨出了暗号，是一个朋友，正在走上小道。

那是玛丽·麦克纳布，她丈夫死后来拉里堡做了厨房的女佣。平时给他捎信带食物的多半是她儿子拉比或者菲格斯，但玛丽也来过几次。

她带了一篮子非同寻常的大餐，有烤山鹑冷盘、新鲜面包、几根鲜嫩的青葱、一串早熟的樱桃,还有一瓶麦芽酒。詹米查看了那丰盛的晚餐,抬头露出一丝苦笑。

"我的告别宴,是吗?"

她默默地点点头。她是个小个子女人,花白的头发和脸上的皱纹暗示着生活的艰辛。不过那棕色的眼睛很温婉,依然丰满的嘴唇曲线很柔和。

他意识到自己正看着她的嘴发呆,急忙低头重新打量起篮子来。

"主啊,这得把我吃得有多饱啊,我还走得动路吗?居然还有个蛋糕!你们这些女人是怎么弄的?"

玛丽·麦克纳布耸了耸肩——她不是个爱说话的人——一把将篮子从他面前拿走,开始把晚餐一样样摆放在那张架在石块之上的木头桌面上头。这不是什么特别的仪式,她以前也曾来与他共进晚餐,一边吃饭一边告诉他周边地区的各种传言。可如果这是他离开拉里堡前的最后一餐,他对姐姐和孩子们都没有来与他共享而感到吃惊。也许农庄里有客人吧,也许他们没法儿不引起注意而轻易脱身。

他礼貌地示意她先坐下,然后自己盘腿坐到硬土地面上。

"你跟乔·弗雷泽说过了吗?约在哪儿了呢?"他咬了一口山鹑肉,问道。

她把详细计划说了一遍。黎明之前会有一匹马送过来,让他骑着从小道穿出狭窄的山谷。之后他要转弯越过那段岩石山麓下山,再回头从费西亨特荒木林拐回山谷,就好像正在往家里赶的样子。英国人会在斯特鲁伊和埃斯克代尔之间某处拦截,很可能是米德梅恩斯,那是个很适于打伏击的地方,道路两侧的峡谷都非常陡峭,而溪边的一处小树林里正好可以埋伏几个人。

晚餐之后,她干干净净地收好篮子,留下足够的食物给他在清晨离开之前作为简单的早餐。他以为她会就这么离开,但她没有。她在洞中的一处石缝里翻出了他的铺盖,整整齐齐地铺在地上,掀起毛毯,双手合在腿上跪坐到草垫的一旁。

他交叉起双臂向后靠到石壁上，俯视着她低垂的头，很是恼火。

"哦，就这样，哈？"他责问道，"是谁的主意？你的，还是我姐姐的？"

"有区别吗？"她很镇静，大腿上合着的双手一动不动，黑发平伏地绾在发带里。

他摇了摇头，弯腰拉她站了起来。

"没有区别，因为这事儿不会发生。我感激你的好意，但是——"

她用一个吻打断了他的话。她的嘴唇跟看上去一样柔软。他抓紧了她的两个手腕把她推开。

"别这样！"他说，"没有必要，我不想这样。"他不安地意识到，虽然嘴巴对必要性做出了如此的评价，但他的身体并没有表示赞同。令他更为不安的是，他那条洗薄了，还有点儿小的旧马裤，让刚才的意见分歧更加昭然若揭。眼前那张丰满而甜美的嘴唇微微地展开了一弯笑意，显然她也注意到了。

他把她轻轻地推向洞口，而她却退到一侧，伸手去背后摸索裙子的系扣。

"别这样！"他叫了起来。

"您准备怎么阻止我？"她问道，一边跨出外面的裙子，并把它整齐地叠好放在板凳上，那纤长的手指继而开始解开紧身胸衣的束带。

"如果你不走，那就只能我走了。"他决断地回答，转身走向洞口，只听见她的声音从背后传来。

"我的大人！"她说。

他停下脚步，但没有回头。"你不应如此叫我。"他说。

"拉里堡是您的，"她说，"只要您活着它就一直是您的。您既是领主，我便应如此叫您。"

"它不是我的。庄园属于小詹米。"

"可并不是小詹米在做您所做的这一切，"她回答得很坚决，"而我现在做的也不是您姐姐让我做的。转过来。"

他不太情愿地转过身。她身穿衬裙光脚站着，头发散落在肩上。她很瘦，这些日子他们都一个样，可她的胸脯比他想象中的要丰满，薄薄的布料下那对乳头清晰可见。她的衬裙和别的衣物一样破旧，肩膀和裙摆脱了线，其他很多地方几乎已经透明。他闭上了眼睛。

她的手轻柔地触摸到他的手臂，他迫使自己站直了身子。

"我知道您在想什么，"她说，"因为我见过您的夫人，我知道您和她之间是什么样的，那是我从来没有过的，"她小声补充道，"与我嫁过的那两个男人都没有过。可是我知道真正的爱是什么样的，我完全没有打算要让您感到背叛了它。"

她的触摸像羽毛一样轻柔地移到他的脸庞，她那因劳碌而粗糙的拇指勾画着他鼻子和嘴巴之间的纹路。

"我想做的，"她安静地说，"是给您一点儿别的东西，可能只是微不足道的一点儿，却是您可以用的东西，一点儿可以填补您的需要的东西。您姐姐和孩子们没法儿给您这个——而我可以。"他听见她深吸了一口气，他脸上的触觉消失了。

"您给了我一个家，给了我和儿子生存的可能。您难道不能让我给您这一点儿小小的报答？"

他感到泪水刺痛着他的眼帘，那只轻得没有重量的手移过他的脸，拂去了他眼中溢出的泪水，抚平了他凌乱的头发。他抬起手臂慢慢地伸向前去，她走进他的臂弯，轻捷而简单得一如她抬掇的桌子和床铺。

"我……很久没有做过了。"他突然很羞涩地说。

"我也是，"她浅浅一笑，"但我们可以想得起来。"

Part 03

当我是你的

俘虏

CHAPTER 07

对公文的信念

因弗内斯，1968 年 5 月 25 日

林克莱特的来信是同晨报一起来的。

"瞧，这么厚的信封！"布丽安娜惊叹道，"他寄了什么东西！"她的鼻尖透着粉红色，兴奋不已。

"看着是啊。"罗杰说。他外表很镇静，但我能从他的喉咙口看见跳动的脉搏。他拿起那厚厚的马尼拉信封，掂量了一会儿，然后用拇指用力扯开封口，取出一叠影印件。

一封写在厚重的大学信纸上的信飘了出来。我从地上捡起，略带颤抖地念了起来。

"亲爱的韦克菲尔德博士，"我读道，"这封信是答复您的询问，有关卡洛登战役后坎伯兰公爵军队处决詹姆斯党军官的那些问题。您问及我书中一些援引的出处，那是来自某位梅尔顿勋爵的个人日志。梅尔顿勋爵指挥过卡洛登战役中坎伯兰手下的一个步兵团。我在此附上该日志中相关文字的影印件。其中您会看到，这个关于幸存者詹姆斯·弗雷泽的故事很不寻常，也颇为感人。弗雷泽并不是个重要的历史人物，也同我的工作重点没有交集，但我时常想做些进一步的研究，以查明他最终的命运。若能证实他回到家中得以生还，希望您可以告知于我，我将非常欣喜。我一直着实希望他得以生还，尽管根据梅尔顿的描述，他当时的情况意味着生还的可能性不大。您忠诚的，埃里克·林克莱特。"

信纸在我手中震颤，我小心地把它放到桌上。

"可能性不大，是吧？"布丽安娜踮起脚尖从罗杰肩头看过来，"哈！但他确实回到了家中，我们知道他做到了！"

"我们认为他做到了。"罗杰纠正道，但那无非是学者的谨慎用词而已，他脸上露出了和布丽安娜一样明朗的笑容。

"上午茶你们想喝茶还是可可？"菲奥娜一头深色鬈发的脑袋伸进书房的门框，打断了大家兴奋的讨论，"我刚烤了新鲜的坚果姜饼。"温暖的姜饼香气随着菲奥娜飘进书房，从她的围裙上四散开来，无比诱人。

罗杰回答："我喝茶吧，谢谢！"而布丽安娜同时说道："可可听上去好极了！"菲奥娜露出俏皮的表情，随即把餐车推进屋，一应俱全地呈上包着暖套的茶壶、一罐热可可和一盘新鲜的坚果姜饼。

我接过茶，坐进高背椅，开始读梅尔顿的日志。即便使用的是古语拼写，那流畅的十八世纪手稿一字一句都出奇地清晰。没过几分钟，我便置身里亚纳赫农舍，想象那嗡嗡作响的苍蝇飞舞着，拥挤不堪的伤员搅动着，散发着恶臭的血污正往夯土地面之下渗透着。

"……为偿还我兄弟所欠的荣耀之债，我必须对弗雷泽放以生路。因而在农舍执行枪决的叛变者名单之中，我省略了其姓名，并安排车马将其送还家园。执行此事之时，我感到既未全然对弗雷泽尽其仁义，亦未全然对效忠公爵的义务负有罪责。因为，就弗雷泽当时腿伤严重且溃烂脓肿的情形，回到家中仍能存活之可能甚微。即便如此，为了荣耀我别无选择。我承认，当我将此人活着遣送离开战场，我的灵魂如释重负，继而专注于埋葬其战友这一伤感的任务。此前二日亲见无数杀戮，我心甚为压抑。"日志简单地到此结束。

我把影印件放到膝盖上，沉重地咽下口水。"腿伤严重且溃烂脓肿……"我比罗杰和布丽安娜都更清楚地了解，在没有抗生素和完善的医疗条件的年代，如此的伤情有多么严重。当时的他们，就连一个高地巫医常用的草药也弄不到。坐着马拉货车从卡洛登颠簸到图瓦拉赫堡，到底要多久？两天？三天？在如此的境况下，无人护理的他怎么活下来？

"但他活下来了。"布丽安娜的声音打断了我的思绪，明显是在回答罗杰相似的疑问。她说得如此简单而肯定，似乎她经历了梅尔顿描写的所有事件，对结果一清二楚。"他确实回去了。他就是那个灰帽子，我知道。"

"灰帽子？"菲奥娜一边啧啧地看着我那杯没喝就凉了的茶，一边回头吃惊地问，"你听说过灰帽子？"

"你听说过？"罗杰惊奇地反问年轻女管家。

她点了点头，把我的茶随手倒进壁炉旁的一个兰花盆，又给我添了热气腾腾的新茶。

"哎，当然。那可是奶奶老给我讲的故事。"

"给我们讲讲吧！"布丽安娜俯身向前，手捧热可可专注地恳求道，"菲奥娜，是个怎样的故事？"

发现自己突然变成注意力的焦点，菲奥娜有一点儿诧异，但温和地耸了耸肩。

"哦，就是个美王子的追随者的故事呀。话说卡洛登大失败，死了那么多人以后，真的有些人逃了出来。有这么个人逃离战场，游过了河，但是红衣服一直在后面跟着他。他路过一个教堂，里边正在做礼拜，他就冲了进去，祈求牧师怜悯。牧师和大伙儿很可怜他，就把牧师的袍子给他穿上，没多久等红衣服英国兵冲进教堂，他居然就站在那边的讲坛上布道呢，胡子和衣服上的水滴滴答答地全都流淌到脚边。红衣服以为他们搞错了便继续上路，而那人就这么逃脱了——结果教堂里边所有的人都说，那是他们一辈子听过的讲得最好的道呢！"说完菲奥娜开怀大笑起来，布丽安娜则皱起眉头，罗杰在一边满脸迷惑。

"那人就是灰帽子？"他问，"可是我以为——"

"哎哟，不是！"菲奥娜安慰他道，"那个不是——只是那灰帽子也是个从卡洛登逃脱的人。他回到了自个儿的家里，但因为英国佬一直满高地捉拿他，所以他就在一个山洞里躲了七年。"

听到这里，布丽安娜解脱地叹了口气，靠回椅背上，轻声接下话题："而他的佃农就一直叫他灰帽子，好避免因为称呼他的名字而出卖了他。"

"你晓得这故事？"菲奥娜吃惊地问，"哎，没错！"

"那你奶奶有没有说后来怎么了？"罗杰提示着。

"哦，有啊！"菲奥娜把眼睛睁得像奶油糖果一般，"那可是最精彩的地方了。要知道，卡洛登过后正闹着大饥荒，人们在山里挨饿，大冬天被英国人赶出家里，男人们都战死了，家里的床也都被烧了。灰帽子族里的佃农过得还好一些，但最后还是没东西吃了。他们从早到晚肚子饿得咕咕叫，林子里再没了猎物，麦田里也再没了粮食，小孩子没了奶吃，都死在娘怀里了。"

她说到这里，我打了个寒战，面前浮现出拉里堡居民们一张张的脸，那些我熟识并热爱过的人，一张张饥寒交迫的脸。此时充满我内心的不仅仅是恐怖，更有一种负罪感。我没有去分担他们的厄运，相反一直生活得很安全，有衣穿，有饭吃，因为我依照詹米的愿望离开了他们。我看了一眼布丽安娜，她专注地低着头，一头红发柔顺而光滑。看见她，我抽紧的胸口舒坦了一些。这些年，她也同样很安全，衣食无忧，并享受着爱的关怀——因为，我做到了詹米要我做的。

"因此，他做了个大胆的计划，灰帽子。"菲奥娜接着说道，圆圆的脸上闪烁着戏剧性的光彩，"他安排了一个佃农向英国人提供线索出卖了他自己。灰帽子是美王子手下出色的勇士，所以头上有好大的一笔悬赏酬金。按照计划，那佃农会拿回赏金与农庄的乡亲们分享——而他需要做的就是指点英国佬找到灰帽子，把他拿下。"

听到这儿，我痉挛着握紧了拳头，茶杯纤细的手柄整个儿被掰了下来。

"拿下？"我震惊地问道，声音嘶哑，"他们绞死他了？"

菲奥娜诧异地眨眨眼。"什么？没有，"她回答道，"他们想来着，我奶奶说的，他们以叛国罪审讯了他，但最后只是把他关进了监狱——而他的赏金被分给了所有的佃农，于是大家平安地度过了饥荒。"她愉快地讲完了故事，显然认为结局很美满。

"耶稣基督啊，"罗杰吸了口气，小心地放下茶杯，呆呆地出了神，"监狱。"

"你说得就好像那是件好事。"布丽安娜抗议说，嘴角哀怨地紧绷着，眼中恍惚闪着泪光。

"是件好事，"罗杰接口道，并没有注意到她的苦恼，"英国人关押詹姆斯党叛军的监狱就那么几所，而且都留有官方记录。你们不觉得是好事吗？"他问道，一边看了看菲奥娜的迷惑，又看了看布丽安娜的愁容，然后转向我寻求理解。"如果他去了监狱，我就能找到他。"他回头望着书房里排满三面墙的书架上满满的藏书，其中蕴藏着韦克菲尔德牧师生前收藏的关于詹姆斯党的所有奥秘。

"他就在里面，"罗杰柔和地说，"在某一份监狱名册里。货真价实的证据——就在公文里！你们不觉得吗？"他又一次质问大家，回转身看着我，"进入监狱使他重新成为有文字记载的历史的一部分！就在那儿的某一个角落，我们一定能找到他！"

"还有之后发生的一切，"布丽安娜喘息着，"他被释放以后。"

罗杰闭上嘴唇，没有说出脑海里冒出的第二种可能——"或是死了以后"——这也是我所想到的。

"是的，你说得对，"他说，然后握起布丽安娜的手，他那绿色的、深不见底的眼睛里透出的目光与我的目光相遇，"他被释放以后。"

一周后，罗杰对公文的信念没有动摇。而韦克菲尔德牧师书房里那张十八世纪的小桌子却动摇了，在不寻常的重负之下，那瘦长的桌腿开始摇摆不定，发出令人担忧的咯吱声。

这张桌子平常需要负担的不外乎一盏小台灯和牧师收藏的一些更小的物件，而现在它的负重被迫增加，也不过是由于书房中的其他所有的水平面都业已堆满了纸张、报刊、书籍，以及来自英格兰、苏格兰和爱尔兰的各种文物协会、大学和研究型图书馆的鼓鼓的马尼拉信封。

"你要再放一张纸上去，它可就要塌了。"克莱尔评论道，趁罗杰大意地伸出手，想要却还没有把手中的文件夹扔到那镶嵌着拼花图案的小桌上。

"啊？哦，对。"他的手当空停下，四下里无望地替那个文件夹寻找另一个容身之处，最后只好把它放在自己脚边的地板上。

"温特沃思监狱我马上就要找完了，"克莱尔说，指指自己脚边摇摇欲坠的一堆公文，"贝里克的记录收到了没？"

"收到了，就在今天早上。不过我放哪儿了？"罗杰茫然地环视着书房，这里凌乱得肯定就像当年亚历山大图书馆被烧毁前夕的样子。他揉了揉额头，试图仔细回忆。经过一周每天十个小时的工作，翻阅不列颠各个监狱的手写名册及其主管人员的书信、札记和日志，搜寻有关詹米·弗雷泽的任何官方线索，罗杰开始觉得眼睛像被砂纸打磨了一样。

"是个蓝色的信封，"最后他说，"我清楚地记得是蓝色的。那是麦卡利斯特寄给我的，他是剑桥三一学院的历史讲师。三一学院总是用那种淡蓝色、上面印着学院盾徽的大信封。没准儿菲奥娜见过。菲奥娜！"

他走到书房门口朝走廊尽头的厨房方向叫了一声。已经很晚了，但厨房的灯还亮着，热可可和新鲜的杏仁蛋糕散发着振奋人心的香味。在菲奥娜的管辖范围之内，只要任何人有一丁点儿可能需要补充营养，她就绝对不会擅离职守。

"哎哟，怎么了？"菲奥娜顶着一头棕色的鬈发探出厨房门口，"可可马上就好啦，"她向他保证，"我就是在等蛋糕出炉呢。"

罗杰慈爱地向她微笑着。在研究历史方面，菲奥娜一点儿用处都派不上——除了《我的周刊》杂志，她从来不读别的书——不过她也从不质疑他的任何活动，只是每天安安静静地掸去每一堆书报上的灰尘，不去操心其中的内容。

"谢谢，菲奥娜，"他说，"不过我只是想知道，你有没有看见一个蓝色的大信封——很大的，有这么大？"他用手比画着，"它跟晨报一起被送来的，可我找不到了。"

"你把它留在楼上浴室里了，"她立刻答道，"还有那本好厚的大书，上头印着金色的字和美王子的图片，跟三封你才打开的信放在一块儿，里边还有煤气账单，你可别忘了，这个月十四号到期哦！我把那些全都放在热水器上面了，省得它们碍手碍脚的。"烤箱定时器"叮"的一声响，她马上惊呼着把头缩了回去。

罗杰微笑着转身，一步两级地走上楼梯。菲奥娜的兴趣如果在别的方向，她的记忆力完全可能造就一个学者。照现在这样，她也是个很不错的研究助理。只要他能根据外形特点，而不是内容，描述出一份文件或者一本书，菲奥娜准能说出它的确切位置。

"哎哟，那不算什么，"当罗杰因为他把家里搞得那么乱向她道歉时，她轻快地安慰他说，"你不觉得好像牧师还活着一样吗，到处撒满这么多纸头？真像是老早的时光，对不？"

他拿着蓝色信封慢悠悠地走下楼，心想，如果去世的养父真的还健在，不知他会怎么看目前这个课题。

"一定陷在里面都忙不过来了，毫无疑问。"他自言自语道。他对牧师记忆犹新，记得他会在书房和厨房之间踱步，光光的脑门在门厅里悬挂的老式碗状吊灯下闪闪发亮，而菲奥娜的奶奶——老格雷厄姆夫人，则在炉灶边忙碌，满足着挑灯夜战的老头儿的种种需要，就像现在菲奥娜为他所做的一样。

这让人不禁要问，他走进书房时想，从前父业常由子承，那仅仅是出于便利的考虑吗？是希望家族的事业得以保持，还是因为家族世代遗传了对一种职业的偏向？是否真的有人生来就该是铁匠、商人或者厨子——拥有与生俱来的偏爱与天资，同时也拥有着一样天赐的良机呢？

显然这点因人而异。总会有一些人离开家园，浪迹天涯，尝试着他们家族圈子里历来不为人知的新鲜事物。如果没有这些人，也许就不会有发明者和探险家。然而，即便在不安分的现代社会，教育普及，旅行便捷，不少家庭依然同某些职业有着不可分割的密切联系。

他真正想知道的，是布丽安娜。他观察着低头伏案的克莱尔，一头鬈发闪着金光，他发现自己很想知道布丽安娜随她母亲的会有几分，而又会有几分像那个神秘莫测的苏格兰人——那个武士，那个农夫，那个宫廷说客，那个庄园领主——那个其实是她父亲的人。

一刻钟之后，当克莱尔合上她那堆文件里的最后一个文件夹，罗杰还在想着类似的问题。克莱尔靠在椅背上叹了口气。

"给你一分钱，告诉我你在想什么？"她一边拿起杯子一边问。

"不值那么多，"罗杰从冥想中醒来，笑着回答，"我只是在想，究竟是什么让人们走向他们的使命。比方说，你是怎么成为医生的？"

"我是怎么成为医生的？"克莱尔深吸了一口杯中可可冒出的热气，觉得可可仍旧太烫，就把它放回桌上，书桌堆满了书报和满是铅笔涂鸦的纸张。她朝罗杰浅浅一笑，搓了搓双手，像要把茶杯里的热量散布开来。

"你是怎么成为历史学家的？"

坐在牧师椅子上的罗杰仰起头，靠在椅背上，向他们周围堆积如山的纸张和林林总总挥了挥手。他轻抚着桌上摆着的一个便携式镀金小闹钟，每到整点、半点和刻钟都会轻奏报时铃，彰显着精细雅致的十八世纪工艺。

"说实话，我多多少少是在这个环境中长大的。从我识字起就开始跟着父亲在高地搜寻各种文物了。继续这么做下去，我想不过是自然而然罢了。可是你呢？"

她点点头，伸了个懒腰，放松一下长时间伏在书桌上的肩膀。布丽安娜一小时前已经撑不住上床睡了，而克莱尔和罗杰留下继续搜索着英国监狱的行政记录。

"其实，对我来说也差不多，"她回答，"我也不是突然决定要成为医生的——只不过是突然意识到其实我已经当医生当了很长一段时间——一下子不当了，感觉缺了点儿什么。"

她把双手展开在桌上，活动了一下手指，纤长而灵巧的手指尖上，椭圆形的指甲整齐而富有光泽。

"'一战'的时候有一首老歌，"她回忆道，"从前兰姆叔叔的老战友去我们那儿，深夜喝醉酒的时候，我常能听到那首歌。唱的是'你怎能把他留在农田里，当他早已见过了巴黎？'"她哼唱了第一句，便狡黠地笑了。

"我见过巴黎。"她流连在自己双手之上的眼睛抬了起来，轻柔地说。她坐在那儿，清醒而真实，而那双注视着罗杰的眼睛里闪过一丝丝回忆，显然看见的是另一番景象。"我也见过许多别的地方。康城和亚眠，普雷斯顿和福尔柯克，还有天使医院，以及理士城堡的那个所谓的手术室。我其实早已是一名医生了，从每一层意义上来说——我接生过婴儿，做过接骨手术，缝合过伤口，治疗过高烧……"她渐渐地停下来，耸了耸肩，"当然，我不懂的还非常多，但我知道我有能力学习更多——所以我去了医学院。不过，你知道，那其实并不能改变什么。"她把手指伸进热可可上漂浮着的掼奶油，然后舔了舔手指，"我的文凭上写着医学博士——然而在我踏进医学院大门之前，我早已是个医生了。"

"不可能像你说的那么轻巧，"罗杰轻轻吹着他自己的热可可，饶有兴味地研究起克莱尔来，"那时候医学界没有多少女性——即使在现在女医生也并不多见，而且——你还有家庭。"

"嗯，那确实不是件容易的事。"克莱尔有点调笑地看着他，"当然，我等到布丽安娜上学的年纪，并且我们有了足够的经济能力能雇人到家里做饭和清洁——不过……"她又耸耸肩，自嘲地笑了，"打那时起，我有几年没有睡觉，那也有点儿用。而且，说来也怪，弗兰克帮了大忙。"

罗杰从杯子里尝了一小口，证实可可已经不是很烫了，于是双手捧杯，开始享受那透过厚厚的白瓷渗入他的手心的暖意。虽然已经到了六月，但清凉的夜里电炉仍旧是必需品。

"是吗？"他好奇地问，"光凭你对他的描述，我绝对猜不到他对你想要学医会感到高兴。"

"他没有。"她紧紧闭上嘴唇。从她的反应中，罗杰读出了比语言更多的信息，仿佛她正回想起那些争执，那些半途而废的对话，回想起那些抗争，所对抗的并非是公然的反对，而是种种固执已见与迂回的阻挠。

观察着她，他开始惊叹于那张极富表现力的脸。他突然怀疑自己的脸是否也这样一读就懂，这个想法立刻使他不安地把脸埋进杯中，大口地喝了起来，虽然那热可可仍旧有点儿烫。

直到他从杯子里抬起头来，才发现克莱尔正略带戏谑地望着他。

"为什么？"他马上用问题来分散她的注意力，"他怎么会改变主意？"

"是布丽。"她回答。一提到女儿，她的脸马上舒缓了下来："布丽对弗兰克来说是唯一真正重要的东西。"

像我说的，我确实等到布丽安娜上学了才开始上医学院。但即便如此，我与她的作息之间有很大的空当，于是我们胡乱找了一些多多少少还够格的管家和保姆来填补这个空当，他们之中有些人够格得多点儿，有些少点儿。

我无法忘记那可怕的一天，我在医院里接到电话，说布丽安娜受伤了。我冲了出去，都来不及换下那绿色亚麻的医院制服，无视一路上的所有交通限速飞驰着回到家，看到的是警车与消防车血红色的闪灯照亮着夜空，门口的街上挤满好奇的左邻右舍。

事后我们拼凑出事情的经过，显然，最后的那位临时保姆对我的又一次晚归很是恼火，于是一到下班时间便穿上外衣扬长而去，抛下一句"你等着妈妈"，便把七岁的布丽安娜独自留在家中。听话的布丽安娜等了一个小时左右，当天色渐暗，独自在家的恐惧使她决定出门找我，结果在家附近穿过一条拥挤的马路时，被一辆转弯拐上大街的汽车撞倒了。

感谢上帝，由于那辆汽车开得很慢，她没有伤得太重，只是受了点儿惊吓，擦破了点儿皮。说起来，我所受的惊吓应该比她还严重。而且事实证明，她擦破的那点儿皮也无伤大雅。我走进客厅时她躺在沙发上，见我出现，那哭湿了的脸颊上重新淌满了新的泪水："妈妈！你去哪儿了？我怎么都找不到你！"

我几乎用尽了职业生涯所有的沉着冷静，安慰她，为她全面检查，处理伤口，向所有的救援者表示感谢——在当时头脑发烫的我看来，那些救援人员无一例外地对我怒目而视，眼里充满谴责。最后，直到把她放到床上，让她把泰迪熊安全地抱在怀中，我才终于坐到厨房的饭桌前，尽情地哭泣起来。

弗兰克尴尬地拍拍我的肩膀，低声说了些什么，但不久便放弃了，转而更实用主义地开始泡茶。

"我决定了。"他刚把冒着热气的茶杯放在我面前，我便宣告道。我感觉头昏脑涨，一切都堵塞着，我呆滞地说："我会去辞职。明天就去。"

"辞职？"弗兰克尖锐的声音里充满了惊奇，"向医学院辞职？为什么？"

"我再也无法忍受了。"喝茶从不加糖和奶的我，此时在茶杯里同时加了这两样东西，一边搅拌一边呆望着杯中奶白色的漩涡，"我无法忍受明知布丽不开心还要扔下她不管，终日牵挂着她有没有得到良好的照顾。你知道她不喜欢我们请的任何一个保姆。"

"我知道，是的。"他坐在我对面搅着自己的茶。过了很久，他说："但我认为你不应该辞职。"

他会这么说，我无论如何也没有想到。我以为他会释怀地赞许我的决定。我诧异地盯着他，然后又用口袋里的一团面纸擤了擤鼻子。

"你不认为？"

"哎呀，克莱尔，"他不耐烦地回答，语气里却带着一丝怜爱，"你一直都清楚你想要做什么。难道你一点儿都没有意识到这有多么难得？"

"没有。"我用那张破烂的面纸轻轻擦了鼻子，依然小心地把它完好地折叠为一体。

弗兰克仰靠在椅背上，摇头看着我。

"嗯，我猜你没有。"他说着，沉默了片刻，低头看着自己交合的双手。他手指细长，光滑而没有汗毛的手好像属于一个姑娘。这是一双天生用来轻比手势、激扬文字的优雅的手。

他把双手摊开在桌上，仿佛从没看过似的端详着它们。

"我就没有你那么幸运。"最后他安静地说，"不错，在专业上我很在行，无论是教学还是写作，事实上我他妈的非常出色。我也很喜欢我的专业，做得很开心。可是——"他犹豫了一下，然后抬起那双棕色的眼睛，认真地注视着我，"我完全可以去做别的事情，也做得同样好，对那件事也可以在乎得一样多，或者说，一样少。我缺少的是一种绝对的信念，一种此生决意要做某件事的信念——而这正是你所拥有的。"

"这是件好事儿吗？"我问。哭久了，我感到鼻翼刺痛，眼睛肿胀。

他哈哈笑起来："这是件相当麻烦的事儿，克莱尔。对你、我、布丽三个人都是。但是，天哪，我有时候真的很羡慕你。"

他越过桌子伸手过来，我稍事迟疑，还是把手给了他。

"能有如此的热情倾注于某件事——"他一边嘴角略微抽搐了一下，"或者某个人，是多么美妙，克莱尔，又是多么难能可贵。"他温柔地握紧我的手，接着放开我，转身从背后的书架上取下一本书。

那是他的一本参考资料《伍德希尔的爱国者实录》，书中包括一系列美国开国元勋的传略。

他轻轻地把一只手放在书的封页上，仿佛在保护那些埋葬在书中的人物，好让他们沉睡的人生不被惊扰。

"就像这些人。他们很在乎，在乎得足以牺牲任何东西去做出改变，去开创一片天地。大部分人做不到这点，你是知道的。并不是他们不在乎，只是在乎得不够多。"他再次握起我的手，这次，他翻开我的掌心，用一个指头描摹着上面纵横的纹路，我觉得痒痒的。

"你觉得那一切都写在这里了吗，你说？"他略带微笑地说，"是否有些人命中注定会成就一些伟大的事情？还是说他们仅仅生就了伟大的热情？——如果他们恰恰又生逢其时，那伟大的事情就会自然发生？研究历史让你不得不提出这样的问题……可这样的问题真的没有答案。我们唯一能知道的是他们最后做到了什么。"

"但是，克莱尔——"他轻轻敲着书的封面，眼里分明带着警告，"他们为此付出了代价。"他说。

"我明白。"这时候我觉得自己很遥远，仿佛站在远处观望着我和他，整个场景在脑海里清晰可见。清瘦而英俊的弗兰克有点疲倦地坐在那儿，两鬓泛起漂亮的银灰色。脏乎乎的我身着手术服，头发散落着，皱巴巴的衣襟上浸湿着布丽安娜的泪水。

我们就这么无声地坐了很久，弗兰克一直捧着我的手。我手心里神秘的纹路和山谷清楚得像一张地图——可是，那些道路究竟通往什么未知的目的地呢？

多年前，一位名叫格雷厄姆的苏格兰老妇人看过我的手相——她就是菲奥娜的奶奶。"当你改变了，你手里的纹路也会改变哦，"她当时说，"那个其实不全是你生来就有的样子，更多的是你努力挣来的。"

我曾努力挣来了什么？我又想要挣到些什么？只有一团糟。既没有成为一个好母亲，也没有成为一个好妻子，或是一个好医生。一团糟。我一度以为我的人生完整了——以为我能够爱一个男人，能够孕育一个孩子，能够医治病人——并且能够感受到这所有的一切都是我自然的一部分。而如今，支离破碎的生活里只剩下难堪而混乱的碎片。一切都过去了，我爱的人是詹米，那时候我曾经是一些比我自身更伟大的事情的一部分。

"我来照顾布丽。"

我依然深深地沉浸在自己惨淡的思绪中，听到弗兰克的话，我一下子没有反应过来，愣愣地看着他。

"你说什么？"

"我说，"他耐心地重复道，"我来照顾布丽。她放学后可以到大学来，在我的办公室里玩到我下班。"

我揉了揉鼻子："我以为你觉得员工带孩子上班很不合适呢。"他曾经很看不惯某个秘书克兰西夫人，她连续一个月带着自己的孙子上班，因为孩子的母亲得了病。

他耸耸肩，显得有点儿尴尬。

"唉，这个要看情况嘛。而且布丽安娜是不可能像巴特·克兰西那样在走廊里狂奔乱叫、弄得墨水四溅的。"

"这个嘛，我可不会用性命去担保哦，"我调侃地说，"可是，你愿意这么做？"我抽紧的腹中有一种微妙的感觉开始上升，一种谨慎而不敢相信的释然。我可能不相信弗兰克会对我忠贞——事实上我确定那个问题的答案是否定的——然而我毫无疑问地信任他会照顾好布丽。

所有的担心就这么烟消云散了。我不再需要下了班急忙离开医院，不再需要因为晚回家而心怀畏惧，唯恐到了家中发现布丽安娜缩在屋里，因为不喜欢保姆而生着闷气。她爱弗兰克，我肯定她若得知能每天去他的办公室，一定会欣喜不已。

"为什么？"我直言不讳地问道，"我知道你没有那么热切地盼望我成为医生。"

"是没有。"他想了想，"不是因为那个。但我知道绝没有可能阻止你——也许我能做的最明智的事情就是帮助你，从而减少对布丽安娜的伤害。"他脸上的线条变得有点儿僵硬，于是他别转身去。

"他一直认为，如果说他有一个使命——一件他非常想做的事——

那个使命就是布丽安娜。"克莱尔搅动着热可可，沉思着说。

"你为什么会关心这个，罗杰？"她突然问道，"为什么你会这么问？"

罗杰没有急着回答，只是慢慢地喝着杯里新煮的浓郁而深邃的热可可，上面一应俱全地点缀了新鲜的搅奶油和细细的一层黄糖粉。菲奥娜一向是个现实主义者，她第一眼看见布丽安娜就放弃了曾想通过照顾罗杰的胃来引诱他步入婚姻殿堂的企图，然而，菲奥娜之身为厨师正像克莱尔之身为医生，拥有与生俱来的技能，而无法忍受不将其付诸使用。

"因为我是个历史学家吧，我想，"他最后这么回答，从杯沿上方看着她，"我需要知道，知道人们做了什么，以及为什么这么做。"

"你觉得我能告诉你那个？"她犀利地看了他一眼，"还是你觉得我知道？"

他抿了一小口可可，点了点头："你知道，比起大多数人，你清楚得多。绝大多数史学家都没有你的——"他停顿一下，对她咧着嘴笑了，"没有你独一无二的视角，这么说，你觉得怎样？"

屋里紧张的气氛突然舒缓了。她哈哈笑起来，端起了自己的杯子。"我觉得可以。"她表示同意。

"另外一个原因，"他注视着她，接着说，"是你的诚实。我认为你说不了谎话，就算你想要撒谎。"

她又朝他犀利地看了一眼，干巴巴地笑了一声。

"任何人都能撒谎，罗杰小伙子，只要有足够的理由。包括我。只不过对于像我这样长着一张透明的脸的人来说，撒谎要难得多。我们需要事先设计好我们的谎言。"

她低下头开始翻看面前的文件，慢慢地，一页一页地翻着。那是一些名单，从不列颠各个监狱的账本中得来的影印件，上面记录着所有囚犯的姓名。由于并非所有的监狱都运行得井井有条，手头的这项任务变得尤其复杂。

有的监狱主管根本没有囚犯名单的官方记载，有的只是随意地记录在日志里，与日常开销和维护的条款混杂在一起，至于死了一个囚犯，还是宰了两头小公牛做腌肉，都没有做多大的区别对待。

罗杰以为克莱尔放弃了刚才的话题，可是过了一会儿她抬起头来。

"你说得不错，其实，"她说，"我是个诚实的人——无非是出于常态而已。要我不说出心里的想法确实很难。你能看出这点，我猜想是因为你也有同感。"

"我有吗？"罗杰感到一种荒唐的喜悦，好像收到了意想不到的礼物。

克莱尔点点头，一边注视他一边露出浅浅的微笑。

"哦，是啊。这错不了，你知道的。这样的人不多见——愿意随时随地说出真相，无论是关于他们自身还是任何其他事情。我只遇见过三个这样的人，我想——现在变成四个了。"说着，她的微笑绽放开来，让他觉得很温暖。

"其中之一当然是詹米。"她细长的手指轻轻地游移在那沓纸上，几乎像一种爱抚，"还有我在巴黎遇见的药剂师雷蒙师傅，以及我在医学院认识的朋友——乔·艾伯纳西。如今，我想应该再加上你。"

她举杯把那浓郁的咖啡色液体一饮而尽，放下杯子，直直地看着罗杰。

"其实在某种程度上弗兰克是对的。了解你的使命不一定会让事情更容易——但至少你不再把时间浪费在怀疑之中，如果你们能够诚实——当然，那也不一定让事情更容易。不过我想，如果你既了解自己的使命又能够诚实对待，那你至少不太可能感到费尽终生做了错误的选择。"

她把手中那沓文件放到一边，拿起了另外一沓——那是印有大英博物馆显著标志的一系列文件夹。

"詹米是那样的人，"她温柔地说，仿佛在自言自语，"他从不回避任何他认定是自己职责的事情，无论有多危险。所以我想，不管结局如何，他绝不会感到虚度了自己的一生。"

她陷入沉默，开始专注于某个久已入土之人留下的纤瘦的笔迹，找寻着那个片段，那个片段兴许能够告诉她詹米·弗雷泽做了什么，成了什么样的人，他是会在监狱里虚度余生，还是业已死于某处孤寂的地牢。

书桌上的时钟敲响了午夜的铃声，那小小的机器能发出如此深沉而悠扬的乐声，着实令人惊异。继而，它又敲响了一刻和半点的铃声，为屋里单调乏味的翻动书页的沙沙声添上标点断句。罗杰放下手中翻阅着的那沓单薄的纸张，深深地打了个哈欠，没有在意要捂住嘴巴。

"累死了，我都开始看见重影了，"他说，"咱们明天再继续吧？"

克莱尔没有马上回答，她注视着取暖炉上发亮的金属条，一脸难以名状的遥远的神情。罗杰又问了一遍，她才慢慢地回过神来。

"不。"她说，一边伸手拿起又一个文件夹，对罗杰笑了笑，眼神里依旧折射着那个遥远的地方。"你先去吧，罗杰，"她说，"我——我再看一小会儿。"

我终于找到它的时候，差点儿把它给跳了过去。我并没有很仔细地读每一个名字，只是浏览每一页，寻找着字母 J。"约翰、约瑟夫、雅克、詹姆斯。"有詹姆斯·爱德华、詹姆斯·艾伦、詹姆斯·沃尔特等。然后它便出现了，那一行小字精确地写在纸上："詹姆斯·麦肯锡·弗雷泽，来自图瓦拉赫堡。"

我小心翼翼地把纸放到桌上，闭上眼清了清视力，然后又看了一眼。它还在那里。

"詹米。"我叫出声来，心脏在胸口重重地跳着。"詹米。"我又轻声地重复了一遍。

那时将近凌晨三点，所有人都睡了，只有这屋子醒着，它包围着我，像任何一座老房子一样，发出吱吱嘎嘎的声响，叹息着，陪伴着我。奇怪的是，我一点儿也不想跳起来唤醒布丽安娜或罗杰，告诉他们这个消息。我只想把这个秘密再多保守一会儿，只有我知道，仿佛我与詹米在那台灯照亮着的房间里两相厮守着。

我用手指描摹着那行墨迹，写下那行字的人见过詹米——或许下笔之时詹米正站在他的跟前儿。页面顶端的日期是一七五三年五月十六日，与此时正是相似的季节。我可以想象那空气，清新而带着凉意，少有的春日暖阳照射在他肩头，点燃着他发梢的火焰。

他的头发是什么样子？是短是长？他更喜欢留着长发，时而编成辫子，时而束在脑后。还记得每当他活动得热了，便随手拎起脖子后头的发辫好让自己凉快凉快的样子。

他一定没有穿格纹呢裙——卡洛登之后，穿着一切苏格兰花格图案都被定为非法之举。既是如此，他多半穿着马裤吧，还有他的亚麻衬衣。我曾为他缝制过那样的长衬衣，凭着记忆我可以感觉到那柔软的布料，缝制一件长衬衣需要洋洋洒洒的三码布料，那长长的衣摆和宽大的袖子，足以让高地的男人们抛下格呢披肩，仅着一件衬衣便自如地休息或战斗。我可以想象粗布之下他宽宽的肩头，可以隔着衬衣感觉到他温暖的肌肤，还有那带着苏格兰春凉的双手。

他已经不是第一次入狱了。面对英格兰监狱的职员，心中明了即将面对的一切，他会是什么样子？一定是冷峻之极，我想着，那眼神，那沿着他高挺的鼻梁冷冷地俯视着的深蓝色眼神———定犹如尼斯湖水一般，阴郁而令人生畏。

我睁开眼睛，恍然意识到自己坐在椅子边缘，把一沓影印文件紧紧地抱在胸口，正深陷于脑海中的魔幻世界，而全然忘记了去注意那份名单来自哪所监狱。

十八世纪英格兰人经常使用的监狱，大大小小有好多。我缓缓地合上文件夹，心想，会是边境上的贝里克吗？还是南方的利兹堡，抑或是伦敦塔？

"阿兹缪尔。"文件夹封面上用订书针整齐地订着一张卡片，上面印着监狱的名称。

"阿兹缪尔？"我一片茫然，"什么鬼地方？"

CHAPTER 08

被荣耀俘虏的囚徒

阿兹缪尔，苏格兰，1755 年 2 月 15 日

"阿兹缪尔是上帝屁股上的毒疮，"哈利·夸里上校对着站在窗边的年轻人举了举杯，讽刺地说道，"我在这儿十二个月，其实十一个月零二十九天以前我就想走了。愿这新岗位给你带来愉快，大人。"

窗户面朝庭院，约翰·威廉·格雷少校对他的新领地查勘完毕，转过身来。

"这里看着是有点儿不够舒适，"他就事论事地表示赞同，举起自己的酒杯，"是说这儿会一直下雨？"

"当然。这是苏格兰——确切地说，是苏格兰该死的后屁股。"夸里喝下一大口威士忌，咳嗽了一声，长呼一口气，把空酒杯放下。

"这酒是唯一的补偿，"他略带沙哑地说，"找这儿的酒商，别忘了穿上你最好的军服，他们会给你很好的价钱。真是太便宜了，还不加关税。我给你留了几家最好的蒸馏酒厂的名字。"他朝房间侧面一张巨大的橡木书桌点了点头，四方的书桌端坐在地毯铺就的一方领地上，像一座堡垒与空无一物的房间对峙着。桌子背后的石墙上挂着的军旗和国旗令那书桌看着更像一座堡垒。

"狱卒的名册在这里，"夸里说着站起来，在书桌最上格抽屉里
摸索了一番，然后取出一个陈旧的皮质文件夹扔在桌面上，接着又
在上面加了另一个文件夹，"还有囚犯名册。现在你有一百九十六个，
一般来说应该是两百个，有时会病死几个，有时会从乡下抓来几个偷
猎的。"

"两百，"格雷接着问道，"那狱卒营里有多少？"

"名册上是八十二个，但实际有用的就一半。"夸里又把手伸进那
个抽屉，取出一个带软木塞的褐色玻璃瓶。他摇了摇瓶子，听见里面
液体的声音，又嘲讽地笑了："这里喜欢在酒杯里寻求安慰的，并非只
有指挥官一人。一半的苏格兰人通常醉得连点名都不会了。这个瓶子
我留给你了，好吗？你会需要的。"他把瓶子放了回去，又打开了下层
的抽屉。

"物资申报文书和抄件都在这儿。这个职位最难的也就是书面工作
了。其实如果你有个不错的文员的话，真没什么可做的。当然，现在你
没有，我以前那个下士字写得还凑合，可是两周前死了。再培训一个吧，
那样你的工作就只剩下打松鸡和找法国人的金子了。"他回味着自己的
玩笑，大笑起来。在苏格兰这个地区，盛行着关于法国国王路易十五寄
给他表弟查尔斯·斯图亚特金子的传言。

"犯人们可还好管？"格雷问，"我以为他们几乎都是高地的詹姆斯
党人呢。"

"是的，但这些人都还驯服得可以。"夸里顿了顿，看看窗外。对面
严实的石墙上打开了一扇小门，一小列衣衫褴褛的犯人走了出来。"卡
洛登之后他们都已无心恋战，"他就事论事地说，"死了那么多人自然便
如此了。给他们足够的活儿干，他们就更没有精力捣乱了。"

格雷点点头。阿兹缪尔要塞正在进行整修，使用的劳工正是关押在
其中的苏格兰囚犯，颇具讽刺意味。他起身来到窗前，站到夸里旁边。

"这会儿他们正要去切泥炭砖。"夸里点头指向楼下，十几个满脸胡

子的人，衣衫破烂得像稻草人一般，在一个红衣军人面前扭曲着排成一列。红衣军人来回走动，检查着队伍。显然是满意了之后，他叫喊着下达了指令，手一抖指了指大门。

六名士兵陪同着这队囚犯，分别走在队伍的前列和后方，手举着火枪，全套的行军装备。他们俊朗的样子和衣衫破烂的高地人形成鲜明的对比。囚犯们无视着那已经把他们淋得湿透的雨，慢慢地向前走着。一头骡子拉着木板车在后面吱吱嘎嘎地跟着，车里放着一捆泥炭刀，闪着暗淡的光。

夸里数着囚犯人数，皱了皱眉头："一定有人病了。一般做工时每组是十八个人——每一个看守管三个，因为他们得用刀。不过尝试逃跑的囚犯出奇地少。"他转身离开窗口，加了一句，"我想是无路可逃啊。"他离开书桌，把壁炉上的一个大篮子踢到一边，篮子里装满了大块大块粗糙的深褐色物体。

"即使下雨也要记得把窗打开，"他告诫道，"不然烧泥炭的烟很呛人的。"作为演示，他深吸了一口气，然后大声咳了出来，"上帝啊，回到伦敦我会多么快乐！"

"这里没有什么上流社会吧，我猜？"格雷冷淡地问。夸里听了哈哈大笑，一张红红的大脸笑得满是皱纹。

"上流社会？我亲爱的朋友！除了村里有两个勉强看得过去的女人以外，你的社交生活也就只剩下与你的军官对话了——这儿一共有四个军官，其中只有一个说话时可以不带脏字儿的。其余能够对上话的也就只有你的传令下士和一个囚犯了。"

"一个囚犯？"格雷从手中正在翻阅的账本上抬起眼睛，挑起了一条疑惑的浅色眉毛。

"哦，是的。"夸里坐立不安地来回踱着步子，盼着可以快点儿离开。他的马车正在等着，他所剩的唯一任务就是向下一任介绍完基本情况后，正式交接监狱的指挥权。这时候，他停顿了一下，瞥了一眼格雷，歪起一侧嘴角，神秘地笑了。

"我想你听说过红发詹米·弗雷泽吧？"

格雷内心稍稍抽紧了一下，但努力保持面不改色。

"我想大部分人都听说过吧，"他冷冷地回答，"这人在起义时恶名昭著。"夸里听说过他的故事，该死！他会了解所有的情况吗？还是仅仅知道前半部分？

夸里撇了一下嘴，点了点头。

"不错。要知道，他就在我们这儿。他是这里唯一的詹姆斯党高级军官，高地人把他看作他们的头领。因此，一旦囚犯之中发生什么事情——事情是肯定会发生的，我敢担保——他就必然会出面作为代言人。"夸里先前只是穿着长裤，这会儿他坐下套上了他的龙骑兵长靴，为门外泥泞的归途做好准备。

"他们管他叫詹姆斯，麦克恩希尔杜伊，或者简称麦克杜。你懂盖尔语吗？我也不懂——不过格里索姆懂，他说那个称呼的意思是'詹姆斯，黑领主的儿子'。这里一半的看守都怕他——那些人都在普雷斯顿潘斯跟随柯普打过仗，说他是恶魔再世。可怜的恶魔，现在神气不了了！"夸里哼了一声，一脚蹬进靴子，踩了踩，把靴子穿舒服了，站起身来。

"囚犯们都无条件地服从他。你下的命令如果不经过他的首肯，那你还不如去庭院里冲着石头说话。跟苏格兰人打过交道吗？哦，当然，你随你兄弟的军团打过卡洛登战役，是吧？"夸里佯装健忘，挑了挑眉毛。这个该死的家伙！他确实全都知道。

"那样的话，你应该明白。他们已经不是用固执两字可以形容得了的了。"他当空挥了挥手，似乎是把所有顽固不化的苏格兰人全都给打发了。

"这就意味着，"夸里停了一下，显得颇为得意，"你会需要弗雷泽的支持——或者至少得到他的合作。我每周一次与他共进晚餐，讨论大小事务，他每次都回答得相当令人满意。你可以试试同样的安排。"

"我想也许吧。"格雷保持镇定的口吻，而他的双手在身体两侧攥紧了拳头。哪天地狱里结了冰，他也许会愿意同詹姆斯·弗雷泽共进晚餐！

"他是个受过教育的人，"夸里接着说，他注视着格雷的脸，眼中闪烁着狡黠，"与他谈话要比对着那些军官有意思多了。他会下象棋。你也不时会下两局吧？"

"有时候吧。"他腹部的肌肉紧绷到几乎难以呼吸的地步。这个愚蠢的傻瓜为什么还不快说完滚蛋？

"啊，那好，我就全交给你啦。"夸里好像猜到了格雷的愿望，扶正了自己的假发，从门口的衣架上取下斗篷，潇洒地一扬，披到肩上。他提着帽子走到门口，转回身来。

"哦，对了。假如你单独与弗雷泽进餐——记得不要背对着他。"夸里的脸上已经不见了刚才那令人反感的玩世不恭。格雷沉下脸，发现他的警告完全不是玩笑。

"我是说真的，"夸里突然很严肃，"他戴着镣铐，但用铁链勒死一个人不难。他个子非常大，弗雷泽。"

"我知道。"格雷感觉热血上升到两颊，这使他很愤怒。为了掩饰，他走动了几步，让从半开的窗户吹进的冷风帮助他保持镇定。"当然，"他望着楼下淋在雨中湿滑的灰色石板说，"如果他像你描述的那么聪明，应该不会愚蠢到在我的地盘上来攻击我吧，况且还是在监狱之中？那样做出于什么目的呢？"

夸里没有回答。片刻之后格雷转过身，发现他的前任正沉思着盯着他，那张红红的大宽脸上全然不见了半点儿幽默。

"智力是一回事，"夸里缓缓地开口说道，"但还有许多其他的原因。也许你太年轻，没有近距离面对过仇恨和绝望。而这样的情绪在苏格兰比比皆是，就是最近这十年。"他歪着脑袋，怀揣着资历高于后者十五年的优越感，打量着阿兹缪尔的这位新任指挥官。

　　格雷少校的年纪确实不大，最多二十六岁，白皙的肤色和女性化的长睫毛令他看起来比实际年龄更加年轻。但雪上加霜的是，他骨骼纤细，比普通人还要矮上一两英寸。这时，他挺直了身子。

　　"我了解这个情况，上校。"他平静地说。夸里出身名门，同他一样也是家中的次子，然而，他仍然是军衔高于自己的前辈，此时克制住脾气是必需的。

　　夸里浅棕色的眼眸若有所思地注视着他。

　　"想必是这样。"

　　说完，他突然把帽子往头顶一扣，摸了摸自己的脸颊，他那红红的脸颊上有一道深色的刀疤，是一场丢脸的决斗给他留下的纪念品，正是因为那场决斗，他被流放到了阿兹缪尔。

　　"天知道你做了什么，格雷，他们才把你派来了这儿。"他摇摇头说，"不过为你想想，我真希望你是罪有应得啊！祝你好运吧！"说完，他把那蓝色的斗篷一甩，扬长而去。

　　"认识的魔鬼总比不认识的魔鬼要好点儿，"默多·林赛一边阴郁地摇着头一边评论道，"帅哈利其实还不错。"

　　"是啊，他确实还不赖，"肯尼·莱斯利表示同意，"他来的时候你们都已经在这儿了吗？没有？他比那个大粪脸博格尔好多了，是吧？"

　　"哎，"默多一副不解的样子，"你想说啥，老兄？"

　　"我是说，假如帅哈利比博格尔好，"莱斯利耐心地开始解释，"那他当时就是我们不认识的魔鬼，博格尔是我们认识的魔鬼——但帅哈利倒是好的那个，所以说你根本没有道理，老兄。"

　　"我没道理？"默多被莱斯利的逻辑搞得一头雾水，生气地瞪着他，"胡说！"

　　"你就是，"莱斯利不耐烦地说，"你从来就没有道理，默多！没道理还狡辩什么？"

"我哪里是狡辩！"默多愤愤不平地申辩道，"是你在反对我，又不是我在反对你！"

"就因为你不对嘛，老兄！"莱斯利说，"假如你讲得对，我根本不会吭声儿。"

"我哪里讲得不对？我可不觉得。"默多咕哝着，想不起来他到底说了些什么。他转过身，向坐在角落里的大个子申诉道："麦克杜，我讲错了吗？"

大个子伸了伸腿脚，镣铐上的铁链敲出轻轻的响声，他哈哈笑了。

"没有，默多，你没讲错。不过咱们这会儿也没法说你讲得对，起码得等咱们瞧见新魔鬼啥样儿吧，哎？"瞥见莱斯利低垂着眉毛正准备争辩，他提高了嗓门，向牢里的大伙儿说："有谁见过新来的监狱长没？约翰逊？麦克塔维什？"

"我见过。"海耶斯回答，一边欣然上前凑到火堆旁暖了暖双手。大间牢房里只有一个壁炉，壁炉边最多只容得下六个人同时围着烤火，其他四十个人就得待在刺骨的寒气里，三五成群地挤在一块儿取暖。

正因如此，大伙儿决定，一旦谁愿意讲个故事或者唱首歌，那他就有权坐到壁炉边上，直到讲完为止。麦克杜说这叫诗人的权利，他说从前当游吟诗人们来到古堡里时，人们会呈上食物美酒，让他们有个温暖的地方歇息，以此彰显领主的慷慨好客。在这里，吃的喝的从来不可能有多余，但温暖的座位确实是有的。

海耶斯放松了一下，一边在火上张开了双手，一边闭上眼睛，露出了幸福的笑容。不过，当左右两边各遭到一记不满的推搡表示警告时，他也只好匆匆睁开眼睛，开始发言。

"我见着他的时候，他正乘着马车进来，后来又见着一次，那是我从厨房端了一盘甜点心上去的时候，他和帅哈利正闲扯呢。"海耶斯皱着眉头专注地回忆着。

"他是金发，用蓝色丝带绑着金黄的长头发，眼睛大大的，睫毛长长的，活像个姑娘。"海耶斯眨起了自己粗短的睫毛，佯装挑逗地朝他的听众们飞了个媚眼。

被大伙儿的哄笑鼓上了劲儿，他继而开始描述起监狱长的衣着——"上好的衣裳，就像一个领主"；接着描述了他的车马和随从——"他就像你瞧见过的那些个英国佬，讲话快得活像是烫坏了舌头"；接着他一一重复了自己偷听到的新长官的言辞。

"他讲话又快又清楚，好像啥都知道似的，"海耶斯怀疑地摇着头，"其实他可年轻了，大概——看上去比个小孩儿没大多少，不过我猜他肯定比看着要老点儿。"

"是啊，他是个小个子，比小安格斯还小，"贝尔德插了一句，跟着把头朝小安格斯·麦肯锡的方向一甩，弄得安格斯吃惊地往下看了看自己。安格斯跟随父亲上卡洛登战场那年才十二岁，如今他已在阿兹缪尔度过了将近一半的人生，由于狱中糟糕的伙食，他的个子几乎就没再长多少。

"不错，"海耶斯表示同意，"不过他举手投足可精神了，肩膀直直的，腰板挺挺的，像屁股里插了根推弹杆儿。"

这句话说完便引来了哄堂大笑和粗俗的评论，随后海耶斯让位给了奥格尔维，后者开始给大伙儿讲起了一个很长的、关于多尼布里斯托领主和一个猪倌的女儿的下流故事。海耶斯没有怨言地离开了壁炉，按照惯例走到麦克杜身边坐了下来。

麦克杜从来不坐壁炉前的位子。他总会给大家讲些他读过的书中的故事，那些故事很长，有《蓝登传》《汤姆·琼斯》，还有人人喜爱的《鲁滨孙漂流记》。即使这样，他也从来不去烤火。他总是以他的长腿太占地方为由，一直坐在角落里的同一个地方，那个所有人都听得见他说话的位置。不过，每个离开火炉的人会轮流坐到他的身边，拿衣服上残留的热量与他分享。

"麦克杜，你明天会去跟新来的监狱长谈话吗，你觉得？"海耶斯一边坐下一边问，"切完泥炭砖回来我碰到了比利·马尔科姆，他喊着告诉我他们牢里正闹鼠灾呢。说这星期有六个人睡觉时被咬了，里边有俩人伤口还化了脓。"

麦克杜摇了摇头，挠起了下巴。之前，每个星期哈利·夸里会见他的时候，都会提前准许他用一次剃须刀。距离上次剃胡子有五天了，他的下巴已经满是红色的胡子楂儿。

"我不知道，盖文。"他答道，"夸里确实说过他会把我们的做法告诉新来的家伙，但是那个新任没准儿有他自己的方式，对吧？假如他叫我去，那我肯定会提老鼠的问题的。马尔科姆有没有叫莫里森去看看化脓的情况？"监狱里没有医生，经麦克杜要求，狱卒们准许了有那么点儿治病本领的莫里森到各个牢房里照料生了病或受了伤的犯人。

海耶斯摇摇头："他没时间说别的了——当时他们也就是列队走过罢了。"

"我还是让莫里森去一下吧，"麦克杜下了决定，"他可以去问问比利那儿还缺些啥。"监狱里一共有四个关押大批囚犯的主要牢房，彼此间的传话不是靠莫里森的走访，就是靠每天外出劳动的队伍，不同牢房的犯人会混合在一起，到附近的沼地搬运石头或切割泥炭砖块。

莫里森随叫即到，兜里揣着四个雕刻着花纹的老鼠骷髅，那是因犯们为他们的跳棋游戏即兴创作的棋子。麦克杜从自己坐的板凳底下摸出了他去沼地劳动时随身携带的布袋子。

"哎哟，别再给我那些该死的蓟草了，"莫里森见麦克杜做着鬼脸，马上表示抗议，"我可没法儿叫他们吃这些，他们都问我是把他们当成母牛了还是当成猪了！"

麦克杜小心地放下手里捧的一把枯萎的草梗，吮吸了一下自己被刺痛的指尖。

"他们固执得像一群猪，那是肯定的，"他评论道，"那些不过是奶蓟。

莫里森，我跟你说了多少遍了，把蓟草上的刺头摘掉，拿叶子和梗碾碎了就行。要是吃起来扎得慌，可以撒在燕麦饼上，还可以泡茶给他们喝。跟他们说，我还从没见过猪会喝茶的呢。"

满脸皱纹的莫里森咧开嘴笑了。他已经一把年纪，其实很知道该如何对付执拗的病人，不过抱怨也是他的一件乐事。

"哎，好吧，我就问他们有没有见过掉光了牙齿的母牛好了。"他顺从地接受了，小心地把那些蔫了的草放进自己的袋子，"不过下次见到乔尔·麦卡洛克，你可得记得让他看看你的牙。他最不肯相信绿叶菜可以治坏血病了。"

"你就说，假使让我晓得他没吃蓟草，"麦克杜亮了亮他漂亮的牙齿，应允道，"我就咬掉他的屁股！"

被逗乐了的莫里森咕哝了一声，这在他几乎可以算是开怀大笑了。接着，他走开了，着手拾掇起各种治病用的油膏和草药。

麦克杜松了口气，四下瞧了瞧，确定不像有什么麻烦事要发生。牢房里个把囚犯之间有一点儿积怨，他总是去说和，一星期前他刚把鲍比·辛克莱和埃德温·默里两人给说和了，现在他俩虽然没有成为哥们儿，但起码保持着一定的距离。

他闭上眼睛。搬了一整天的石头，他觉得好累。再有几分钟就能吃晚饭了——一桶粥和一些面包供大伙儿分，幸运的话还会有点儿麦片汤。饭后，大部分人会很快睡下，于是他便可以有几分钟的安宁和些许的私人时间，唯有这时他可以不用理会任何人，不用做任何事。

他都没来得及思忖一下新监狱长的问题，尽管他的重要性关乎所有人的生计。海耶斯说他很年轻，这可能是好事，却也可能恰恰相反。

年纪稍长的英国兵，只要在一七四五年的起义中打过仗的，多半对高地人很有偏见——给他戴上镣铐的监狱长博格尔就曾跟随柯普征战。然而，一名战战兢兢的年轻军人，为了努力适应陌生的职位，也很可能比最暴躁的老上校更加严格，更加残暴。哎，不管怎样，只得静观其变。

他叹息着挪了挪姿势——这是第一万次了——那些镣铐永远这么碍手碍脚。他躁动着用一边的手腕敲打起板凳边缘。本来，他高大的身材使那镣铐的重量并不是特别折磨人，但干起活来它们总是磨得很疼。更讨厌的是，双手张开了最多也只有十八英寸的距离，这点令他前胸后背的肌肉抽筋得厉害，那种时时处处好似伸着爪子的束缚感只有睡着了才会暂且放过他。

"麦克杜，"身边响起一个轻轻的声音，"跟你说句话，行不？"他睁开眼，见罗尼·萨瑟兰趴在边上，尖尖的瘦脸上映着暗淡的火光，像只狐狸似的盯着他。

"哎，当然啦，罗尼。"他撑起身子，把脑子里的镣铐和新来的监狱长一并推到一边。

"亲爱的母亲，"入夜之后，约翰·格雷开始写道。

我已安全抵达新的岗位，一切甚为舒适。我的前任夸里上校——克拉伦斯公爵的侄儿，您可记得？他迎接了我，并为我介绍了管辖职责。配备给我的仆人相当出色，我肯定此行的经历将非常有趣，尽管起初难免会发现苏格兰的许多事物有点儿陌生。晚餐有一道据侍者说叫作"羊杂碎"的菜肴。经我询问，证实其为绵羊之内脏包裹了燕麦粉与多种煮熟了的不明肉类的混合物。诚然，我确信此物定为苏格兰居民眼中的独特佳肴，但我仍将其送回了厨房，并点了一份清淡的煮羊里脊作为替代。既已完成了我此行的首顿——简陋的——晚餐，我亦开始感觉长途旅行带来的些许疲倦——旅途中之种种细节待我于下一封书信告知于您——故而我暂且歇下，留待日后提笔再详述此地之周遭环境——亦因天色已暗，对于周遭我尚未全然知悉。

他停顿了一下，在吸墨纸上轻轻敲着羽毛笔，笔尖留下了一串小

小的墨点，于是他心不在焉地顺着那些墨点在纸上勾画出了一个锯齿的
形状。

关于乔治他敢不敢问一句呢？直白的询问肯定不行，但提一下他的
家人呢？能不能问问母亲她最近可曾碰巧遇见过埃弗里特夫人？能不能
问问母亲可否代为问候其公子？

他叹了一口气，在涂鸦上又加了一个墨点。不行。他守寡的母亲对
事情的详情一无所知，然而埃弗里特夫人却有个活跃在军营之中的丈夫。
虽然凭着哥哥的影响力，流言蜚语得以控制在最低限度，但埃弗里特勋
爵仍然可能听说些什么，从而很快得出推断。如果勋爵大人随便向妻子
说了些关于乔治的不明智的话，而埃弗里特夫人又把话传到他母亲的耳
中……唉，梅尔顿伯爵遗孀可不是傻瓜。

母亲很清楚他涉及了不光彩的事情。年轻有为的军官如果受长官
器重，就绝不会被派到苏格兰最偏僻的角落去监管一个正在维修的芝
麻绿豆大的监狱兼要塞。不过，他哥哥哈罗德告诉过母亲，他惹的麻
烦其实是一桩不幸的感情事件，暗示此事令人尴尬到不适合她直接过
问。她很可能以为他要不是私养娼妓被发现了，就是同长官的老婆被
捉奸在床了。

一桩不幸的感情事件！他冷冷地笑了，蘸了蘸墨水。哈尔既会如此
描述，也许他比自己想象之中要敏感许多。不过话又说回来，自打赫克
托死在卡洛登以后，他自己的感情世界一直都不幸得很。

想到卡洛登，他回避了一整天的关于弗雷泽的念头又冒了出来。他
咬了咬嘴唇，目光从吸墨纸移到了装有囚犯名册的文件夹上。他非常想
把它打开，找到他的名字，但那又有什么意义呢？高地人里兴许有几十
个名叫詹姆斯·弗雷泽的，但人称红发詹米的只有一个。

他感到一阵阵热潮来袭，涌上脸颊，但那并不是因为靠火炉太近。
尽管如此，他还是起身走到窗前，大口大口地吸入新鲜的空气，似乎那
冷风可以把他的回忆冲刷干净。

"对不起，大人，但您这会儿要不要暖暖床铺？"身后的苏格兰口音吓了他一跳，他回转身，发现一个满头乱发的脑袋伸进了他私人房间的门框，那是一个被分配来照看他住处的囚犯。

"哦！呃，好的。谢谢你……麦克唐纳德？"他不太自信地说。

"麦凯，大人。"那人并无不满地纠正道，脑袋一晃便不见了。

格雷叹了口气。今晚实在无事可做。他回到书桌前搜罗起所有的文件夹，放到一边。吸墨纸上他画的那个东西看着像古代骑士用来砸敌人脑袋的狼牙棒。他觉得自己仿佛刚吞了一根下肚似的，尽管那也许只是由于半熟的羊肉带来的消化不良。

他摇了摇头，草草地在信纸上签上了名字。

"满载爱意，您顺服的儿子，约翰·威廉·格雷。"他在落款上撒上细沙，用戒指盖上封印，将书信搁置一边，准备明早寄出。

环顾了一下办公室四周的阴影，他站起身没有走动。这间大屋子里冷酷而空洞，除了庞大的书桌和几把椅子外别无他物。他哆嗦了一下，壁炉里，泥炭砖阴郁的火光面对巨大的空间散发出于事无补的热量，尤其是窗户里还不断地钻进冰冷而阴湿的空气。

又望了一眼囚犯名册，他俯身打开书桌下层抽屉，取出了那褐色的玻璃瓶，掐灭了蜡烛，靠着幽暗的炉火径直走向他的床铺。

疲惫与威士忌的共同作用理应让他马上入睡的，但睡意始终与他保持着距离，像蝙蝠一样盘旋在床头上空，迟迟不肯降临。每当他感到自己沉入睡梦，凯瑞埃里克树林的影像便立刻映入眼帘，于是他会又一次发现自己清醒地躺着，大汗淋漓，耳边轰鸣着自己心跳的声音。

那是他十六岁的时候，平生的第一场战役令他激动得无法忍受。当时他还没有获得委任状，但他哥哥哈尔带上了他随军团出征，好让他体验一下当兵的滋味。

在去往普雷斯顿潘斯与柯普将军会合的途中，一天夜里，队伍在一处黑暗的苏格兰丛林里安营扎寨，约翰发现自己紧张得无法入睡。战斗究竟会是什么样子？柯普是个出色的将军，哈尔所有的朋友都这么说，可是大伙儿在篝火旁不停地讲着关于凶残的高地人和他们该死的大刀的恐怖故事。他能否有勇气去面对高地军队可怕的冲锋？

对于自己的恐惧，他实在无法说出口，哪怕只是告诉赫克托。赫克托很爱他，但他已经二十岁了，高大健硕而无所畏惧，更怀揣着中尉军衔的委任状和在法国战场上的英勇战绩。

直到现在他都不清楚，自己那么做是为了迫切地想要与赫克托较劲，还是仅仅为了打动他。不管怎样，当他见到树林里的那个高地人，进而认出他就是大报上恶名昭彰的红发詹米·弗雷泽的时候，他下定决心，杀不了他的话，也一定要把他生擒。

他考虑过回营地寻求援助，但眼前那家伙正孤身一人——至少照约翰看来是这样——并且明显毫无防备，只是安静地坐在一个树桩上吃着面包。

就这样，他从腰带里抽出匕首，蹑手蹑脚地穿过树林朝那闪着亮光的红发脑袋走去。刀柄在他手中感觉滑滑的，而他满脑子已经浮现出荣誉的光辉画面和赫克托的赞美之词。

但事与愿违，一记侧击突然向他袭来，他手里的刀一晃眼掉在了地上。他抡起胳膊卡住那苏格兰人的脖子想要勒死他，这时候——

约翰·格雷勋爵猛地从床上翻了个个儿，浑身发烫，而那回忆历历在目。他们摔打在地，滚到漆黑一片的橡树枯叶之中，争夺着那把匕首，翻滚着打成一团——一场殊死的搏斗，他当时这么想。

起初，那苏格兰人被他压在下面，经过一番扭打便不知不觉地翻转了过来。他曾经见过叔叔的朋友从印度群岛带回的蟒蛇，弗雷泽的招式就与它很像，轻巧、流畅，却又有着骇人的强大力量，就像一条盘绕着你的强壮蟒蛇，永远都出其不意。

他被极其丢脸地扔在落叶堆里，脸朝下，手腕痛苦地扭在身后。一阵恐慌之下，他确信自己即将性命不保，于是用尽气力将被困的手臂扭转了过来，只听见那骨头咔嚓一声，一片夹杂着红色的痛苦黑影劈头盖脸地将他打昏了过去。

片刻之后他醒了过来，发现自己倒在一棵树旁，面对着一群身披格子呢披肩，样貌甚为凶险的高地人。而居中站着的正是红发詹米·弗雷泽——和那个女人。

格雷咬紧了牙关。该死的女人！如果不是因为她——唉，天知道如果没有她会怎样。而不争的事实是，那女人开口说了话。她是英格兰人，一开口便听得出是位有教养的女士，而他——愚蠢之极的他——马上仓促地断定她无疑是邪恶的高地人为了强暴而掳下的人质。人人都说高地人一有机会便沉迷于抢掠，尤以羞辱英格兰女性为乐，他怎会知道事实竟并非如此！

于是，十六岁的约翰·威廉·格雷勋爵，满怀着军中宣扬的勇敢与崇高的意志，虽正伤痕累累地与手臂折断的剧痛搏斗着，却挺身上前为拯救那位女士的命运与苏格兰人竭力商谈。人高马大的弗雷泽不乏嘲讽地与他周旋着，犹如戏弄一条鲑鱼一般，他当着格雷的面撕扯下那女人一半的衣衫，威逼他说出了自己兄弟军团的所在位置及兵力信息。直到他吐露出所有情报之后，弗雷泽大笑着承认，那女人竟然是他的妻子。所有人都笑了，至今那粗俗的苏格兰口音依然回荡在他耳畔，在他的记忆里狂欢不已。

格雷翻了个身，在那陌生的床垫上烦躁地挪来挪去。令一切更为糟糕的是，弗雷泽居然没有最起码地把他给杀了，而是将他绑在一棵树上，留待次日早晨让他的战友们发现他。而那个时候，弗雷泽的人马已经光顾过他们的军营——利用他所提供的情报，并把他们送往柯普阵营的加农炮固定得无法动弹。

此事当然马上传开了，尽管有他的年龄与未经委任的身份作为借口，但他仍然成了众人鄙夷的异类。再没有人理睬他，除了他哥哥——和赫克托。忠诚的赫克托。

他叹息着用枕头摩擦着脸颊。赫克托的样子在意识里依然清晰可见——深色头发，蓝色眼睛，温柔的嘴唇永远在微笑。已经十年了，距离他战死在卡洛登，被高地人的大刀碎尸荒野已经十年了，而约翰依然会不时地惊醒在黎明时分，弓起痉挛而抽紧的身躯，感触着赫克托的抚摸。

如今又到了这个地步。他一直对这个职位心怀畏惧，害怕身陷于苏格兰人和他们生硬粗鄙的嗓音之中，回忆起赫克托的遭遇是何等不堪重负。然而，在临行前最惨淡的等待之中，他都不曾料到会再次与詹姆斯·弗雷泽狭路相逢。

壁炉里的炭火慢慢地烧成了死灰，那灰烬慢慢地耗尽了所有的温度，窗外的漆黑慢慢地淡化为苏格兰清晨雨中忧郁的灰白。而约翰·格雷依然毫无睡意地躺着，刺痛的双眼紧紧盯住屋顶上熏黑了的横梁。

早上起来时，格雷虽然精神疲惫，但心意已决。他在这儿。弗雷泽也在这儿。短时间内两者间任何一人都不可能离开。事已至此。他必须时不时地面对这个人——一小时内他就将向全体犯人发表讲话，此后亦将对他们进行常规的检查——但他不会单独与其会面。只要他与此人保持距离，他所激起的回忆也许就能得以控制。随之而来的种种情感也同样如此。

尽管起初让他无法入眠的是因往昔的愤怒与羞辱所带来的回忆，但让他时至凌晨依旧毫无睡意的则是当下情形相反的另一方面。他逐渐意识到，如今弗雷泽已是他的阶下囚，而不再操持折磨他的大权。区区的一个囚徒，与所有其他的犯人一样，完全由他掌控。

他摇响小铃传唤侍从，一边光脚走向窗口看看天气如何，石板地上的寒气令他畏缩地眯起了眼睛。

雨毫无悬念地下着。楼下庭院里，犯人们已经浑身湿透着列队出工了。格雷只穿着衬衣，哆嗦了一下，缩回脑袋，将窗户半掩上，算是在窒息与风寒这两种死法之间选了个合适的折中。

凌晨的时候，当天色渐亮，雨点打在窗台之上，令他辗转反侧的是脑海中一幅幅复仇的画面。他想象着把弗雷泽关进狭小而冰冷的石室，任他赤身裸体地度过寒夜，喂之以残羹剩菜，将其置于监狱庭院中光着膀子施以鞭刑。他想象着那所有傲慢的能量被贬低，被缩减，直至变为卑躬屈膝的惨状，完完全全地依赖于他的一言一语方能获得片刻的解脱。

是的，他想过这所有的一切，每个清晰的细节，并在其中沉醉不已。他听见弗雷泽向他乞讨怜悯，想象着自己倨傲地嗤之以鼻。他想象着这一切，直到那狼牙棒在腹中翻腾起来，直到自我憎恶刺穿了他的血肉。

对于格雷来说，无论弗雷泽曾经是什么，如今他已是一个溃败的敌人，一个归于大英王国股掌的战俘。事实上，他全归于格雷一人的股掌，而同时又是他的职责，其安危也是他一人荣耀的职责。

他的侍从给他带来了剃须用的热水。他把脸颊淋湿，感觉那温度缓和了他的情绪，他躺在那里，让昨晚饱受折磨的想象力得到些许的安宁。他意识到，那一切不过是想象，于是他觉得很解脱。

如果他曾与弗雷泽在战斗中相遇，他也许会真切地享受到杀死他或者伤害他的残忍快感。但如今无可避免的现实是，只要弗雷泽一天是他的囚犯，他的荣耀便无法容许他伤害这个人。当剃完胡子，由侍从帮助着装完毕的时候，他已经足够平静地从自己的处境中找到某种冷酷的幽默。

他最初在凯瑞埃里克的愚蠢举动继而在卡洛登拯救了弗雷泽的性命。如今，那层债务既已消解，而弗雷泽被列入他的职权范围，弗雷泽作为囚徒之身绝对的无助反而使他变得完全安全。因为无论愚钝或是英明，天真或是老道，格雷家族所有的人都是荣耀之士。

感觉多少好了一些，他凝神注视了一下镜子里的自己，戴正了假发，然后赶在向犯人发表讲话之前先去进食早餐。

"大人，您是在起居室用餐吗，还是这里？"麦凯顶着一头从不梳理的乱发，把头伸进办公室门口。

"嗯？"格雷咕哝道，全神贯注地看着书桌上摊开的文件。"哦，"他抬眼一瞧，回答说，"在这里，如果可以。"他大致地朝巨大书桌的一角挥了挥手，便重新开始工作，一直到稍后晚餐端来的时候他几乎都没有抬头。

关于文书工作，夸里没有开玩笑。单说大量的食物就需要无尽的订购与申报——所有的订购居然都要一式两份地递交到伦敦！——更不用说数以百计的其他日用品了，要满足的不仅仅是囚犯和看守的需要，还有每天从村里前来打扫营房或者在厨房工作的各色男女雇工。一整天，他除了起草和签署物资申报以外，就没有顾得上别的。他必须尽快找到一个秘书，否则一定会死于纯粹的倦怠。

"贰佰磅小麦粉，"他写道，"用于囚犯。陆大桶麦芽酒，用于营房。"他平日里优雅的字迹很快地退化为实用主义的草书，那漂亮的签名变成了敷衍了事的 J. 格雷。

他叹息着放下笔，闭上眼睛按摩起眉间的隐痛。自从他来到这里，太阳还没有高兴地露过一次脸，终日在烟雾腾腾的屋里就着烛台工作，他的双眼像燃烧的煤块一样灼得生疼。前一天他的藏书已经运到了，但是他还没有来得及拆包，不到天黑就已经精疲力竭，除了用凉水冲洗疼痛的眼睛，再无力做什么别的，只有上床睡觉。

他听到一个鬼鬼祟祟的细小的声音，突然坐直身子，睁大了双眼。书桌一角坐着一只褐色的大老鼠，两只前爪举着一小块李子蛋糕。它没有动，只是若有所思地看着他，抽动着胡须。

"啊，见鬼！"格雷惊呼，"嘿，你这浑蛋！那是我的晚饭！"

那老鼠一边用闪亮的眼珠子盯着少校，一边仿佛沉思的样子咬着李子蛋糕。

"滚开！"格雷愤怒地抡起手边最近的物体朝那老鼠扔去。墨水瓶砸在石头地面上炸得墨迹四溅，把那老鼠吓得跳下书桌仓皇逃窜了出去，闻声赶到门口查看究竟的麦凯更是惊恐万分，只见那老鼠从他双腿之间飞奔而去。

"监狱里有猫吗？"格雷问道，一边把晚餐倒入书桌边的垃圾桶。

"有啊，大人，储物室里就有几只。"麦凯回答。老鼠逃离时穿过那摊墨水留下了一串黑色的细小足迹，麦凯趴在地上倒退着把那足迹擦拭干净。

"那么，请你带一只猫上来，麦凯，"格雷下令，"这会儿就去。"想起那令人作呕的肉色的尾巴那么无动于衷地垂在他的盘子上，他哼了一声。他当然没少遇见过老鼠，但那是在战场上，而亲眼直面自己的晚餐遭受猥亵，似乎有某种格外令人窝火的感觉。

他走到窗前站了一会儿，试图趁着麦凯完成清扫的空当，让新鲜空气理顺一下他的头脑。夜幕开始降临，庭院里洒满了深深的阴影，对面牢房的石墙显得异乎寻常地冷酷阴沉。

狱卒们从厨房一侧穿过雨幕走了过来，推着的几辆小车里装满了囚犯的食物。大锅大锅冒着热气的麦片粥和一篮篮的面包上盖着遮雨的布。那些可怜的恶魔在雨中的采石场劳动了一天，至少还能吃上温热的食物。

他从窗口转过身时突然冒出了一个念头。

"牢房里也有很多老鼠吗？"他问麦凯。

"是啊，大人，有好多，"那囚犯一边回答一边擦拭完了门槛，"我去让厨子给您上盘新鲜的饭菜，好吗，大人？"

"如果可以的话，"格雷说，"还有，麦凯先生，请你再为每间牢房配备一只猫。"

麦凯听了似乎有点儿疑惑。整理着文件的格雷停了下来。

"有什么问题吗，麦凯？"

"没有，大人，"麦凯缓慢地回答道，"只是那些棕色的小耗子倒能吃掉不少甲虫。还有，不是我说，大人，我觉得犯人们不会喜欢有只猫来抢走他们的老鼠。"

格雷瞪着他，感到有点儿想吐。

"犯人们吃老鼠？"他问道，脑海里清晰地浮现出那排尖利的黄色
牙齿轻轻地啃着他的李子蛋糕的画面。

"只有他们碰巧能捉到一只的时候，大人，"麦凯说，"猫没准儿倒
是能帮上忙。今晚就这些了，大人？"

CHAPTER 09

流 浪 汉

关于詹姆斯·弗雷泽，格雷所下的决心只持续了两周时间。然后，当信使从阿兹缪尔村里带来一个消息时，一切都改变了。

"他还活着？"他尖锐地问道。信使点了点头，那人是阿兹缪尔的村民，为监狱工作。

"他们把他抬进来时，我亲眼看见的，大人！这会儿他在青柠树旅店，有人照料着——不过我觉得，大人，他们再照料也没啥用了，您知道我的意思。"他意味深长地抬了抬眉毛。

"我知道了，"格雷简短地回答，"谢谢你，呃——"

"艾利森，大人，鲁弗斯·艾利森。您的仆人，大人。"他收下格雷给的一先令，夹着帽子一鞠躬便走了。

格雷坐在书桌前，呆望着铅灰的天空。自打他来到这里，这里几乎就没有出过一天太阳。他下意识地用笔头敲着桌子，浑然不知羽毛笔尖已经被他敲得不成样子了。

一提到金子，任何人的耳朵都会竖起来，而格雷的耳朵反应格外灵敏。

这天早上有雾，有人在村子附近的沼泽地里找到了一个流浪汉。他发着高烧，神志不清，湿衣服里浸透的不仅是潮气，还满是海水。

这个人一经发现就说个不停，几乎全是胡言乱语，没人能听懂的疯话。他似乎是苏格兰人，但嘴里说的却是支离破碎的法语和盖尔语的混合体，时不时地冒出些许零碎的英语单词，而其中则包括"金子"两字。

在这个地区，一旦提到苏格兰人、金子和法国话，任何在詹姆斯党起义的最后时日战斗过的人都只会想到一个念头——法国人的金子。那是谣传法国国王路易拥有的一批价值连城的金条，他秘密地将其送给了他的表弟查尔斯·斯图亚特以示资助，然而一切都为时已晚。

有些传言说法国人的金子早在卡洛登的那场灾难降临之前，就被匆忙向北部撤退的高地军队藏了起来。另有些传言说那些金子一靠上西北海岸就马上被保管在附近的一处洞穴，一直都没有送到查尔斯·斯图亚特手里。

有人说当保管金子的人死在了卡洛登，宝藏的秘密地点便已失传。还有人说那个秘密并未失传，而是被唯一的一个高地家族保守着。不管真相如何，没有人找到过金子。至今还没有。

法语和盖尔语。格雷的法语还过得去，那是多年在海外征战的结果。但他和他的官兵之中没有人会说野蛮的盖尔语，除了格里索姆中士小的时候从一个苏格兰保姆那里学到的只字片语。

他无法信任村里的任何人，如果这个故事有任何实质性内容的话。这关乎法国人的金子！且不提宝藏的价值——不管怎样它都应该归属大英王国——这金子对约翰·威廉·格雷有着相当重要的个人意义。一旦找到这近乎神话的宝藏，他将获得远离阿兹缪尔的通行证——意味着回到伦敦和文明世界。那炫目的黄金必将立即驱散他最黑暗的耻辱。

他咬着那粗钝的羽毛笔的尖端，感觉到笔管在他的牙齿之下破裂开来。

见鬼。不行，不能找村民，也不能找任何军官。那囚犯呢？对，用一个犯人对他来讲毫无风险，因为犯人没有可能把这个情报用于自己所得。

见鬼。所有的犯人都会说盖尔语，许多也懂英语——然而懂得法语的唯有一人。他是个受过教育的人，夸里的嗓音回荡在耳畔。

"见鬼，见鬼，见鬼！"格雷轻声自语。这事不能拖延。艾利森说那流浪汉病得不轻，时间不允许他再去寻找其他出路。他吐出了嘴里的羽毛笔碎片。

"布雷姆！"他叫喊道，那下士惊恐地探进头来。

"是的，大人？"

"把那个名叫詹姆斯·弗雷泽的犯人给我带来。马上。"

监狱长坐在书桌背后，他朝前倚靠着书桌，仿佛这块巨大的橡木真的是一座堡垒。他把手放在光滑的桌面上，手心有点儿湿，制服的白色领口感觉好紧。

门开的时候，他的心狂跳不已。那苏格兰人走了进来，戴着的铁镣轻轻地叮当作响，他停在了书桌前方。屋里的蜡烛全部点燃着，虽已入夜，办公室里却有如白昼。

当然，他之前见过弗雷泽几次，他与其他囚犯站在庭院里的时候，他红色的头发和高大的肩膀总是让他鹤立鸡群，但格雷从未近距离看清过他的面孔。

他看着很不一样。这点既震惊了他，又让他感到解脱。长久以来，记忆中的那张脸始终是光滑而没有胡子的，不是在黑暗中充满着威胁，就是点燃着讥讽的嘲笑。眼前的这个人一脸短短的胡须，神色平静而谨慎，那深蓝的眼睛虽然一如既往，但从中找不到一丝认出了自己的痕迹。他安静地站在桌前，等待着。

格雷清了清嗓子。他的心跳仍旧有点儿过快，但至少已经可以平静地开口讲话了。

"弗雷泽先生，"他说，"谢谢你过来。"

那苏格兰人礼貌地一点头，他别无选择，虽未开口，但他的眼神这么说。

"你无疑想知道我找你是为了什么,"格雷说,他骄横的声音在自己听来难以忍受,但业已无法补救,"最近发生了一件事情,我发现我需要你的帮助。"

"什么事情,少校?"他的声音没有变——深沉而精准,略带着一种柔和的高地人的喉音。

他深吸了一口气,把自己支撑在书桌上。如果可以不用请求此人的帮助,他会情愿做任何事情,但此时他没有任何其他选择。弗雷泽是唯一的可能。

"有人在海岸的沼泽地找到了一个流浪汉,"他小心地说道,"他似乎病得很重,并且语无伦次。但是,他所提到的某些……内容,似乎对于国王陛下有着……相当重要的意义。因此,我需要与他进行交谈,尽可能确定他的身份,以及他所说的内容。"

他停了一下,而弗雷泽只是站在那儿等着。

"不幸的是,"格雷吸了口气继续说道,"此人的话语夹杂了盖尔语和法语,只有个把英语单词。"

苏格兰人的一条红色的眉毛颤动了一下。他的表情没有任何明显的改变,但很清楚他已经了解了此事意味着什么。

"我明白了,少校。"苏格兰人充满讽刺地说道,"您想让我帮您翻译此人说的话。"

格雷无法信任自己的言语,因而只是迅速地点了下头。

"这事我恐怕必须要推辞,少校。"弗雷泽恭敬地说,但眼中闪现出的那一丝光亮里毫无敬意可言。格雷的手紧紧地握住了吸墨纸上摆着的一把黄铜的裁信刀。

"你要推辞?"他抓着裁信刀的手紧握不放,努力地稳住自己的声调,"我能问为什么吗,弗雷泽先生?"

"我是个囚犯,少校。"苏格兰人礼貌地回答,"不是个翻译。"

"对你的帮助我会非常——感激，"格雷说，试图在"感激"两字中注入足够的重要性，以免显得太像是公然的贿赂。"相反，"他的语气变得有点儿强硬，"如果你不能予以合理的帮助——"

"您说得合理，少校，不应该包括强求我的服务或是对我进行威胁。"弗雷泽的语气显然比格雷强硬得多。

"我没有威胁你！"裁信刀的边缘掐进了格雷的手掌，他被迫放松了拳头。

"您没有？啊，您这么说我很高兴。"弗雷泽转身走向房门，"既然如此，少校，我祝您晚安。"

格雷其实宁愿放弃很多东西而由他离开，然而，他的职责更为重要。

"弗雷泽先生！"苏格兰人在离门口几步之遥的地方停了下来，没有转身。

格雷深呼吸，鼓起了勇气。

"如果你答应我的要求，我会让他们取下你的镣铐。"他说。

弗雷泽沉默着没有挪动脚步。年轻的格雷尽管缺少经验，但他并非没有洞察力，在察言观色上也不是没有两下子。看着那犯人抬起头，收紧了肩膀，他感觉自己的焦虑微微地松弛下来，自从听说流浪汉的消息，那种焦虑就一直折磨着他。

"弗雷泽先生？"他说。

苏格兰人非常慢地转过身，面无表情。

"那就一言为定，少校。"他温和地说。

他们抵达阿兹缪尔村庄的时候已经过了午夜。路上经过的农舍里没有灯火，格雷很想知道，听见深夜窗外的马蹄与枪械声，村民们会怎么想，这恐怕有点儿像十年前横扫高地的英格兰军队遗留下的隐约回声。

流浪汉被带到了青柠树旅店，这家旅店多年前得名于院子里一棵傲然挺立的巨大的青柠树，也是方圆三十英里内唯一的树木。这棵树如今只剩下一个宽大的树桩——卡洛登之后它被坎伯兰的军队劈成了柴火，与太多的其他事物一样烟消云散了——而这家旅店却保留了它的名字。

进门之前，格雷停了一下，转身问弗雷泽："你会记得我们约定的协议吗？"

"我会。"弗雷泽简短地回答，擦过他的肩膀走进了门。

以去除镣铐为交换，格雷提出了三个要求：第一，弗雷泽不得在去往村庄或回来的路上企图逃跑；第二，弗雷泽必须将流浪汉所说的话完整而准确地向格雷转述；第三，弗雷泽作为一个绅士，必须保证只告诉格雷一人他此行所得知的一切。

旅店里传来盖尔语的低语声，老板见到弗雷泽时，颇为吃惊地叫出声来，瞥见其身后的红衣军官，立刻表示了敬意。女主人站在楼梯上，手中的油灯令黑影在她四周不停地舞动。

格雷惊异地拍了一下店主的手臂。

"那是什么人？"楼梯上还有一个人影，一身黑衣，像个幽灵一般。

"是个神父，"弗雷泽在他身边小声回答，"那人看来活不了多久了。"

格雷深吸一口气，为即将到来的一切努力稳住自己。

"那我们没有时间可以浪费了，"他坚决地说，一边迈出皮靴跨上楼梯，"我们走。"

天还没亮的时候那人死了，弗雷泽握着他的一只手，神父握着另一只。神父在床边俯下身，嘴里用盖尔语和拉丁语念念有词，一边在那人的身上比画着天主教的手势，弗雷泽坐回到板凳上，闭上了眼睛，那人瘦小的手还握在他手中。

整整一晚那高大的苏格兰人都一直坐在那人身边，倾听着，鼓励着，安慰着他。格雷站在门口，不希望他穿着制服的身影吓坏了那个人。对弗雷泽的温柔，他既有点儿吃惊，又有点儿异样的感动。

此时弗雷泽拿起那只饱经风霜的消瘦的手，把它轻柔地平放到那静止的胸膛之上，做了与神父一样的手势，轻触着他的额头、心脏和两侧的肩膀，比画出一个"十"字。他睁开眼睛站立起来，头顶几乎擦到了低矮的椽子，朝格雷简单地点了点头，便先他一步走下了狭窄的楼梯。

"这里。"格雷朝酒吧间门口一指，这个时候里面空无一人。一个睡眼惺忪的女仆为他们点上火，送来面包和麦芽酒，接着走了出去，单独留下了他们两人。

等弗雷泽吃了点东西后，格雷问道："怎么样，弗雷泽先生？"

苏格兰人放下锡质的杯子，用手擦了擦嘴。他本就留着胡子，长发整齐地编在脑后，经过漫漫长夜的守望，他并没有显得特别憔悴，不过眼睛底下确实浮起了疲劳的黑影。

"好吧，"他说，"这一切都不像特别有道理，少校，"他提醒说，"不过他是这么说的。"他接着小心地开始复述，时而停下来回忆某个词语，时而又停下来解释一些盖尔语的典故。格雷越听越失望，弗雷泽说得没错，一切都听不出什么道理。

"白色女巫？"格雷打断道，"他提到一个白色女巫？还有海豹？"其实这比起其他的片段也没有荒唐很多，但他仍旧无法置信地反问着。

"嗯，他是那么说的。"

"再告诉我一遍，"格雷命令他，"把你记得的全部再讲一遍，如果可以的话。"他客气地补充道。

他发觉，与弗雷泽共处时，自己居然感到一种奇特的自在与舒适，这令他很吃惊。当然，部分原因仅仅是疲劳，经过了一个不眠夜，近在咫尺地看着一个人死去，这种压力使他通常的反应与感受全都麻木了。

这一整晚对格雷而言都显得很不真实，尤其是此刻这莫名其妙的结局——在昏暗的黎明时分，他与红发詹米·弗雷泽在这间乡村酒馆对坐分享着一壶麦芽酒。

弗雷泽遵命，重新慢慢道来，时不时停下回忆着细节。除了这里那里有几个词语的区别，这次叙述与第一次完全相同——至于格雷自己可以听懂的那些部分，都被翻译得相当忠实。

他灰心丧气地摇了摇头。胡言乱语。此人的满口疯话完全就是一派疯狂的胡话。即使他曾经见过那金子——听上去他确实一度见过——从他那夹杂着幻觉的狂热妄语之中也着实无法分辨那究竟发生在何时何地。

"你肯定这是他说的所有内容？"格雷抱着微弱的期待，希望在弗雷泽不慎遗漏的只字片语中能寻得那失落的黄金的些许线索。

弗雷泽的袖口从举杯的手臂上滑落，格雷看见他手腕上那道深深的伤痕，皮开肉绽着，在酒馆黯淡的晨光里呈现出灰黑的颜色。弗雷泽捕捉到他的目光，放下了杯子，砸碎了那层貌似友谊的单薄幻影。

"我信守了我的诺言，少校，"弗雷泽冷淡而正式地宣告着站了起来，"我们该回去了吧？"

他们安静地骑行了一段时间。弗雷泽迷失在自己的思绪里，格雷则沉浸在疲倦与失望之中。当太阳升到北边的小山顶时，他们在一处小小的山泉边停下，休整片刻。

格雷喝了些凉水，然后把水洒在自己脸上，感觉那凉意的震慑一瞬间令他清醒了过来。他已经不止二十四个小时没睡了，他感觉脑袋麻木而迟钝。

弗雷泽与他一样也一宿没睡，却没有什么明显的异样。他趴在泉水边忙个不停，显然在从水里拔着什么野草。

"你在干什么，弗雷泽先生？"格雷困惑地问道。

弗雷泽有点儿吃惊地抬头一看，却丝毫没觉得尴尬。

"我在摘水芥子，少校。"

"我看见了，"格雷不耐烦地说，"摘那个干吗？"

"吃，少校。"弗雷泽平静地回答，一边从腰带上取下一个有点儿脏的布袋子，把那滴着水的绿色东西扔了进去。

"真的？你吃不饱吗？"格雷呆呆地问，"我从没听说过有人吃水芥子。"

"它是绿的，少校。"

倦意沉沉的，少校开始怀疑自己正在被人戏弄。

"见鬼，野草还可能是什么颜色？"他质问道。

弗雷泽的嘴微微一撇，看似好像在与自己争辩着什么。最后他耸了耸肩，把湿湿的手在裤子两侧擦干。

"我只是说，少校，多吃绿色的植物会防止坏血病和牙齿松动。我带这些绿草回去分给我的弟兄们吃，水芥子可比我在沼泽里找到的大部分东西都好吃多了。"

格雷感到自己的眉毛挑了起来。

"绿色的植物防止坏血病？"他脱口问道，"你听谁说的？"

"我的妻子！"弗雷泽鲁莽地回答道，说完突然转过身，站在那里，用力三下两下地把他的布袋子扎了起来。

格雷忍不住问道："你的妻子，先生——她在哪里？"

回答他的是一道突如其来、如烈火般猛烈的深蓝色目光，那骇人的光芒一直灼烧到了他的背脊。

"也许你太年轻，没有近距离面对过仇恨和绝望。"格雷的脑海中响起了夸里的声音。夸里错了，他一眼就认出了弗雷泽眼底深处的那种光芒。

不过那种光芒只持续了片刻，接着，他平日里那层冰冷而礼貌的面罩又完好无损地出现了。

"我的妻子她走了。"弗雷泽说罢，又一次转过身去,突然得近乎粗暴。

格雷感到一种意外的感情震撼了他。一部分是解脱，那个女人，那个令他蒙羞的起因和罪魁祸首之一，已经死了；另一部分是惋惜。

回到阿兹缪尔的路上，他们两人再也没有说话。

三天以后，詹米·弗雷泽越狱了。从阿兹缪尔越狱从来不是件难事,而从来没有人尝试过，因为从那里出去完全无路可逃。三英里以外，苏格兰的海岸线铺满了粉碎的岩石。而朝着另外三个方向的则是无尽的空阔沼泽。

曾几何时，你若走向那石楠地，便可以依靠氏族与亲人的支持和保护。而今，那些氏族都已支离破碎，亲人都已不在人世，苏格兰的战犯们都被迁移到了远离家园的地方。饿死在惨淡的沼地上比起监牢中的生活毫无优越性可言。越狱根本不值一试——对常人而言，而詹米·弗雷泽显然有他的理由。

龙骑兵的马匹没有离开大路。虽然周围的沼地看上去平缓得像盖了天鹅绒的床罩，那片正在变成紫色的石楠只是迷惑人的薄薄的表层，其下覆盖着至少一尺厚潮湿而黏稠的泥沼。就算是马鹿也不会随便走上那片沼泽——格雷此时可以望见四头马鹿在一英里左右的远处，它们穿过石楠地所走的径道看起来狭窄得像一条细线。

弗雷泽当然不会骑在马上，那就意味着这个越狱者可能在沼地的任何角落，自由地走在那红色马鹿徜徉的小径上。

搜寻越狱者并将其捉拿归案是约翰·格雷的职责。不过，下令驻军倾巢出动却有点儿超越了他的基本权限，他催促着手下马不停蹄地四下搜索，甚至连休息和进食都只能做最短暂的停留。职责，无疑，外加一种迫切的渴望，意欲寻得法国人的金子以获取上级的赞许——从而得以脱离这苏格兰荒原的流放生涯。然而，愤怒同时也在作祟，加上那种私底下特殊的被背叛的感觉。

格雷不确定他愤怒的原因是弗雷泽没有信守诺言，还是自己竟愚蠢地相信了一个高地人——不管他是不是一个绅士——他起码同他自己一样，是个有荣耀感的人。而尽管愤怒，他还是下定决心搜遍沼地上的每一条小径，直至将詹姆斯·弗雷泽送回监狱。

花了一整天辛苦地梳理沼地里的每一条脉络后，第二天深夜，他们抵达了海岸。在海风的吹拂下，岩石上的雾气已经散去，茫茫大海展现在他们眼前，星星点点地点缀着荒芜的小岛，周边合抱着悬崖峭壁。

约翰·格雷牵着他的坐骑站在峭壁顶端，凝视着下方荒凉的黑色大海。感谢上帝，这个夜晚海岸线非常明朗，半个月亮照亮了被海水溅湿的岩石，那些岩石像一块块银锭一般端坐在黑色天鹅绒的阴影之上，轮廓清晰而闪亮。

这是他有生之年见过的最凄凉的地方，尽管一种恐怖的美正激荡着他冰凉的鲜血在周身血管里奔流。看不见詹姆斯·弗雷泽的踪影。看不见一丝生命的踪影。

站在近旁的一个手下突然惊呼一声，拔出手枪。

"那边！"他说，"石头上！"

"别开枪，傻瓜，"另一个士兵说完抓住了伙伴的手臂，毫不掩饰自己鄙夷的神情说，"没见过海豹吗？"

"啊……没有。"前者怯懦地回答，放下枪，盯着岩石上那个小小的黑影。

格雷也从未见过海豹，正着迷地看着那些动物。月色照亮了它们湿湿的外衣，远远地看着像一群黑色的蛞蝓，它们不安分地抬着头在海岸上蹒跚而行，颤颤巍巍地蜿蜒着，滚动着。

他小时候，母亲曾经有过一件海豹皮大衣。他曾被准许摸过一次，那令人惊叹的触感像没有月色的夏夜，漆黑而温暖。如此厚重而柔软的皮毛竟然来自这般湿滑的生物。

"苏格兰人管它们叫海豹精。"那个认出海豹的士兵说。他朝那些动物点头示意，显示着他独有的知识。

"海豹精？"这个词引起了格雷的注意，他饶有兴趣地朝那人看去，"你还知道些什么，赛克斯？"

那士兵耸了耸肩，享受着他片刻的重要地位。"我知道的不多，大人。此地倒是有些关于它们的传说，说有时候会有个海豹精走上岸来，脱下海豹皮，里面是个美丽的女人。说如果一个男人要是找到了海豹皮，把它藏起来，那女人就没法儿回去了，那么，她就只好留下来做那人的老婆。她们当老婆很不错的，大人，他们都这么说。"

"至少她们一直是湿的。"那头一个士兵自言自语地说，所有人哄笑起来，声音回荡在峭壁之间，沙哑得像海鸟的嘶叫。

"够了！"格雷抬高嗓音，压下了那一浪浪的笑声和粗俗的调侃。

"列队排开了！"他下令道，"我要把整片悬崖两侧都搜遍了——注意看下面的船只，天知道兴许哪个小岛后面能藏下一艘单桅小船。"

士兵们在斥责下默默地散开。一小时以后他们结束了攀缘，回到原地，一个个披头散发，被海水溅湿了衣衫，却仍旧没有找到詹米·弗雷泽的踪影——也没有找到法国人的金子。

清晨，当日光把潮湿的岩石染成红色和金色，骑兵们又被分成小队遣往悬崖两侧搜寻，小心地攀下岩石的裂缝和乱石堆。

什么都没找到。格雷站在峭壁顶端燃起的篝火旁监视着整个搜索过程。凛冽的寒风中，他裹在大衣里，时不时地有侍卫奉上热咖啡抵挡寒意。

青柠树的那个人是从海上来的，他的衣服浸透了盐水。也许弗雷泽从他的话里得知了什么他没有传达给格雷的信息，也许他只是决定亲自冒着险来寻找，不管怎样，他一定也会来到海上。可是，他们在这长长的海岸上找不到詹姆斯·弗雷泽的一丝踪迹。更糟的是，也不见任何金子的下落。

"如果他从这一片任何一处下了海，少校，我想您一定已经看见他的尸首了。"格里索姆中士站在他身边说，一边俯视着下方参差的岩石间不停扑打着、涡旋着的海水。格雷朝着那猖狂的海水点了点头。

"他们管这里叫作魔鬼大锅，因为海水在这儿永远像开水在翻滚。打鱼的人要是在这片海里淹死了，很少能找得到尸体，自然要怪那些凶险的浪头，不过这儿的人说是恶魔把他们拽到海底去了。"

"是吗？"格雷凄凉地说，一边望着四十英尺之下那颠荡着泛起浮沫的海水，"我绝不怀疑，中士。"

他转身面对着篝火。

"传令下去，中士，一直搜到天黑。如果再找不到，我们明早起程回去。"

格雷从马背上抬起了眼睛，眯起眼遥望着黯淡的晨光。炭火的烟尘和缺乏睡眠使他觉得眼皮浮肿，而连续数晚躺在潮湿的野外令他腰酸背痛。

骑马回到阿兹缪尔只需要不到一天的时间。柔软的床铺和温热的晚餐虽然令人愉快，但是之后，他将不得不起草正式文件发往伦敦，交代弗雷泽越狱的事及其缘由，并且承认自己无法将其重新捉拿归案的耻辱失职。

此时的凄惨前景随着他腹中的一阵深沉的牢骚使他更加难以忍受。他举起手示意停止行进，疲惫地滑下马背。

"在这儿等我。"他嘱咐手下。几百尺外有一个小小的山丘，可以为他急需解决的问题提供足够的私密性。他那尚未习惯苏格兰麦片粥和麦饼的肠胃，一旦碰上紧急的战地伙食，便完全背叛了他。

石楠地里有鸟儿在鸣叫。远离了马具和铁蹄的嘈杂，他可以听见沼地苏醒时所有微小的声响。早晨的风改变了方向，海洋的气味被吹进内陆，在草丛之中低语。一丛金雀花背后传来了什么小动物的窸窣响动。一切都非常宁静。

起身时，格雷一抬头发现自己正面对面地看着詹姆斯·弗雷泽的脸，转而再意识到自己极端有损尊严的姿态，无奈为时已晚。

他站在顶多六尺之外，像一头红色的马鹿一般纹丝不动地任沼地上的清风吹拂，初升的阳光纠缠在他的长发之间。

他们都呆呆地站着，注视着彼此。风吹来淡淡的海洋的气味。一时间只听见海风和草地鹨在歌唱。然后，格雷站直了身子，努力把一颗心从喉咙口吞咽下去。

　　"我恐怕你抓了我个措手不及，弗雷泽先生。"他冷静地说道，一边极尽沉着地把裤子系上。

　　那苏格兰人一动都没有动，唯有那双注视着格雷的眼睛，慢慢地抬了起来，越过格雷的肩膀看见六个端着火枪的士兵正瞄准他。深蓝色的眼睛继而转回来正对着格雷的目光。最终，弗雷泽的嘴一撇，说了一句："我想您也抓了我个措手不及，少校。"

CHAPTER 10

白色女巫的魔咒

詹米·弗雷泽坐在空空如也的仓房里，地上冰冷的石板让他不停哆嗦，他紧紧抱着膝盖试图让自己暖和起来。他以为他再也暖和不起来了。海水的凉气渗透在他的骨髓之中，他仍旧能感到那汹涌的海浪在腹中深处搅动着。

他盼望着见到其他那些囚犯——莫里森、海耶斯、辛克莱、萨瑟兰。不仅是期待他们的陪伴，也期待着他们的体温。寒冷刺骨的夜里，他们会挤在一起相互取暖，呼吸着彼此陈浊的气息，忍让着近距离的磕磕碰碰，为的就是那点儿温暖。

然而，他只有孤身一人。他们多半要等到对他执行完越狱的刑罚之后才会把他送回到大牢房与其他犯人关到一起。他背靠着墙叹了口气，一种病态的意识占据着他，使他感觉到自己压在石墙上的每一节脊椎骨，感觉到其上包裹着的每一寸脆弱的皮肉。

他十分害怕被施以鞭刑，可是，他又盼望着他的惩罚正是鞭刑。尽管惩罚本身会非常可怕，但那很快就会过去——而且比之于重新戴上铁镣，鞭刑要容易忍受无限多倍。他可以感觉到手腕被按在铁砧上，铁匠捶打着镣铐将其紧紧地固定到位，那榔头的一记记重击打在他的肌肤之上，回音震响在手臂深处的骨骼里。

他的手指摸索到脖子上挂着的玫瑰念珠，那是离开拉里堡时詹妮给他的。一串山毛榉木雕成的珠子毫无价值，所以英国人就让他留下了。

"万福马利亚，满被圣宠者，"他喃喃地默念着，"女中尔为赞美。"

他没有心怀多大的希望。那个黄头发的小恶魔少校亲眼见到过，诅咒他的灵魂——他知道那镣铐有多么可恶。

"尔胎子耶稣，并为赞美。天主圣母马利亚，为我等罪人，今祈天主……"

同小少校达成的协议，他都遵守了。但少校却不会这么想。

他确实信守了自己的誓言，履行了他的承诺。流浪汉对他说的话他一字一句地转述了，完全按照听到的样子。协议本身并没有要求他告诉英国人他本人是否认识流浪汉——也没有要求他通报自己从那些模糊的话语里得出的结论。

第一眼他就立刻认出了邓肯·克尔，尽管时间和致命的疾病改变了他的容貌。卡洛登之前，他曾是詹米的舅舅科拉姆·麦肯锡的租户。战争结束后，他逃亡到法国勉强维持生计。

"别出声，朋友，安静。"他轻柔地说着盖尔语，在病人躺着的床边跪了下来。邓肯年纪很大了，疾病和劳累使他苍老的脸显得很憔悴，发烧的双眼闪着光。起初他以为神志不清的邓肯没有认出他来，然而，那只疲惫不堪的手用惊人的力量握紧他的手，急促的气息里一遍遍地用盖尔语重复着"我的朋友""我的族人"。

旅店老板站在门口，越过格雷少校的肩膀观察着。詹米低下头向邓肯耳语道："你讲的一切都会报告给英格兰人，说话要小心。"店主眯起了眼睛，但距离太远，詹米可以肯定他没有听见。少校继而转身请店主离开，于是他安全了。

邓肯的话随着思绪不停地游走，常常语无伦次，把过去的画面与现实重叠起来，詹米不清楚这究竟是由于他的警告，还是高烧带来的精神错乱。有时候，他管詹米叫"杜格尔"，那是科拉姆的弟弟，詹米另一个舅舅的名字。有时候，他会开始吟诵诗歌，有时候，他彻底地胡言乱语。而在那些胡话和七零八落的片段之间，时而会夹杂那么一丁点儿蕴意——或许那还不仅仅是蕴意。

"全都被诅咒了，"邓肯轻声低语道，"那金子被诅咒了。你可听好了，小伙子。那金子是白色女巫送给国王的儿子的。可起义失败了，国王的儿子跑了，女巫她是不会把金子交给一个懦夫的。"

"她是什么人？"詹米问。听到邓肯的话，他的心忽然跃到喉咙口，令他窒息。他连忙问道，心脏狂跳不止："那个白色女巫——她是谁？"

"她找的是一个勇士，一个麦肯锡家的男主人。金子是属于他们的，女巫这么说来着，都是为了他，而他却死了。"

"那个女巫是谁？"詹米又问了一遍。邓肯所说的白色女巫在盖尔语里指的是女巫师，女智者，也就是人们说的白娘子。他们曾经一度把这个称呼用在他的妻子身上。克莱尔——他自己的白娘子。他把邓肯的手紧握在手中，迫使他保持清醒。

"她是谁？"他一再问着，"那女巫是谁？"

"那女巫，"邓肯闭着眼睛咕哝道，"她会吞噬人的灵魂。她就是死亡。那个麦肯锡就死了，他死了。"

"谁死了？科拉姆·麦肯锡？"

"他们全死了。所有人。全都死了！"那病人紧抓着他的手，大声叫喊着，"科拉姆、杜格尔，还有艾伦，都死了。"

突然，他睁开了眼，注视着詹米的目光。热度烧得他瞳孔放大，仿佛两潭深不见底的黑水。

"他们说，"这时他的口齿出奇地清晰，"艾伦·麦肯锡离开她的两个弟弟，离开族人，嫁给了大海里来的海豹精。她能听见海豹精说话，是吗？"邓肯神情恍惚地微笑着，黑色的眼神游移地注视着远方，"她听见海豹精在歌唱，就坐在那岩石上，一个，两个，三个，她从高塔上看见了它们，一个，两个，三个，于是她便下楼走到大海里，走向海洋深处，跟那些海豹精生活在一起了。是吗？她没有吗？"

"他们是这么说的。"詹米回答，感觉有点儿口干舌燥。艾伦是他母亲的名字。当她离开家与黑布莱恩·弗雷泽私奔的时候，人们确实是这么说的。布莱恩·弗雷泽长着海豹一般又黑又亮的头发，正因如此，詹米如今被称作麦克杜——黑布莱恩的儿子。

格雷少校站在床的另一边，靠得很近，眉头紧蹙地凝视着邓肯的脸。这个英格兰人不会说盖尔语，但詹米敢打赌他听得懂金子一词。他的目光与少校相遇，点了点头，又弯下身子继续对病人说话。

"金子，老兄，"他用法语说道，声音响得让格雷能听见，"金子在哪儿？"他用尽全力捏着邓肯的手，指望能传递些许警告。

邓肯闭着眼睛，不安地在枕头上来回摇着头。他低沉地自言自语了什么，但声音轻得谁也没有听见。

"他说什么？"少校尖锐地质问，"什么？"

"我不知道。"詹米拍打着邓肯的手，企图唤醒他，"告诉我，老兄，再告诉我一遍。"

除了一些咕哝声，邓肯没有反应。他翻着白眼，满是皱纹的眼皮底下只闪烁着一线眼白。少校不耐烦地上前摇晃了他的肩膀。

"醒醒！"他说，"说话！"

邓肯·克尔一下子睁开了眼睛。那双眼睛朝上瞪着，越过俯身看着他的两张面孔，朝上瞪着他们身后很远的地方。

"她会告诉你的，"他用盖尔语回答，"她会为你而来。"一瞬间，他的注意力好像突然回到了这个旅店房间，目光投射到身旁的这两个人身上，"就是来找你们两个。"吐字清晰无误。

随后他闭上了双眼，不再开口，握着詹米的手抓得更紧了。就这么过了不知多久，他终于松开，那只手顺势滑落下来，一切便结束了。守护金子的职责既已转交，也便到此为止。

继而，詹米·弗雷泽信守了他对英国人的承诺——也完成了对自己同胞的义务。他向少校转述了邓肯所有的话，见鬼，这可是多么大的帮助！当越狱的机会到来，他也没有错过——他穿过石楠地，搜寻了茫茫大海，按照邓肯·克尔的遗嘱尽到了自己的所能。而现在，他必须为自己的行动付出代价，无论这个代价是什么。

门外的走廊里有脚步走来，他牢牢地抱紧自己的膝盖，努力把颤抖平息下去。现在，至少会有一个结论，不管那是什么。

"……为我等罪人，今祈天主，及我等死候，阿门。"

门开了，一道光线射了进来，他眨了眨眼。走廊里很暗，但走进来的看守举着一把火炬。

"站起来。"看守把关节僵硬的他一把拉了起来。他跟跟跄跄地被推搡到门口，"让你上楼去。"

"上楼？去哪儿？"他大吃了一惊——铁匠工场在庭院一侧，应该从这里下楼。而这么晚了他们按说不会给他执行鞭刑。

那人的脸扭了一下，在火光下发出凶险的红光。"去少校的住处，"看守说着咧嘴笑了，"愿上帝怜悯你的灵魂，麦克杜。"

"不，大人，我是不会说出我去了哪里的。"他肯定地重复道，努力让自己的牙齿不要打战。他们把他带到了格雷的私人起居室，而不是他的办公室。壁炉里燃着火，但格雷站在炉火前，挡住了大部分的热量。

"那你为什么要越狱呢，也不愿意说吗？"格雷的嗓音冷静而严肃。

詹米的脸绷紧了。进来时他们把他带到了书架边上，三岔烛台的光线正好照在他的脸上。而格雷自己背对着壁炉的火光，只能看见一个剪影。

"那是我私人的事情。"他说。

"私人的事情？"格雷难以置信地重复道，"你说那是你私人的事情？"

"是的。"

监狱长发出很响的鼻息声。

"这很可能是我一辈子听到过的最离谱的事儿了！"

"那您的一辈子还不算长吧，少校，"弗雷泽说，"请原谅我这么说。"此时没有必要拖延时间，也没有必要同格雷做任何和解。最好还是立刻煽动起他的一个决定，速战速决。显然，他已经激起了一些反应，格雷的双手在身体两侧攥紧了拳头，上前一步，离开了火炉。

"你有没有概念为了这个我可以对你做些什么？"格雷问道，低沉的声音非常冷静。

"我有，少校。"何止是一点儿概念，他凭经验清楚地知道他们可以对他做些什么，对此他毫无期待。但此事又不是由他说了算。

一时间格雷呼吸沉重，接着，他扬了扬头。

"过来，弗雷泽先生。"他下令道。詹米困惑地看着他。

"这边！"他专横地指着火炉前的地毯上，他自己跟前的一个地方，"站在这边，先生！"

"我不是一条狗，少校！"詹米厉声说，"您可以随便对我做什么，可我不会对您随叫随到！"

格雷很吃惊，不由自主地发出一声短促的冷笑。

"我请你原谅，弗雷泽先生，"他冷冷地回答，"我这么说并无恶意。无非是想让你走近点儿，可以吗？"他侧身一步，夸张地鞠了一躬，向壁炉前示意。

詹米犹豫了一下，小心上前走到了拼花地毯上。格雷靠近他，鼻翼掀动着。在如此的近距离之下，他脸上细致的五官和白净的皮肤看着近乎女性化。少校伸出手搭在他的袖口上，突然，那长睫毛下的眼睛惊惶地瞪到最大。

"你都湿透了！"

"是的，我是湿透了。"詹米非常耐心地回答。他不仅湿透了，而且冻僵了。一阵战栗震颤了他全身，尽管此时他离炉火仅有咫尺之遥。

"怎么会这样？"

"怎么会这样？"詹米吃惊地反问道，"难道不是您下令让看守先浇了我一身水，再关进冰冷的牢房的？"

"不是，我没有。"少校明显说的是实话。他的脸在红色的火光下显得苍白而愤怒，嘴唇抿成了一条细线。

"我向你道歉，弗雷泽先生。"

"我接受，少校。"他的衣服上开始升起一缕缕细小的蒸汽，暖意渐渐渗入了潮湿的布料。他的肌肉已经颤抖到酸疼，真希望自己能躺倒在这地毯上，像不像一条狗都无妨。

"你的越狱与你在青柠树旅店里得知的信息是否有关？"

詹米沉默地站着，他的发梢已经烤干，脸上有细微的水蒸气在浮动。

"你能否向我发誓，你逃跑与那件事无关？"

詹米沉默地站着，此时似乎说什么都没有意义。

眼前那矮小的少校在壁炉前背着手，来回踱着方步。他时不时抬眼看看他，转而又继续他的踱步。

终于，他停在詹米面前。

"弗雷泽先生，"他严肃地说，"我再问你一遍——你为什么要越狱逃跑？"

詹米叹了口气，看来他在火炉前站不了多久了。

"我不能告诉您，少校。"

"你不能，还是不愿意？"格雷尖锐地问。

"这个区别好像没什么实际价值，少校，因为我怎么都不会告诉您的。"他闭上眼睛等待着，努力想趁他们把他带走之前吸入尽可能多的热量。

格雷发现自己顿时不知如何是好，该说什么，该做什么都茫然无措。"已经不是用固执两字可以形容得了的了。"夸里这么说过。一点儿没错。

他深深地吸了一口气，不知何去何从。他为看守们卑鄙的报复行为感到难堪，尤其因为如此的行径正是他本人最初曾经考虑过的，当他得知弗雷泽成为他的阶下囚的时候。

现在，他完全有权下令对此人处以鞭刑，或者重新加上镣铐。他可以把他遣入禁闭，限制口粮——他可以名正言顺地对他加以任何形式的处罚。但如果他这么做了，再想找到法国人的金子的下落恐怕便机会渺茫了。

金子确实存在。至少非常可能存在。弗雷泽也一定如此认为，才导致了他所有的行为。

格雷看了看他。弗雷泽闭着眼睛，嘴唇一动不动。他的嘴显得宽大有力，而那善感的嘴唇却多多少少与他严峻的表情相抵触着，那两片嘴唇，柔软而赤裸地端坐在长满红色胡子的脸上那弧形的线条里。

格雷犹豫着，考虑如何去打破此人凭借那种温和的蔑视而建筑起的堡垒。使用武力会适得其反——继看守的行为之后，他即便有这个勇气施暴，也会羞于下达如此的命令。

壁炉台上的时钟敲响了十点。天色很晚了，整个监狱要塞里已经悄无声息，只偶尔听见窗外庭院里哨兵的脚步声。

显然，武力和威胁都无法探明真相。他很不情愿地意识到，如果仍旧希望找到金子，只有一条路可走。他必须采纳夸里的建议，把自己对此人的个人情感置之度外。他必须与他建立一种默契，在此过程之中兴许能够打探出一些解开宝藏之谜的线索。

如果宝藏存在的话，他提醒自己。深吸了一口气，他转身面向他的囚犯。

"弗雷泽先生，"他很正式地说，"明晚，你愿不愿意赏光在此与我共进晚餐？"

一时间，他满足地发现那苏格兰浑蛋至少被他给震住了。弗雷泽蓝色的眼睛睁得很大，而后才再次把持住自己的表情。沉默了片刻，他华丽地一鞠躬，俨然身穿着苏格兰格纹呢裙与摇曳的披肩，而不是这身潮湿破落的囚服。

"我将深感荣幸，少校。"他回答道。

1755 年 3 月 7 日

看守把弗雷泽带到起居室等候，屋里放了一张桌子。片刻之后格雷从卧室走出来，发现他的客人站在书架边，显然沉浸在一本《新爱洛漪丝》之中。

"你竟对法国小说感兴趣？"他脱口而出，当他意识到这问题听上去多么充满怀疑时，已经太晚了。

弗雷泽惊讶地抬头一看，立刻合上了书，十分从容地把它放回到书架上。

"我起码还是识字的，少校。"他答道。他剃了胡子，颧骨上方显出一丝红晕。

"我——是的，我当然不是说——我只是——"格雷自己的脸红了，红得比弗雷泽厉害得多。事实上格雷潜意识里确实以为弗雷译不认识字，虽然他明显受过教育。格雷会如此以为，无非是因为弗雷泽那高地口音和破旧的衣衫。

弗雷泽的外衣确实很破旧，但他的举止却完全相反。他没有理会格雷慌忙的道歉，转身看着书架。

"我正给牢里的弟兄们讲这个故事呢，但距离我上次读这本书已经很久了，所以想再看看结局，恢复一下记忆。"

"是这样。"格雷刚想接着问"他们听得懂吗"，但适时地制止了自己。

弗雷泽显然从他脸上读出了那不曾说出口的问题，就事论事地说："所有的苏格兰儿童都会学习字母，少校。而在我们高地仍盛行着讲故事的传统。"

"啊，这样。我明白了。"

侍从端着晚餐走进了门，把格雷从更尴尬的境地里解救了出来。晚餐太平无事地过去了，他们对话不多，而那不多的对话也仅局限于监狱的事务。

第二次，他在壁炉前架起了象棋桌，赶在晚餐前邀请弗雷泽下了一盘棋。那双上翘的蓝眼睛里闪过一丝惊讶，然后他默认地点了点头。

事后，格雷认为那实在是个天才的举措。解除了对话和社交礼仪的需要，他们两人坐在象牙和乌木镶拼的棋盘边，渐渐地习惯了对方，随着棋子的进退无声地计量着彼此。

当他们终于坐下进餐时，便已不再是陌生人了。两人的对话，尽管仍旧谨慎而正规，但比起先前断断续续的尴尬状况来说，至少已算是真实的交谈。他们讨论了监狱中的事务，聊了聊阅读，最后分别得虽然很严肃，却也不失和睦。格雷没有提到金子。

就这样，他们每周的惯例形成了。格雷想方设法地让他的客人放松，期待着弗雷泽会不小心透露一些蛛丝马迹，关于法国人金条的下落。他所期待的事暂时还没有发生，尽管他的试探颇为谨慎。然而，他只要一问起弗雷泽离开阿兹缪尔的那三天发生的任何事情，得到的回答总是沉默。

此时，一边吃着羊肉和煮土豆，格雷一边尽全力把他这位特殊的客人引入关于法国及其政治的讨论，指望能发现弗雷泽是否与法国宫廷中金子的可能来源存在任何联系。

他吃惊地得知，早在斯图亚特起义之前，弗雷泽曾在法国居住过两年时间，做着葡萄酒的生意。

弗雷泽眼里透着某种冷冷的幽默，暗示着他明白地意识到了问题背后的动机。同时，他也足够优雅地默许着对话继续进行，尽管每每总是小心地把问题绕过他自己的个人生活，转向艺术与社交界的宽泛话题。

　　格雷也曾在巴黎待过，虽然他在很努力地探测着弗雷泽与法国的关系，却发觉自己居然对交谈本身产生了浓厚的兴趣。

　　"告诉我，弗雷泽先生，你在巴黎的时候有没有机会接触到伏尔泰先生的戏剧作品？"

　　弗雷泽微笑着说："哦，有啊，少校。事实上，我有幸在我的住处不止一次招待过阿鲁埃先生——伏尔泰是他的笔名吧？"

　　"真的？"格雷饶有兴趣地抬起了一条眉毛，"他本人是否同他的文字一样睿智？"

　　"很难说，"弗雷泽回答着，又起一片整齐的羊肉，"他几乎很少说话，更不用说是睿智四射了。他就只是驼着背坐在椅子上，观察着所有的人，眼珠子从这个人转到那个人。要是听说发生在我餐桌上的对话被搬上了舞台，我一定不会吃惊，当然幸运的是，我还没有在他的作品里遇见过对我本人的模仿。"他闭上眼睛，专注地嚼着那羊肉。

　　"这肉对你的口味吗，弗雷泽先生？"格雷礼貌地问道。其实这肉在他看来，又老，又筋头巴脑得难以下咽。不过想到要是他自己一直吃的也是麦片、野草和隔三岔五的老鼠，他多半也会有不同的意见。

　　"哎，很好，少校，谢谢您。"弗雷泽蘸了一点儿酒汁，把最后一口送到嘴边，见格雷招呼麦凯端回那盘羊肉，他没有表示异议。

　　"只恐怕阿鲁埃先生倒不会欣赏这顿美味的晚餐。"弗雷泽说着摇了摇头，一边取用了更多的羊肉。

　　"我猜想，一个在法国上流社会广受款待的人，口味一定会比较苛刻一点儿。"格雷冷冷地回答。他自己的盘中还剩着一半的食物，注定是要沦为猫咪奥古斯塔斯的晚饭了。

　　弗雷泽笑了起来。"恰恰相反，少校，"他确信地告诉格雷，"除了一杯水和一块饼干，我从没见到阿鲁埃先生吃过任何东西，无论是多么阔气的场合。要知道，他是个干瘦的小个子，被消化不良折磨得可惨了。"

　　"真的？"格雷听得入迷，"可能他剧本里表达的那些愤世嫉俗就是因为这个。你不认为作家的性格会在作品里得到体现吗？"

"照我在剧本和小说里见过的角色来看，少校，我想如果那些全都是作家从自身挖掘出来的话，那这位作家也太堕落了吧？"

"可能吧，"格雷回答，想到他自己读到过的那些极端的故事人物，不免笑了，"不过，如果一位作家构造的这么多光怪陆离的人物全都源于生活，而非源于想象力的深度，那他得有多少形形色色的熟人啊！"

弗雷泽点点头，用亚麻餐巾扫去了腿上的碎屑。

"有人曾经跟我说过，不是阿鲁埃先生，而是他的一位同人——一位女性小说家——她说写小说就像一门吃人的艺术，你时不时从自己的友人与敌人身上取出一小部分混合在一起，加上想象力的调味料，让这一切煮出一锅美味的菜肴。"

听了这个描述，格雷哈哈大笑，招呼麦凯端走盘子，送上几瓶波特酒和雪利酒。

"这个说法真是太有意思了！说到吃人，你有没有机会阅读笛福先生的《鲁滨孙漂流记》？那是我从小就最喜爱的书。"

他们的对话继而转向冒险故事和激动人心的热带地域。当弗雷泽回到牢房时，夜已很深，格雷少校度过了一个愉快的夜晚，然而关于流浪汉的金子的来龙去脉，他却仍旧一无所知。

1755 年 4 月 2 日

约翰·格雷打开了他母亲从伦敦寄来的一盒羽毛笔。天鹅的羽毛管比起普通鹅的大羽毛既细一点，又更坚硬一点。看见这些他淡淡地笑了，这是多么露骨地在提醒他所拖欠的书信。

不过，母亲还得再等到明天。他取出一把小小的刻着字母缩写的削笔刀，慢慢地把笔管削到他满意为止，一边就想写的内容打了腹稿。当他把羽毛笔浸入墨水，脑海中的文字已经清晰成形，他飞快地写了下来，几乎没有停顿。

1755 年 4 月 2 日

　　致哈罗德，梅尔顿勋爵，马里伯爵。

　　我亲爱的哈尔，在此我向你告知一起发生在近日，并引起我注意的事件。此事最终也许会无疾而终，但如若其发展到一定的实质意义，恐将甚为重要。

　　之后他详细叙述了流浪者的出现，和他的各种胡言乱语，但当他写到弗雷泽的越狱和再次被逮捕时，他发觉自己放慢了速度。

　　以上事件的发生与弗雷泽从监狱消失之间时隔如此之短暂，令我坚定地相信流浪者所言必定包含某些实质。

　　然而，倘若如此，我却难以解释弗雷泽之后的所作所为。他重新被捕之事发生在越狱的三日之内，地点距离海岸线不出一英里。监狱以外的乡村是一片覆盖了阿兹缪尔村方圆许多里路的荒原，此人若遇可助其传递宝藏信息的同党，可能性微乎其微。搜查行动涵盖了村中所有的房舍，包括弗雷泽本人，结果未发现任何金条之迹象。此地非常偏远，我有理由认为其越狱之前未曾联络狱外之任何人等——至于之后直至今日，我亦可肯定其未有任何狱外联系，因其仍在严密监视之下。

　　格雷搁下笔，又一次看见海风吹拂下詹姆斯·弗雷泽的身影，如同红色的雄鹿一般，狂野不羁而又那么自如，自如得仿佛那片沼地就是他的家园。

　　他丝毫不怀疑弗雷泽可以轻易地躲过龙骑兵的搜查，如果他选择这样做的话。但是他没有。他有意让自己被再次抓获。为什么？格雷重新提起了笔，斟酌再三。

　　当然，也许是弗雷泽没能找到宝藏，也许这些宝藏根本不存在。我似乎有些倾向于这种想法，因为假使拥有了如此巨款，他难道不会立刻离开此地吗？他是个强壮的人，非常习惯于艰苦的生活，并且，我认定他完全有能力经陆路抵达海岸线之上的某处，继而取海路逃离。

　　格雷轻轻咬着羽毛笔管的上端，品尝到了墨水的滋味。那苦涩让他挤了个鬼脸，起身朝窗外吐出了口水。他在窗口停留了片刻，望着那阴冷的春日夜空，若有所思地擦了擦嘴。

　　那些天他过了很久才终于想到了该问的问题，并不是他一问再问的那个，而是更重要的一个问题。那是在一局象棋结束的时候，弗雷泽赢了，看守站在门口等待护送弗雷泽回牢房，格雷看到他的囚犯从座椅上站起身，便也同样地站了起来。

　　"我不准备再问你缘何逃离监狱，"他轻描淡写地说，颇为平静，"但我要问的是——你为什么回来？"

　　弗雷泽吃惊地站了一会儿，接着转过身直视着格雷的双眼。沉默片刻之后，他展开了一个微笑。

　　"我想我一定很珍惜有人陪伴的日子，少校。我可以肯定不是因为这儿的伙食。"

　　格雷回忆着，轻轻哼了一声。当时他想不出合适的回答，便让弗雷泽走了。一直到那天深夜，他方才艰难地得出了结论，因为他终于理清头脑意识到，与其询问弗雷泽，不如询问自己。如果弗雷泽没有回来，他，格雷，会做些什么？

　　答案是，他的下一步将会是查询弗雷泽的家族关系，以防他投靠家人寻求庇护。

而这个答案，他很肯定，正是问题的解答。格雷没有参与征服高地的行动——当时他被派往了意大利和法国——但对那场征战他的耳闻已绰绰有余。在北调到阿兹缪尔的路途中，他也亲眼见到了太多化为焦炭的农舍，像荒原中矗立着的一座座石冢。

苏格兰高地人有着传奇般的坚贞与忠诚。一旦见识过农舍被如此付诸一炬，高地人很可能就会选择忍受被囚禁，被戴镣铐，甚至被鞭笞的命运，以此让家人免于英格兰士兵的侵扰。

格雷坐了下来，又将笔尖浸入墨水之中。

"我想你知道苏格兰人的性格。"他写道。尤其是这个苏格兰人，他苦笑着心想。

我所能使出的任何武力或威胁都不可能使弗雷泽透露金子的下落——如果金子果真存在，但倘若其并不存在，我也更无法指望任何威胁能够奏效！因此，我选择正式与弗雷泽，作为苏格兰囚犯的首领，进行交往和了解，以期从交谈中获取意想不到的线索。此番进程尚未有任何收获。不过，我又想到了另一条途径。

出于明显的缘由，他一边整理思绪一边继续慢条斯理地写着："我不希望这件事被官方知晓。将众人的注意力吸引到宝藏之上，而这宝藏很有可能被证实为空想，这会相当危险。"引起失望的可能性实在太大。但过一段时间如果真的找到了金子，他自然能通知上级并领取他应得的奖赏——也就是逃离阿兹缪尔，被派回文明世界。

正因如此，亲爱的兄长，我前来请求你的支援，帮助我发掘一切有关詹姆斯·弗雷泽家人的细节。我请求你，在查询之中切莫引起任何人的怀疑，若其家族关系确实存在，我暂时不希望他们对我的兴趣有所了解。对你能够给予我的任何帮助我将深切地感激，请永远相信我。

他又蘸了蘸墨水，签下名字并点缀了一个小小的曲线花饰。

你谦卑的仆人和最深怀爱意的兄弟，约翰·威廉·格雷。

1755 年 5 月 15 日

"那些患了流行感冒的人，"格雷问道，"他们好点了吗？"晚餐结束，关于书籍的对话也随之结束。接下来是讨论正事的时间。

弗雷泽举着那杯雪利酒，皱了皱眉头，这是他肯接受的唯一的一杯酒，虽然晚餐已经结束了好一会儿，他却还没有尝上一口。

"没怎么好。有六十多个病了，其中十五个情况很糟。"他犹豫了一下，"我有个请求……"

"虽然我不能保证答应，弗雷泽先生，但你可以提出来。"格雷郑重地回答道。他自己的雪利酒也几乎没有碰过，晚餐只尝了一点点，一整天他的肠胃就一直在期待中纠结不已。

詹米多停顿了一刻，算计着自己的机会。他不可能得到一切，所以必须努力尝试最重要的事情，给格雷留一些拒绝的空间。

"我们需要更多的毛毯，少校，更多的炭火和食物，还有药材。"

格雷旋转着杯中的雪利酒，看着火光在漩涡里闪烁变幻。他提醒自己，先处理日常事务，其他的，之后有的是时间。

"我们仓库里最多只有二十条后备毛毯，"他答道，"但你可以拿去给那些病情严重的人。我恐怕无法增加食物的配给，鼠灾造成了很坏的影响，两个月之前库房坍塌了，食物损失也非常之大。我们的资源很有限，而且——"

"其实不是数量的问题，"弗雷泽赶紧插话，"而是食物的类型。那些病得最重的人很难消化面包和麦片粥。或许可以安排一些别的来替代？"按法律规定，每人每天应得一夸脱麦片粥和一个小麦面包。由于工人们每天付出十二到十六小时的体力劳动，每周有两次大麦稀粥作为补充，周日另加一夸脱炖肉。

格雷抬起了一条眉毛："你的建议是……弗雷泽先生？"

"我想，为了购买周日的炖肉所需的腌牛肉、萝卜和洋葱，监狱会有一定的津贴吧？"

"是的，但这些津贴还需要为下个季度的物资做准备。"

"那我建议您，少校，用这笔钱为重病的犯人提供汤和炖肉，而我们这些健康人愿意放弃一个季度的肉食。"

格雷皱起眉："这难道不会削弱犯人的体力？一点儿肉都不吃，这样他们不就无法工作了吗？"

"那些死于流行感冒的人是肯定无法工作的了。"弗雷泽尖锐地指出。

格雷发出一声鼻息。"不错，但你们这些健康人如果那么长时间放弃定量，也不可能健康太久。"他摇摇头，"不，弗雷泽先生，我不这么认为。让更多人冒上染病的风险，还不如就让病人们碰碰运气。"

弗雷泽是个倔强的人。他低头想了一会儿，抬起眼睛再次地努力尝试。

"那么，少校，我要请求您允许我们自己去捕猎，如果国王陛下无法为我们提供足够的食物的话。"

"捕猎？"格雷浅色的眉毛惊诧地抬了起来，"给你们武器让你们去沼地里游逛？上帝的牙齿呀，弗雷泽先生！"

"我想上帝没有坏血病，少校，"詹米干巴巴地说，"他的牙您不用担心。"他注意到格雷的嘴撇了一下，接着又稍稍地放松下来。格雷总是试图压抑他的幽默感，无疑是觉得那会对他不利。与詹米·弗雷泽打交道时，这一点确实对他很不利。

见那暴露了心迹的一撇嘴，詹米壮了胆子顺势而上。

"不用武器，少校。也不用到处游逛。不过，您能在我们切泥炭的时候让我们去沼地里设一些陷阱吗？然后让我们留下捉到的猎物？"以往，囚犯们有时候也会如此设下一些陷阱，但猎物总会被看守没收。

格雷深吸了一口气，慢慢吐了出来，思考着。

"陷阱？制作这样的陷阱你们难道不需要材料吗，弗雷泽先生？"

"就需要一点儿绳子，少校，"詹米保证道，"任何麻线或细绳，十几团就够了，余下的事情就交给我们吧。"

格雷缓缓地揉搓着自己的脸颊，思索了一会儿，点了点头。

"好吧。"少校转向一个小写字台，从墨水瓶里抽出羽毛笔，写下了一张便条，"明天我会下达类似的命令。现在，你其余的要求呢……"

一刻钟之后，一切安排就绪。詹米终于靠到椅背上，轻叹了口气，抿了一口他的雪利酒。他觉得自己赢得了喝酒的权利。

他得到的许可不仅包括捕猎的陷阱，还包括让泥炭工每天多工作半个小时，将额外所得的泥炭用来为每间牢房增添一处小型的炉火。监狱不能提供药品，但他获准让萨瑟兰向他住在阿勒浦的表妹去信。萨瑟兰的表妹夫是个药剂师，如果她愿意提供药材，那么监狱将允许犯人们使用。

这一晚上的工作卓有成效，詹米心想。他又抿了一口雪利酒，闭上眼，开始享受炉火轻送到他脸颊上的暖意。

格雷垂下眼帘瞥着他的客人，见他宽阔的肩膀下沉了些许，公事既已办完，他紧张的肌肉开始松弛下来。不过，那是弗雷泽这么想的。很好，格雷心中暗喜。对，喝你的雪利酒吧，尽管放松。我要的就是让你彻底失去防备。

他倚上前去拿起了酒瓶，感觉到哈尔的来信在胸前的口袋里窸窣作响，心跳随之加快了。

"你不再来点儿，弗雷泽先生？对了，告诉我——你姐姐这些日子好吗？"

他看见弗雷泽瞬间睁大了眼睛，惊讶得脸色苍白。

"那边情况可好——拉里堡,他们是这么叫的吗? "格雷推开了酒瓶,将目光锁定在他的客人身上。

"我不知道,少校。"弗雷泽的语气很平稳,但两眼眯成了一条线。

"不知道? 不过我敢说他们近来一定过得很不错,有了你给他们的金子。"

那破旧的外衣下,宽宽的肩膀突然绷紧了。格雷满不在乎地从身边的棋盘上捡起一个棋子,随意地在两手间抛过来,抛过去。

"我想伊恩——你的姐夫是叫伊恩,我想? ——他应该知道如何能好好地利用这笔财富。"

弗雷泽已经重新把持住了自己,深蓝色的眼睛直视着格雷。

"既然您如此了解我的家庭关系,少校,"他不紧不慢地说,"我想您一定也知道我家离阿兹缪尔足足有一百多里路。也许您能解释一下我如何可以在三日之内往返于两地之间。"

格雷的目光停留在棋子上,呆滞地在两手之间滚动着。那是一个小兵,一个锥形脑袋,表情凶狠的小小武士,由一根海象牙雕刻而成。

"你可能在沼地上遇见了谁,而这个人替你把金子的信息——或者金子本身——带给了你的家人。"

弗雷泽短促地哼了一声。

"在阿兹缪尔? 少校,有多大的可能性,我会在那片沼地上恰巧遇见一个认识的人? 更不用说是个值得我信赖地将如您暗示的那种信息交付其身的人了! "他总结性地放下手中的玻璃杯,"我在沼地没有遇见任何人,少校。"

"那你刚才说的那些,我就应该相信啰,弗雷泽先生? "格雷的话音里显出相当的怀疑,他抬起眉毛朝上望着。弗雷泽高高的颧骨上泛起了一点红晕。

"从未有人以任何理由来怀疑过我的诺言,少校。"他严正地说道。

"是吗,真的? "格雷并非完全在伪装他的愤怒,"我确信,你就曾经向我承诺过，当我下令卸下你的镣铐的时候。"

"那次的承诺我都遵守了！"

"你做到了？"两人直直地坐着，目光越过桌子交织在一起。

"您向我提了三个要求，少校，而每个细节我都照做无误了！"

格雷轻蔑地哼了一声。

"真的，弗雷泽先生？既然如此，请问是什么使你突然不屑与此地的同伴们相守，转而去会见沼地里的兔子呢？既然你向我保证没有遇见任何人——你得向我发誓此言真实。"他最后的话里听得出冷笑的意味，弗雷泽的脸上随即涌起了怒色。

一只大手缓缓地握成了拳头。

"是的，少校，"他轻声说，"我向您发誓，事实正是如此。"此时他似乎意识到自己紧握的拳头，非常慢地松开了它，把手平放到桌上。

"那你的越狱呢？"

"至于我的越狱，少校，我告诉过您我什么都不会说的。"弗雷泽长舒了一口气，靠到椅背上，浓密的红色眉毛之下，一双眼睛紧盯着格雷。

片刻之后，格雷也靠回到椅子上，把棋子留在了桌面上。

"明白地说吧，弗雷泽先生，为了表示对你的尊敬，我假设你是个明了事理的人。"

"我深切地明了您对我的尊敬，少校，我向您保证。"

格雷听出了话里的讥讽，却没有回应他。此时他仍占着上风。

"事实上，弗雷泽先生，你是否曾经就金子的事情与家人交流，这一点并不重要。你有可能做了。仅仅出于这种可能性，我就有足够的理由派遣一队骑兵搜查拉里堡的领地——彻底地搜查——并且逮捕你的家人进行审讯。"

他从胸前的口袋里取出一张纸，打开并念出了一系列名字。

"伊恩·默里——你的姐夫，对吗？他的妻子，詹妮特。那当然是你的姐姐了。他们的子女，詹姆斯——他的名字来自他舅舅，也许？"

他迅速地抬了抬头，但足以瞥见弗雷泽的表情，接着继续念道，"玛格丽特、凯瑟琳、詹妮特、迈克尔和伊恩。满满一窝啊。"语气中俨然是把默里家的六个孩子当一窝小猪一样地打发了。说完，他把名单放在了桌上的棋子旁边。

"要知道，三个大孩子已经到了足够的年龄，可以与其父母一同被逮捕和审讯了。此类审讯一般来说是不会很温柔的，弗雷泽先生。"

他的这番话是确凿的事实，而弗雷泽也很明白。这时，犯人的脸上已经毫无血色，只留下那强壮的骨骼在肌肤之下显得线条格外僵直。他把眼睛合上，片刻之后又睁了开来。

格雷一瞬间想起了夸里的声音——"假如你单独与弗雷泽进餐——记得不要背对着他。"后颈上顿时寒毛凛凛，不过他把持住自己，回应了弗雷泽的蓝色目光。

"您想要我怎样？"那个声音低沉而激愤得有点儿嘶哑，但苏格兰人仍坐着一动不动，在火光下如同一尊镀金的朱砂雕像。

格雷做了个深呼吸。"我要真相。"他温和地说。

除了火炉架里噼啪作响的泥炭，房间里悄无声息。弗雷泽的身影微微地闪动了一下，无非是他放在腿上的手指的一丝抽搐，接着便毫无动静。苏格兰人坐着，把头转向壁炉，仿佛想从他凝视着的火焰里找到答案。

格雷静静地坐在那儿等着他。他有的是时间等待。终于，弗雷泽转过头，面对格雷。

"真相，好吧。"他也做了个深呼吸，格雷可以看见他那亚麻衬衣的胸口在膨胀——他没有穿马甲。

"我遵守了我的诺言，少校。那天晚上我如实地告诉了您那个人对我说的一切。而我没有告诉您的是，他的有些话对我有特别的意义。"

"是这样。"格雷按捺住自己，丝毫不敢移动，"那是什么特别的意义呢？"

弗雷泽宽宽的嘴唇抿成一条细线。

"我——向您提过我的妻子。"他说，似乎每挤出的一个字都刺痛着他。

"是的，你说她死了。"

"我是说她走了，少校，"弗雷泽轻声纠正道，双眼紧盯着那个小兵，"她有可能已经死了，但是——"停顿了一下，他咽下了那句话，更加肯定地往下说。

"我的妻子是个医师。在高地他们称其为巫师，不过，不仅如此。她还被称为白娘子——也就是女智者的意思。"他迅速地抬了抬眼睛，"盖尔语里那个词是白色魔法师，也就是巫师的意思。"

"白色女巫。"格雷轻声说着，但激动的心情在他的血液里轰响，"所以此人的言语指的就是你妻子？"

"我以为有这个可能。而如果那样的话——"他宽阔的肩膀稍稍耸了一耸，"我就非去不可了，"他简单地说，"得去看看。"

"那你怎么知道该去哪里？那也是你从流浪汉的话里推测到的？"格雷好奇地把身子稍往前倾了点儿。弗雷泽仍旧注视着那个海象牙棋子，点了点头。

"离这里不远，我认识一处神龛，供奉的是布里吉特圣徒，也有人称圣布里吉特为'白色女巫'，"他抬头解释道，"不过这个神龛的历史非常久远——早在圣布里吉特来到苏格兰之前它就一直在那儿了。"

"是这样。所以你认为他的话同时暗指了这个地点和你的妻子？"

又是一耸肩。

"我不知道，"弗雷泽重复道，"我无法确认他的话是否与我妻子有任何关系，也无法确认'白色女巫'是否仅仅意指圣布里吉特——从而引领我找到那个地方——或许两者都不是。但我感到必须去一次。"

在格雷的催促下，他对谈到的那个地方描述了一番，并提供了抵达该地的方向和路线。

"神龛本身是一块形如古老十字架的小小岩石，经过风霜雨雪，其上的雕刻几乎看不见了。它立于一个小水池之上，一半掩盖在石楠丛里。水池里纠缠着那些池边石楠的草根，在里面你能找到些白色的小石子。据说那些石子有强大的法力，少校，"见到格雷一脸的空白，他解释道，"但那个法力只有白色女巫使用的时候才会触发。"

"我明白了。那你妻子……"格雷谨慎地停下来。

弗雷泽简短地摇了摇头。

"那里的一切都与她无关，"他轻声说，"她确实是走了。"那声音低沉而理智，但格雷听出了苍凉的意味。

弗雷泽的脸一向平静而不可捉摸，此时他的表情并没有改变，但当那忽闪的炉火时不时将他的脸庞抛入黑暗，悲伤的印记显而易见地刻在了他嘴边和眼角的皱纹之中。虽然一切都没有言明，要打断如此情深意切的瞬间似乎仍是一种侵扰，然而格雷有他的职责需要顾及。

"那金子呢，弗雷泽先生？"他悄悄地问道，"有什么发现？"

弗雷泽深深地叹了口气。

"金子在。"他平淡地说。

"什么？"格雷倏地坐了起来，瞪着那苏格兰人，"你找到了？"

弗雷泽抬眼看着他，苦笑着扭曲了自己的嘴。

"我找到了。"

"那果真是法国人的金子？路易送给查尔斯·斯图亚特的？"格雷的血液里奔涌着激情，想象着自己把大箱大箱的路易金币送到伦敦呈献给上级的情景。

"路易从未向斯图亚特家族送过金子，"弗雷泽肯定地说，"少校，我在圣徒的水池中确实找到了金子，但不是法国人的金子。"

他发现的是一个小箱子，里面有一些金银币和一个装满宝石的皮制小口袋。

"宝石？"格雷脱口而出，"那又是从哪儿来的？"

弗雷泽瞧了他一眼，略带恼怒。

"我可是一点儿都摸不着头脑，少校，"他说，"我又怎么会知道？"

"对，当然了，"格雷一边说，一边咳嗽着，想掩饰自己的慌乱，"当然。不过这盒珠宝——它此时又在何处？"

"我把它扔进海里了。"

格雷呆望着他："你——什么？"

"我把它扔进海里了，"弗雷泽耐心地重复了一遍，一双上扬的蓝眼睛沉着地直视着格雷，"您也许听说过一个叫魔鬼大锅的地方，少校，离圣徒的水池仅仅半里之遥？"

"为什么？你为什么要这么做？"格雷责问道，"这根本不合情理，老兄！"

"我当时并没有太在乎情理，少校，"弗雷泽轻声说，"我去时满怀着希望——当希望破灭了，那珍宝在我看来不过是一小盒石头和晦暗的金属。对我一点用都没有。"他抬起眼睛，一条眉毛嘲讽地挑了起来，"不过我也没看出把它交给乔迪老皇帝有什么'意义'。所以我就把它扔进海里了。"

格雷坐回到椅子里，又机械地倒了一杯雪利酒，几乎没有意识到自己在干什么。他脑子里一片混乱。

弗雷泽坐着，把头转向一侧，下巴支在一个拳头上，凝望着炉火，他的表情又回归到平日里的无动于衷。身后的火光勾勒出他长长的直挺的鼻梁和嘴唇柔和的曲线，下颌与眉骨处抛下的阴影显得颇为严峻。

格雷咽下一大口酒，稳住了自己。

"这个故事怪感人的，弗雷泽先生，"他不动声色地说，"非常有戏剧性。可也没有证据表明那都是事实。"

弗雷泽微动了一下，回过神来，转过头看着格雷。詹米上扬的眼角眯了起来，似乎觉得什么事情有点儿好笑。

"证据是有的，少校，"说着他把手伸到破旧的马裤的腰带里边，摸索了一阵儿，接着，掏出那只手举到桌面上空，等着格雷。

格雷本能地伸手去接，一个小小的物体落入他打开的手掌之中。

那是一颗蓝宝石，跟弗雷泽的眼睛一样的深蓝色，个头还挺大。

格雷张开了嘴，却什么也说不出来，惊讶地嗫嚅着。

"这是您要的证据，表明那宝藏确实存在，少校。"弗雷泽对着格雷掌上的石头点了点头，他的目光在桌子上方遇见了格雷的目光，"至于其余的珠宝——我很抱歉地告诉您，少校，您只能相信我的话了。"

"可——可是——你说——"

"是的。"弗雷泽平静得就好像他们在讨论屋外下着的雨，"我留下了那一颗小石头，觉得兴许能派得上用场，说不定我有朝一日能被释放，或者找到什么机会把它送出去给我的家人。因为，您能领会的，少校，"詹米的蓝眼睛里闪过一道讥讽的亮光，"我的家人要是用上了那么大的一批财宝，绝对会引起很多不必要的关注。一颗宝石，也许没问题，但一大堆珠宝绝不可能。"

格雷几乎无法思考。弗雷泽说得没错。像他姐夫那样的一个高地农夫是无法将如此的宝藏变为现钱而不招致议论的，而此类议论必将迅速引来国王的兵马造访拉里堡。弗雷泽本人则非常可能因此被监禁终身。但是，他怎能如此轻描淡写地抛却一笔财富！不过话说回来，端详着眼前的苏格兰人，他又完全可以相信。如果世上有一个人可以不被贪欲扭曲了判断力，那人就是詹姆斯·弗雷泽。可是——

"你是怎么把这个留在身边的？"格雷突然质问道，"你被带回来时可是彻底搜了身的。"

那张宽大的嘴微微上翘，扬起了格雷所见过的第一个真正的笑容。

"我把它吞进肚子里了。"弗雷泽说。

格雷的手先前抽搐地紧握着那颗蓝宝石。这时他打开手掌，非常小心地将那闪亮的蓝色小玩意儿摆放在桌上的象棋子旁边。

"我明白了。"他说。

"我肯定您能明白，少校，"弗雷泽说着，严肃的声调使他眼中的调笑更加明显，"常吃粗麦片粥，时不时还是有好处的。"

格雷抑制住突然想笑的冲动，使劲地用一根手指摩挲着嘴唇上方。

"这个我毫不怀疑，弗雷泽先生。"他静坐了片刻，凝视着蓝宝石。然后，忽然抬头望着对方。

"你是天主教徒，弗雷泽先生？"他知道答案。斯图亚特家族信奉天主教，他们的追随者里几乎没有例外地保持同样的信仰。没等到弗雷泽回答，他起身走到角落里的书架前。那是母亲给的礼物，他平时很少会读，所以让他找了好一会儿。

过了一会儿，他将一本小牛皮封面的《圣经》放到桌上的蓝宝石旁边。

"弗雷泽先生，我个人倾向于接受你作为一个绅士的许诺，"他说，"但你应当理解，我需要考虑到我的职责。"

弗雷泽长久地注视着那本《圣经》，然后抬起眼睛看着格雷，一脸无法解读的表情。

"是的，我很明白，少校。"他安静地说道，一只大手毫不犹豫地放到《圣经》之上。

"我以万能的主的名义发誓，奉我主圣言，"他很坚定地说，"宝藏之事正如我所言相告，"火光之中他深邃叵测的双眼炯炯地闪着亮光，"我以我对天堂的祈望发誓，"他柔和地说，"如今那宝藏正沉睡在海里。"

C<small>HAPTER</small> 11

托雷莫利诺斯开局

法国人的金子之事既已尘埃落定，他们恢复了先前建立的例行程序，先就狱中囚犯的各项事务进行正式而简短的谈判，继之以非正式的交谈，往往再加上一局象棋。今晚，他们离开餐桌时仍旧在讨论着塞缪尔·理查森的大部头小说《帕梅拉》。

"你觉得这部书的篇幅，对于故事的复杂性来讲是否合理？"格雷问道，一边靠近餐柜上的烛台，点燃了一支方头雪茄，"毕竟这对出版商来说肯定是笔巨大的开支，况且还要读者花费大量的功夫，读这么长的一本书。"

弗雷泽笑了。他没有抽烟，但今晚他选择了波特酒，声称那是唯一不会被烟味改变口感的酒。

"有多长——一千两百页？哎，我想是的。要指望在很短的篇幅里准确地描写一个人复杂的一生终非易事。"

"不错。不过我听说过这样的理论，说小说家的功夫在于对细节的艺术性筛选。你不觉得如此的长篇也许暗示着作家在筛选上的懈怠，因而意味着其功底欠佳？"

弗雷泽思考着，一边慢慢地抿着那红酒。

"我确实见过这样的例子，"他说，"作者试图用泛滥的细节来淹没

读者，从而换取其信服。但我不觉得这部书属于此列。书里的每个角色
都经过仔细的设计，所有事件看似都对故事很有必要性。所以我的回答
是否定的，我认为某些故事确实需要更大的空间来讲述。"他又抿了一口，
笑了起来。

"当然，在这个问题上我承认我有偏见，少校。就我当时读《帕梅拉》
的境况而言，如果它有两倍那么长我都会欣然接受。"

"那又是什么境况？"格雷噘起嘴，小心地朝天花板吹出一个烟圈。

"我在高地的一个岩洞里住了七年，少校，"弗雷泽苦笑着说，"那
时候每次我手头最多只有三本书，却要陪伴我一个月之久。是，我是对
长篇大作情有独钟，不过我也必须承认那不是一个普遍的偏爱。"

"你说得一点不错。"格雷赞同着，一边眯起眼睛，顺着第一个烟圈
的轨迹又吹了一个。没有击中，第二个烟圈飘走了。

"我记得，"他接着说，狠狠地抽了一口雪茄，把烟吸了出来，"我
母亲有个朋友——在母亲的客厅里看见了这本书——"他深吸了一口气，
再次试着吹了一个，新的烟圈成功地撞上了上一个，把它冲散成一朵小
小的云，他随即满意地哼了一声。

"那是亨斯利夫人。她拿起了书，看了看，做出那种许多女士常有
的无助的表情，说道：'哦，伯爵夫人！您敢于尝试如此巨型的小说，
实在是太勇敢了。我恐怕一辈子都不敢去读这么厚的书啊。'"格雷用假
声模仿完了亨斯利夫人，清了清嗓子，放低了声调。

"我母亲回答，"他继续用平常的嗓音说，"'不用担心，亲爱的。你
要读了也理解不了。'"

弗雷泽笑了起来，接着咳嗽了一声，挥挥手驱散了又一个烟圈所剩
的残余。

格雷很快地掐灭了他的雪茄，从座椅上站起身来。

"来，我们还有时间，快点儿，下一盘。"

他们不是势均力敌的对手。弗雷泽的棋艺要高很多，但时不时地格

雷也能依靠巧妙的虚张声势成功地挽救一场败局。

今晚，他尝试的是托雷莫利诺斯弃兵局。那是个冒险的后马开局，如果成功推出之后可以为一个反常规的车象组合奠定基础。其胜算要依靠王马和王象前兵的误导。格雷很少使用这个开局，因为这招并不适用于平庸的棋手，若无足够的犀利就既无法窥探到马的威胁，也无法发现它的可能性。这个弃兵开局适合于一个精明而缜密的对手，经过三个月来每周的对弈，格雷非常清楚在那象牙棋盘的另一侧，他所面对的是一个什么样的头脑。

走下组合中的最后第二步时，他强令自己不要屏住呼吸。他感到那一小会儿弗雷泽注视着他的目光，但没有予以回应，生怕因此暴露了自己的激动心情。他只是伸手拿过餐柜上的玻璃酒壶，为两个酒杯同时斟满了味甜而色泽深沉的波特酒，双眼小心地凝视着那液体的缓缓上升。

他会动兵，还是动马？格雷猜测着。弗雷泽低着头在棋盘上沉思着，随着他细微的动作，有小小的红色亮光在他头顶眨眼。如果动的是马，则万事大吉，胜局已定；如果是兵，那他自己也就完了。

格雷等待着，他感到自己的胸骨之后，心脏在强劲地起搏。弗雷泽的手悬浮在棋盘上空，然后一下子决绝地落到棋子上。是马。

他一定是舒了口气发出了太响的声音，因为弗雷泽尖锐地抬头看了他，但一切都为时已晚。努力地不让自己太过喜形于色，格雷上前一举将王车易位。

弗雷泽皱起眉头看了棋盘好一会儿，眼睛在棋子间忽闪，估摸着。然后他明显看到了，轻微地抽搐了一下，睁大眼睛抬起了头。

"啊，你这狡猾的小杂种！"他说，语气里不乏一种惊讶的钦佩之情，"这招你他妈的是从哪儿学来的？"

"我哥哥教我的。"格雷回答，一股胜利的喜悦让他抛开了平日里的谨慎。一般来说，十盘棋里他最多只能赢弗雷泽三局，而胜利的滋味很甜蜜。

弗雷泽笑了一声，伸出长长的食指，轻轻地击倒了他的王。

"我应该想得到的，出自我的梅尔顿勋爵，自然不足为怪。"他不经意地评论道。

格雷坐着，突然手脚僵硬起来。弗雷泽注意到他的动静，疑惑地抬起了一边的眉毛。

"你说的是梅尔顿勋爵吧？"他问，"要不你还有另一个兄弟？"

"不，"格雷说，嘴唇感到有点儿麻木，虽然那也许只是因为抽了雪茄，"不，我只有一个兄长。"他的心又开始狂跳，不过这次是一种沉重而呆滞的节奏。这个苏格兰杂种难道一直都记得他是谁？

"我们的那次见面时间很短，情非得已，"苏格兰人直截了当地说，"但非常难忘。"他举杯喝了一口酒，从杯沿上望着格雷，"也许你不知道我见过梅尔顿勋爵，在卡洛登战场上？"

"我知道。我在卡洛登战斗过。"格雷所有胜利的喜悦全都烟消云散了，他感到那烟味儿让他有点儿作呕，"我只是以为你不会记得哈尔——或者你并不了解我和他的关系。"

"那次见面救了我的性命，所以我不大可能会轻易忘记。"弗雷泽冷冷地说。

格雷抬起头："据我所知，你在卡洛登遇到哈尔时却并没有如此感激。"

弗雷泽嘴唇的线条绷紧了一下，又松开了。

"没有，"他轻轻地说，微笑里不再有幽默，"你兄弟异常固执地反对枪决我。当时我对那样的好意实在无法表示感激。"

"你希望被枪毙？"格雷挑起了眉毛。

苏格兰人的眼光很悠远，虽然盯着棋盘，看见的却显然是别的东西。

"我觉得我有理由那么想，"他平缓地说，"在当时。"

"什么理由？"格雷问，一看见对方尖锥般的目光，马上急急地加了一句，"我不是想要冒犯你。只是——当时，我——我也有类似的感觉。

从你对斯图亚特王朝的评论来看，我认为起义的失败不会令你感到如此绝望。"

弗雷泽的嘴边闪过一丝隐约的颤动，隐约得无法称其为微笑。他快速地点了一下头作为回应。

"有些人上战场的原因是对查尔斯·斯图亚特的热爱——有些是对他父亲的王位继承权的忠心。不过你说得对，我不是他们中的一员。"

他没有继续解释。格雷深吸了一口气，仍旧盯着棋盘。

"我说当时我与你有同感，是因为我——在卡洛登失去了一个特殊的朋友。"他说。隐约中他很困惑自己为何要对这个人谈起赫克托，为何唯独对他？一个曾在那死亡的战场上冲杀的苏格兰武士，他的大刀极有可能就是那把……可是，与此同时，他无法自制地想要倾诉。他不能对任何人谈起赫克托，除了他，这个囚犯，这个不可能再去告诉别人的囚犯，他的话不可能伤害到他。

"他逼着我去见证死尸——哈尔逼我去的，我哥哥。"格雷脱口而出。他低头审视着自己的手，赫克托的蓝宝石把那深蓝的颜色烙在了他的肌肤上，这颗蓝宝石比起弗雷泽勉为其难地上交给他的那颗正好是小一号的版本。

"他说我必须去看，说如若不曾亲见他死去，我会永远无法真正地信服。他说，除非我知道赫克托——我的朋友——真的走了，我将悲伤一生。而一旦眼见为实，我虽仍会悲伤，却能从而得以痊愈——并且忘却。"他抬起眼睛，痛苦地挤出一个微笑，"哈尔常常是对的，但并非每次都是。"

也许他已经痊愈，但他永远不会忘却。起码他绝不会忘记见到赫克托的最后一眼，当他面如蜡色一动不动躺在晨光里，长长的黑色睫毛轻柔地合在面颊上，就像他睡着的时候一样。那几乎砍下了他的头颅的刀伤张着血盆大口，暴露出脖子里的气管和大血管，它们被无情地劈斩开来。

他们无声地坐了一会儿。弗雷泽没有说话，只是端起酒杯一饮而尽。

格雷没有问便直接上前，第三次斟满了两个酒杯。

他靠到座椅后背，好奇地看着他的客人。

"你是否觉得生活是个沉重的负担，弗雷泽先生？"

苏格兰人抬起眼睛，面对着他的目光，久久地、平静地凝视着。很明显，弗雷泽对他也怀有极大的好奇，因为棋盘对面的那双宽阔的肩膀松弛了下来，宽大的嘴角那冷峻的线条也变得柔和了。他靠到椅背上，慢慢地舒展着右手，手掌一开一合地拉伸着其上的肌肉。格雷看见他那只手曾受过伤，许多细小的伤疤在火光里依稀可见，其中两根手指的骨骼接得很僵硬。

"也许并非那么沉重，"他缓缓地回答说，冷静地正视着格雷的眼睛，"我想也许最沉重的负担在于想要关心那些我们无法帮助的人。"

"而不是没有人可以关心？"

弗雷泽停顿了片刻没有回答，仿佛在衡量着桌上棋子的位置。

"那是空虚，"他最后说道，声音很柔和，"但不是什么负担。"

已经很晚了，围绕他们的整座要塞里寂静无声，唯有楼下庭院里放哨的士兵时不时会走动几步。

"你妻子——她是个医师，你说？"

"是的。她……她叫克莱尔。"弗雷泽咽了咽口水，举起酒杯喝了一口，似乎想要冲散喉咙里的哽着的什么东西。

"你很在乎她，我想？"格雷轻声说。

他看出苏格兰人此时有种意欲，正如他自己方才感受到的一样——那种想要倾吐出一个藏匿已久的名字的需要，想要一时间寻回那爱情的幽灵。

"我一直在想什么时候谢谢你，少校。"苏格兰人温和地说。

格雷吓了一跳："谢我？为什么？"

苏格兰人抬起头，越过已经下完的那盘棋，深邃的眼睛里看不见底。

"为了在凯瑞埃里克我们第一次见面的那个晚上，"他的眼睛仍旧注视着格雷，"你为我妻子做的一切。"

"你记得？"格雷沙哑地说。

"我没有忘记。"弗雷泽简单地回答。格雷鼓起勇气正视着桌子对面，但发现那双微微上翘的蓝眼睛里找不到一丝嘲笑之意。

弗雷泽向他严肃而正式地点点头："您是个值得尊敬的对手，少校，我不会忘记的。"

约翰·格雷苦笑了起来。他惊讶地发现，当耻辱的记忆被如此直白地召回，自己并没有像想象之中那么懊恼。

"如果你觉得一个吓得大便失禁的十六岁小孩是个值得尊敬的对手，弗雷泽先生，那么高地军队的溃败也就没什么可奇怪的了！"

弗雷泽浅浅一笑："被手枪顶着头而不会失禁的人，少校，不是肠子有问题，就是脑子有问题。"

格雷没能忍住，还是笑了。弗雷泽一边的嘴角微微地提了起来。

"你没有为自己的性命开口，但你为一个女子的荣耀肯这么做，尤其是，那是我自己的女人，"弗雷泽温和地说，"我不认为那应该算是懦弱。"

苏格兰人的话语中明显带着的非常诚恳的声调，让格雷觉得不可能误解或者忽视。

"我没能为你的妻子做任何事情，"格雷颇为自嘲地说，"毕竟她根本就不存在任何危险。"

"可你不知道啊，对吧？"弗雷泽指出，"你愿意牺牲自己去拯救她的生命与美德，凭着这个念头，你就维护了她的荣耀——我一直反反复复地想起这事，自从——自从我失去了她。"弗雷泽的声音里几乎没有什么迟疑，只有喉头绷紧的肌肉暴露了他的情绪。

"我明白，"格雷深呼吸了一下，"对你所失去的我非常遗憾。"他正式地补充了一句。

两人同时静默了许久，各与各的幽灵独处着。然后弗雷泽抬起头深吸了一口气。

"您兄弟是对的,少校,"他说,"我感谢您,并祝您晚安。"说完,他站起身,放下酒杯走出房间。

某种程度上,这一切让他联想到身居岩洞的日子,想到他偶尔回到家中的大房子里,那个孤独的荒漠中鲜活而温暖的绿洲。在这儿,一切正好相反,离开拥挤的牢房里的阴冷和肮脏,来到少校火光熠熠的套间,得到个把小时的身心舒展,在温暖、交谈和丰富的食物中得到放松。

而这一切给了他一种异样的错位感,让他感到自己宝贵的一部分无法在返回日常生活的通道中存活下来,就这么失落了。每走过一次,这条通道就越发显得艰难。

他站在空气畅通的走道上,等待看守打开牢门。他的耳际低鸣着熟睡的人们的沉闷声响,门一开,他们身上散发的气味迎面扑来,刺鼻得像放了一个臭屁。

他很快地把一口气深深吸进肺腔,低下头走进门去。

他进屋时,地上的那些身躯开始搅动,他的黑影落在趴在地上抱成团的人形之上。大门在他身后一关,留下牢房里漆黑一片,而屋里散开了一波波涟漪,察觉到他的归来,人们纷纷苏醒了。

"你回来晚了,麦克杜,"默多·林赛说,嗓音沙哑而带着睡意,"你明天会累坏的。"

"我可以应付,默多。"他一边跨过地上的人影一边耳语道。他脱下外衣小心地放在板凳上,然后拿起粗糙的毛毯,在地上找到了自己的位子,长长的影子在那透过格栅窗户的月光中一掠而过。

当麦克杜躺了下来,一旁的罗尼·辛克莱转过身,疲倦地眨着眼睛,浅褐色的睫毛在月光下几乎看不见。

"小金毛给你吃得还行,麦克杜?"

"很好，罗尼，谢谢你。"他在石头上挪了挪身子，寻找着一个舒服的位置。

"明天跟我们讲讲？"犯人们有种古怪的爱好，喜欢听他讲述晚餐的菜点，为他们的头领受到的良好待遇感到光荣。

"哎，我会的，罗尼，"麦克杜答应道，"不过我现在得睡了，好吗？"

"睡个好觉，麦克杜。"牢房的另一个角落传来一声耳语，那边的海耶斯、麦克劳德、英尼斯和基斯几个人都喜欢暖和的床铺，像一套茶匙一般卷着铺盖，蜷曲在一起。

"做个好梦，盖文。"麦克杜耳语着回答，渐渐地，牢房里又恢复了宁静。

那晚他梦见了克莱尔。她躺在他的臂弯里，懒洋洋的，香气芬芳。她怀着孩子，圆滚滚的肚子光滑得像个甜瓜，胸脯丰满而馥郁，乳头的颜色深深的像红酒，催促着他上前品尝。

她的手拢在他的两腿之间，他也伸手回报以同样的恩惠。她那里小小的、胖胖的，柔软地充满了他的掌心，随着她的每一个动作按压着他。她微笑地起身俯视着他，头发垂在脸庞周围，把腿跨过了他的身躯。

"把嘴给我。"他轻声低语，不清楚自己是想吻她还是想让她用嘴唇把他抱住，只知道他无论如何都必须拥有她。

"把你的给我。"她回答，笑着俯下身，把手放在他的肩上。她的头发抚弄着他的脸颊，带着苔藓和阳光的气息，他感到背后有枯叶扎着自己的背脊，意识到他们躺在拉里堡附近的山谷里。她周身映着山毛榉古铜色的光芒，满眼的枝叶和树干衬着她琥珀色的眼睛和洒满斑驳树影的白净肌肤。

然后她的乳房压到他的嘴上，他热切地含住了它，一边吮吸着一边紧紧拉近了她的身体。她温热的乳汁甜甜的，带着一丝银子的味道，像鹿的鲜血。

"用力一点，"她轻声说，一手放到他的脑后紧抓住他的后颈，把他按在自己的胸前，"用力一点。"

她躺在他身上，他的双手紧紧抱着她有着甜美肌肤的臀部，感受着婴儿小而坚实的身体贴着他自己的腹部，仿佛他们正共同拥有着它，彼此用身体保护着那圆滚滚的小东西。

他开始抽搐和战栗，他们彼此的双臂紧紧地环抱在一起，她的头发散在他的脸上，她的双手淹没在他的头发当中，而那个孩子在他们中间，浑然不知三人之中的任何一个从何处起始，到何处终结。

他醒得很突然，带着喘息和大汗，侧着身半蜷曲在牢房的板凳之下。天还没怎么亮，但他已经看得见周围躺着的人形，希望自己没有叫出声来。尽管他马上闭上了眼睛，梦还是消失了。他静静地躺着，心跳开始变慢，等待着黎明的到来。

1755 年 6 月 18 日

这天晚上，约翰·格雷仔细地穿戴整齐，换上了干净的亚麻衬衣和丝质的袜子。他没戴假发，简单地编了发辫，用香水木奎宁水漱了口。戴上赫克托的戒指之前，他迟疑了一下，但还是把它戴上了。晚餐很不错，一只他自己打的野鸡，外加一盘照弗雷泽的独特口味而准备的绿叶沙拉。此时他们坐在棋盘前，时至中局，两人放下了之前轻快的话题开始专心致志。

"你喝雪利酒吗？"格雷放下他的象，靠在椅背上伸了个懒腰。

弗雷泽点点头，仍专注着新的局势。

"谢谢。"

格雷起身穿过房间，把弗雷泽一人留在火炉之前。他伸手到橱柜里取出酒瓶，感到一小股汗水从肋骨上流下。并非因为房间那一侧燃着的炉火，纯粹是因为紧张。

他把酒瓶带到桌上，另一手拿着一对高脚酒杯，那是他母亲寄来的沃特福德水晶。液体缓缓地流进杯中，映着火光闪烁着琥珀色与玫瑰红。弗雷泽凝视着杯中上升着的雪利酒出了神，显然沉浸在思绪之中，深蓝的眼睛上耷拉着眼皮。格雷想知道他在想什么，一定不是棋局——棋局的结果早已确定。

格雷伸手上前走了他的后象，他知道这无非是拖延之举，但它仍旧能威胁到弗雷泽的后，并有可能继而换得一个车。

格雷站起来在壁炉里又放了一片泥炭，直起腰又伸展了一下，走到对手身后，从这个角度察看着局势。

高大的苏格兰人俯身靠近棋盘，火光反射着詹米·弗雷泽发梢深红的色泽，与水晶杯里的雪利酒遥相呼应。

弗雷泽的头发用一根黑色的细绳束在脑后，打了个结。只消轻轻地一抽就能把它松开。约翰·格雷可以想象自己的手如何潜入那闪亮的厚发，触碰到其下光滑而温暖的后颈，去触摸……

想象着那种触感，格雷的手掌突然握紧了。

"该你了，少校。"苏格兰人柔和的嗓音把他拉了回来，他回到座位，目光无神地看着棋盘。

不用看他都能强烈地感受到对方的一举一动，感受到他的存在。围绕着弗雷泽的空气有点儿骚动，他无法抬头看他。为了掩盖自己的目光，他举起了雪利酒杯抿了一口，几乎没有注意到那美酒的口感。

弗雷泽静静地坐着，宛如一尊朱砂雕像，脸上唯一活跃着的是那研究着棋盘的深蓝色眼睛。炉火渐渐地变小了，他的轮廓被勾上了黑影。火光把他停歇在桌上的手映成金色和黑色，宁静而精致得宛如一个被擒获的小兵。

格雷把手伸向他的后象时，戒指上的蓝色宝石闪出一道亮光。"这样做错了吗，赫克托？"他心想，"爱上如此一个或曾杀害了你的人？"

抑或这终将解决所有的问题，从而治愈卡洛登给他们各自留下的伤痕？

　　他的象准确地落到棋盘之上，垫着毡布的棋子落地时发出砰的一声轻响。毫无停顿地，他的手仿佛凭借着自己的意志举了起来，跨过空中那段不长的距离，似乎清楚地明白自己想要什么，最后，落到了弗雷泽的手上。他的掌心激动得有点刺痛，弯曲的手指在温柔地恳求。

　　他握住的那只手很温暖——异常温暖——却坚硬而无动于衷得像一块大理石。桌上的一切都静止着，只有雪利酒中的火焰在闪动。他抬起双眼，遇见了弗雷泽的目光。

　　"把你的手拿走，"弗雷泽说，声音非常非常和缓，"否则，我就杀了你。"

　　格雷掌心之下的那只手没有动静，前方的那张脸也一样，然而，他可以感到一种充满厌恶的颤抖，一阵仇恨与嫌恶的痉挛从此人的躯干之中向上升腾，渗透他的肌肤向四下里辐射开来。

　　他忽然又听见记忆中夸里的警告，清晰得仿佛他此时就在耳边——"假如你单独与弗雷泽进餐——记得不要背对着他。"

　　那是没有可能的。他无法背转身去，甚至无法移开目光或仅仅眨一眨眼睛，因为那样会打断那道已经将他冰冻的深蓝色目光。他非常慢地收回了自己的手，慢得就像站在了一个尚未爆炸的地雷之上。

　　一时间，寂静的屋子里只听见雨点的拍打和炭火的唏嘘，似乎他们两人都停止了呼吸。然后，弗雷泽无声地站起来，走出了房间。

CHAPTER 12

牺　　牲

十一月底的雨水噼噼啪啪地打在院子里的石板上，一排排犯人脸色阴郁地挤在瓢泼的雨中。看守的红衣士兵显得不比那些湿透的囚犯开心多少。

格雷少校站在屋檐下，等待着。如此的天气实在不适合对牢房进行搜查清理，但在这个季节指望好天气出现更是枉然。对于有两百多号犯人的阿兹缪尔，很有必要每月至少清洗一次牢房，以防止严重的疾病暴发蔓延。

主牢房区的大门打开了，一小队犯人走了出来，这是一批值得信赖的囚犯，他们在狱卒的严密监视之下对牢房进行清洗。邓斯特布尔下士从队伍最后走出来，手里满是各种各样小小的违禁品，这类搜查的结果通常都是这样。

"全是寻常的垃圾，大人，"他报告道，并把一堆微薄的无名物件倒在少校肘边的木桶里，"只有这个东西，您可能需要仔细看看。"

"这个东西"是一小块绿色格纹织物，大概六英寸长四英寸宽。邓斯特布尔迅速地扫了一眼所有列队的囚犯，似乎想要捕捉任何暴露动机的举动。

格雷叹了口气，挺直了肩膀说："恐怕是的。"英国服装法对苏格兰裙的禁令中严格禁止持有任何苏格兰式的格纹花呢，这道法令既废止了高地人的武装战备，也压制了其传统服装的穿着。邓斯特布尔下士一声锐利的立正令下，格雷站到囚犯队列前方。

"这是谁的？"下士高举起那块花呢布料，也将声调提高。格雷看了看那亮色的料子，再看了看所有的犯人，开始在脑海里的囚犯名单上一一画钩，努力把每个名字与他自己对苏格兰格纹的有限了解对应起来。即便是同一个氏族的传统格纹图案，有的也相差甚远，因而要确定任何一种图案的归属都不容易，然而每个氏族的标志色和图案还是有一定的普遍模式。

麦凯勒斯特，海耶斯，英尼斯，格雷厄姆，麦克默特里，麦肯锡，麦克唐纳德……停，麦肯锡。就是他了。格雷如此肯定，与其说是源于他对某个氏族格纹的鉴别，更应该说是源于他作为一个军官对手下人等的了解。麦肯锡是个年轻的犯人，他此时面无表情的脸上显出一丝超乎平常的自我控制。

"是你的，麦肯锡，对吗？"格雷质问道。他从下士手里抽出那花呢布料，突然冲那小伙子眼前一举。年轻的囚犯布满尘土的脸变得惨白，艰难的鼻息里隐约听得出一丝啸音。

格雷有点儿得意地紧紧注视着他。这个年轻的苏格兰人跟他们所有人一样，有着那种骨子里的仇恨，但他尚未垒起一座坚忍而漠然的城墙把他的仇恨包藏起来。格雷能感到小伙子的恐惧正在慢慢堆积，仿佛再过一秒就要爆炸。

"那是我的。"一个平静的声音说道，说得如此平缓而冷漠，几近厌烦，麦肯锡和格雷一下子都没有反应过来。两人站着对视良久，直到一只大手越过安格斯·麦肯锡的肩膀，轻轻地从长官手中接过了那块布料。

约翰·格雷退后一步，感到那几个字像一记重拳打在他的腹部正中。他把眼睛抬起了那么几寸，好足以面对詹米·弗雷泽的脸，全然忘却了麦肯锡。

"这不是弗雷泽氏族的格纹。"他感到自己的话像从木头做的嘴唇里挤出来似的，整个脸都麻木了。对于这点他隐约有些庆幸，至少在这群旁观的囚犯面前，他的表情不会出卖自己。

弗雷泽的嘴略微咧开了一点。格雷紧紧盯着那张嘴，没有敢正视它上方的那对深蓝色的眼睛。

"确实不是，"弗雷泽附和道，"这是麦肯锡氏族的，我母亲的氏族。"

在格雷的意识里很远的一个角落，有个刻有"詹米"字样的镶着珠宝的盒子，他把这又一条小小的信息存放进盒子——他的母亲姓麦肯锡。他清楚这是事实，同样，他也清楚那条格纹布并不属于弗雷泽。

他听见自己冷静而平稳的声音说道："拥有任何氏族格纹呢都是非法的。你一定清楚刑罚是什么吧？"

弗雷泽笑了，宽宽的嘴唇朝一侧扬起。

"我清楚。"

这时，一排排囚犯之间开始有响动和低语，虽然没有实质性的动作，但格雷可以感觉到他们的阵形在改变，正被弗雷泽吸引着，朝他靠拢，将他环抱。这个圈子一度曾被打破，而后又恢复了原状，此时，格雷孤身一人被排斥在外。詹米·弗雷泽回到了自己原来的归属。

格雷努力强迫自己把目光从眼前宽厚柔软而显然经风吹日晒而略显皲裂的嘴唇上移开。嘴唇上方的那双眼睛里有一种他一直害怕见到的眼神，既非恐惧，亦非愤怒——是漠然。

他向狱卒示意："把他拿下。"

约翰·威廉·格雷少校伏在案头，心不在焉地签署着物资申报表。他很少工作到这么晚，但一整天没有空闲，文件已经堆积如山。这些申报表必须在本周递交到伦敦。

"贰佰磅小麦粉，"他写着，努力把注意力集中在羽毛笔下整齐的黑色字迹上。这些例行公文最糟糕的地方在于它们只能占领他的注意力，却无法控制他的意志，于是白天的记忆不知不觉地蔓延开来。

"陆大桶麦芽酒，用于营房。"他搁下笔，快速地搓着双手。他依旧能感觉到早晨庭院里渗入骨髓的寒气。屋里烧着火，但火似乎不能解决他的问题。他没有走近壁炉，因为他试过一次，站在炉火边的他出了神，任由午后的画面一幅幅在火焰之中展开，直到回过神时，裤子上的布料已经开始焦黄。

他提起笔，又一次试图将庭院的场景驱逐出脑海。

类似这样的判决最好不要延期执行，否则，囚犯们会在等待之中日渐紧张不安，从而变得非常难以控制。相反，立即执行的话，惩戒的效果最为有利，既能让犯人们看到应得的惩罚会来得多么迅即，又能巩固他们对监守人员的敬意。可是不知何故，约翰·格雷怀疑这次事件并没有巩固犯人们的敬意——起码，对他没有。

当时，除了感觉到血管里滴淌着冰冷的雨水之外，他没有任何其他感觉。冷静而迅速地下达了命令，之后，他的命令被同样彻底地一一执行。

囚犯们被带到方形的庭院四周列队站好，狱卒们排成较短的队伍面对着囚犯，刺刀装备就绪，用以防范不合时宜的骚乱爆发。

然而，没有任何骚乱爆发，合不合时宜的都没有。囚犯们在冷寂中等待着，细雨洒在庭院里地面的石板上，只听得见偶尔的咳嗽和清嗓子的声音，就像在任何的集会人群里一样。冬天刚到，呼吸道结膜炎的祸害在兵营和潮湿的牢房里同样常见。

他两手握在背后，站在那儿无动于衷地看着犯人被带上高台。他看着，感觉雨水从制服肩膀的缝隙里渗透进去，汇成细小的河流从衬衣的领口向下流淌，詹米·弗雷泽站在一码之外的高台上，脱去了上身的衣服，不紧不慢，就好像这是他早已做过的、习以为常的事情，根本没有什么大不了。

他向两位二等兵点头示意，他们于是抓住犯人毫无抵抗之意的双手，高举并捆绑在鞭刑柱两边的支架之上。他们堵住了他的嘴，弗雷泽站直了身体，雨水从他高举的臂膀顺着背脊的深谷流下，一直湿透了他薄薄的马裤。

他又朝手握判决文书的中士点了点头，这个动作把他帽子上的积水从一边倾倒而下，他心里涌上一小波恼怒。正了正帽子和湿透的假发，他及时地恢复了威严的姿态，正赶上中士宣读到指控与判决。

"……因以触犯国王陛下由议会通过的禁止苏格兰裙的服装法令，其罪判处鞭刑六十。"

格雷用他职业的超然瞥了一眼即将施刑的那位兼任骑兵蹄铁匠的中士。眼前的事情对于他们中的任何一个都不是第一次了。这个当口，他没有点头，雨仍旧在下。他只是稍微闭了一下眼睛，按惯例宣布道："弗雷泽先生，刑时已到。"

他就这么站着，双眼平静地正视前方，旁观着，耳畔传来每一鞭的砰然下落，以及随着那每一记鞭打，犯人被堵住的嘴里撞击出的每一声喘息。

犯人绷紧的肌肉在抗拒疼痛的来袭。一次又一次，直到每一丝肌肉的纤维在肌肤之下竖立起来。他自己的肌肉紧张得生疼，冗长乏味的酷刑继续着，他尽量不惹人注意地在两腿间交替着重心。沿着犯人的脊梁骨有几道鲜血掺着雨水顺流而下，染红了他的裤子。

格雷可以感到他身后的士兵和囚犯统统目不转睛地盯着高台和站在正中的人，甚至连咳嗽声都沉寂了。

而笼罩在那一切之上的，格雷意识到，是一层自我厌恶的黏腻的清漆，把他所有的其他情感封存了起来。他意识到，自己之所以牢牢地注视着前方的景象，并非因为职责所迫，而纯粹是出于一种本能的无力自制。那种无力自制使他面对眼前的一切——痛苦地紧绷着的肌肉及其扭曲出的美丽的曲线，以及皮肤上雨水与血水交汇出的华丽光泽，完全无力挪开目光。

行刑的中士兼蹄铁匠在鞭打间歇没有做太多的停顿。他稍有点儿急切，所有的人都希望快点完事儿了好回去躲雨。格里索姆大声地数出每一鞭的计数，同时在他的文书上一一做了记录。蹄铁匠查看了手中的九尾鞭，用手指梳理了一下每一股打着结、上着硬蜡的皮条，抹去上面的血水与皮肉，重新举起鞭子，在头顶挥舞两圈之后又抽了一下。"三十！"中士宣告道。

格雷少校拉出书桌最下层的抽屉，呕吐在一叠整整齐齐的物资申报文件之上。

他的手指深深地抠进掌心，但无法停下颤抖。颤抖已经陷入了他的骨髓，就像这冬日里的寒气。

"给他盖条毛毯，我一会儿来照看他。"

英格兰医生的声音似乎从很远的地方传来，他无法把那个声音同紧紧抓着他双臂的这双手联系起来。他们挪动他的时候，他叫出了声音，背上还没怎么结痂的伤口被这么一扭又裂开了。温热的血顺着肋骨流淌下来，让他颤抖得更加厉害，虽然他们在他肩上盖了条粗毛毯。

他躺在长凳上，紧抓住凳子边缘，脸颊压在木板的表面，闭着眼睛努力控制住身上的颤抖。屋里的一个角落传来了响动和一阵窸窸窣窣，但他无法去关注那些，无法把注意力从自己咬紧的牙关和僵硬的关节上移走。

门关上了，屋里安静了下来。他们把他一个人留下了？

没有，他听见自己脑袋附近的脚步声，身上的毛毯被提了起来，盖到腰上。

"嗯。他把你打得不轻吧，小伙子？"

他没有回答。那其实并不是一句问话。医生转身离开了一小会儿，接着他觉得脸颊下的一只手把他的脑袋抬了起来，在那粗糙的木板上垫了一条毛巾，衬在他的脸庞之下。

"现在我给你洗一下伤口。"那个声音说着，有点儿冷淡，却不乏友善。

一只手碰到他的背脊时，他从牙缝里倒抽了一口凉气。他听见一声怪异的呜咽，随即意识到那是自己发出的声音，感到很羞愧。

"你几岁了，小伙子？"

"十九。"他才刚回答完毕，便立即紧咬牙关屏住了一声呻吟。

医生轻柔地在四下里抚摸着他的背脊，然后站起身来。他听见门闩被一下子插上，医生的脚步又回到身边。

"现在不会有人进来了，"那个声音和蔼地说，"你哭出声来吧。"

"嗨！"那个声音说，"醒醒，兄弟！"

他慢慢地恢复了意识，脸颊下粗糙的木板一下子把梦境与清醒交织到一起，他想不起来自己身在何处。黑暗中出现了一只手，试探地摸了摸他的脸。

"你在睡梦里哭喊呢，兄弟，"那个声音耳语道，"很疼吧？"

"有点儿。"他试图起身，背上碎裂的疼痛像一道闪电一般袭来，让他意识到梦境与现实之间的又一层联系。他无奈地咕噜了一声，长舒一口气，跌回到长凳上。

他还算幸运，对他行刑的是道斯，一个胖胖的中年士兵，对鞭打囚犯兴致不高，纯粹是为了完成任务而已。不过，六十下鞭刑，即便不加激情，造成的伤害也不容忽视。

"哪里是一点儿，就是一半都够受的。想好好地回敬他一把吧？"那是莫里森的声音，在那儿责骂着。肯定是莫里森，没错的。

也怪，他恍惚地心想着，任何时候，只要有一群人，他们中间的每一个都会自然而然地各司其职，不管他们以前可曾担当过这个职位。莫里森跟这儿的好多其他人一样，以前是个佃农，虽说饲养牲畜可能很有一手，却也不当回事。如今，他顺理成章地成了囚犯之中的医师，一旦有人肚子疼了或者折了手指，都会去找他。莫里森的知识不比其他人丰富多少，但受伤的人们会自然而然地去找他，就像他们会同样自然地找到詹姆斯·麦克杜寻求指导和鼓励，还有劝解与公道。

热腾腾的布条铺到他的背上，一阵刺痛让他哼了一声，他连忙抿紧了嘴唇没有喊出声来。他感到莫里森瘦小的手掌轻放到他的背脊中央。

"忍一忍，兄弟，热气过去就好了。"

当噩梦渐渐消退，他眨了眨眼，开始适应周围的声响，感觉身边陪伴着他的人们。他躺在大牢房中，在壁炉的炉身旁边黑暗的角落里。炉火上冒着蒸汽，一定是大锅在烧水。他看见沃尔特·麦克劳德拿着一些新的布条放进大锅深处，麦克劳德深色的胡子和眉毛被火光映成红色。慢慢地，他背上的热布条冷却到一种充满慰藉的温度，他闭上双眼，身边轻柔的交谈声仿佛催眠似的，让他又一次沉入半梦半醒之间。

这种感觉很熟悉，如梦境一般游离于现实之外的感觉。自从他越过安格斯的肩膀抓紧那块格呢布料的瞬间，这种感觉就一直笼罩着他。似乎一旦做出那个选择，他的四周就降下了一片幕布，把他和其他人隔离开来，把他独自包围在一个无限遥远的安静的空间里。

他记得自己紧跟着带头的看守走在后面，遵从指令脱下上衣，一切都好似没有真正睡醒一样。他站到高台上就位，一字一句地听着罪行与判决的宣告，却没有真正地听到耳中，甚至连手腕上硌人的粗糙绳索和赤裸的后背上冰冷的雨水都没能唤醒他。这一切都仿佛是久已发生过的往事，他的任何言语或行动都无法将其改变，一切皆为命里注定。

至于鞭刑本身，他承受下来了。受刑的时刻容不下任何思考或悔意，容不下除了倔强而绝望的抗争之外的任何东西，对抗如此的人身践踏，所需要的也只有倔强而绝望的抗争。

"别动，好了，别动。"莫里森把手放在他的后颈上，一边稳住他不要他动弹，一边取下湿透的布条，换上新鲜的热气腾腾的药糊，瞬间，全新的震撼唤醒了他休眠的神经。

这种异乎寻常的意识状态带来的后果之一，是他所有的感触都被同化为相等的强度。如果愿意，他可以感觉到后背上的每一记抽打，每一记皆如一幅色彩鲜明的画面展开在脑海里黑暗的想象之上。然而，那从肋骨延伸到肩膀的深长的伤口里涌现出的痛楚，比起双腿上近乎令人愉悦的沉重感，丝毫没有更为严重。同样地，比起双臂上酸痛的感触，还有发梢扫过脸颊时轻柔的瘙痒，似乎全都具有相等的重量和相等的影响。

他的脉搏在耳畔缓慢而规则地跳动。口中的叹息与胸口的呼吸起伏互不相干地各自独立着。他的存在成为一系列碎片的总和，每一个碎片有着各自的感知，却不再接受核心神智的特别关注。

"来，麦克杜，"莫里森的声音在他耳边说道，"抬头，把这个喝下去。"

威士忌鲜明的气息向他袭来，他使劲地把头转开。

"我不需要这个。"他说。

"你需要。"莫里森说，语气里是一种医师们特有的就事论事的坚决，仿佛他们总是比你更知道你的感受和你的需求。他无力争辩，也无心争辩，于是张开嘴喝下了一口威士忌，感到脖子上的肌肉在举着头的张力之下颤动不已。

那充斥着他全身的众多感受里，此时又有威士忌的作用加入其中。咽喉和腹部开始灼烧，鼻腔后部尖锐地刺痛着，这一切再加上头顶的某种眩晕，告诉他，他喝得太多、太快了。

"再喝一点儿，好，对了，"莫里森哄着他说，"好小伙子。这下舒服点儿了吗？"牢房里暗暗的，莫里森厚实的身板挪动了一下，挡住了他的视线。高窗里吹进了一阵风，但他觉得周围的响动不止是穿堂风引起的。

"后背感觉怎么样？明儿你得僵硬得跟干玉米秆儿似的了，不过我猜你不会糟成那样儿。来，兄弟，再喝一口。"话音刚落，牛角杯的杯口便执意靠上了他的嘴边。

莫里森还在大声地喋喋不休，说着些不相干的事儿。一定有什么不对劲。莫里森不是个啰唆的人。一定发生了什么，而他却什么都看不见。他抬起头搜寻着，但莫里森把他的脑袋按了回去。

"别操心，麦克杜，"他轻声说，"你也制止不了，反正。"

那鬼鬼祟祟的响动，莫里森企图掩盖着不让他听见的声音，是从牢房最远端传来的。窸窣的摩擦声，简短的低语，扑通一声轰响，然后是一阵沉闷的撞击声，缓慢而规则，加上沉重的喘息，渗透着恐惧和痛苦，接着，以一声细微的呜咽般的抽泣告一段落。

这是他们给年轻的安格斯·麦肯锡的一顿暴打。他把双手支在胸口之下撑起自己，但这一用力，后背立刻灼烧起来，脑袋一阵发晕。莫里森的手又把他按了回去。

"别动，麦克杜。"他说，语气里掺杂着威严和无奈。

眩晕像狂潮一般席卷了他，他的双手滑落到长凳底下。不管怎样，他意识到莫里森是对的——自己无法制止他们。

他静静地躺在莫里森的手掌下，闭上双眼等待那声音结束。他不由自主地开始揣摩，在那黑暗之中，是什么人在主持着这盲目的公道。辛克莱。他脑子里毫不迟疑地出现了答案。海耶斯和林赛是他的帮手,无疑。

他们也都是不由自主，正如他自己一样，还有莫里森。每个人的所为都是生来使然。总有人是天生的医师，也总有人是天生的恶霸。

最后，那些声响结束了，只剩下一点儿沉闷的、带着呜咽的喘息。他的肩膀放松下来，当莫里森取下最后的湿药糊，轻柔地擦干了他的后背，他没有动弹。高窗里吹进一股冷风，瞬时的寒气让他打了个冷战。他紧闭双唇，不让自己发声。下午行刑时他们堵上了他的嘴，对此他很庆幸。多年前第一次领受鞭笞时，他几乎把自己的下嘴唇咬成了两半。

盛着威士忌的杯子递到了他的唇边，他把头转开了。于是那杯子不声不响地消失了踪影，去到了一个更受欢迎的地方。米利根，也许是，那个爱尔兰人。

总有人天生就无法抵挡好酒的诱惑，也总有人天生就无法忍受它。正如有的男人爱的是女人，而有的……

他叹息着在他的硬板床上微微地挪了挪姿势。莫里森给他盖了一条毛毯，已经走开了。他感觉无力而空洞，依然处于先前的碎片状态，但神志已经颇为清醒，他的神志仿佛抽离了身体的其他部分，高高地栖息于某个枝头之上。

莫里森走时也带走了蜡烛。此时蜡烛在牢房的尽头闪烁着，坐在那里的人们弓着身子依偎在一起，漆黑的人影在金色的烛光下一一清晰可辨，像古老的弥撒书的图片里无名的圣徒。

他揣摩着，那些铸造了每个人的本性的天赋究竟从何而来？是来自上帝吗？

是否那就像真理圣灵一样从天而降，像那附上众使徒之身的冉冉火舌？他想起了母亲客厅里的那本《圣经》上的图片，那些加冕了圣火的使徒们被头顶的火焰震慑得颇显愚蠢，一个个站在那里，好似一堆蜂蜡蜡烛为一场盛宴被一一点起。

想到这里，他笑着闭上了眼睛。摇曳的烛光映红了他的眼帘。

克莱尔，他的克莱尔——究竟是什么把她送到了他的跟前，把她推搡进一个远非她天生降临的世界？而尽管如此，她却依然明白该做些什么，清楚地知道自己的使命。而关于天赋使命，并非所有人都能幸运到有此自知。

身边的黑暗中传来一阵谨慎的窸窣声。他睁开眼睛，只看见一个人形，却非常清楚那人是谁。

"你好吗，安格斯？"他用盖尔语柔声问道。

小伙子尴尬地跪到他身旁，握住了他的手。

"我……没事儿。可您——大人，我是说……我——对不起……"

他紧紧地握了握安格斯的手掌，让他放心。此举又是出于经验，还是本能？

"我也没事儿。"他说，"躺下吧，小安格斯，好好休息。"

那人形低了低头，姿势正式得有点儿奇怪，继而俯身在他的手背上印下了一个亲吻。

"我——我可以待在您身边吗？"

他抬起了自己沉重得足有一吨重的手，放到小伙子的头上。手一下子就滑落下来，但他感到安格斯紧张的情绪放松了，慰藉感从指尖传递过来。

他生来就是个领袖，之后经受的各种敲打铸造，使他更加胜任这个使命。然而，假如一个人天生就不适合他的使命呢？像约翰·格雷，还有查尔斯·斯图亚特。

终于，在经过了十年之后，从此时此地异乎寻常的距离之外，他发现自己原来可以原谅那个一度做过他的朋友的、软弱无能的人。向来习惯于依照自己的天赋来衡量应当付出的代价，而今他终于意识到有一种更为惨痛的厄运，那便是生为一国之君，却没有与生俱来的君王天赋。

安格斯·麦肯锡蜷着身子坐在他身边的墙角里，肩披毛毯，脑袋枕在膝盖上，瘫软的人形发出了一声小小的呼噜。他感到睡意开始降临到自己身上，一边涌上前来，一边捡起散落一地的每块碎片，拼凑还原。他意识到明天一早——不管有多么酸痛——他都会完完整整地醒来。

一瞬间他感到许多东西被轻松地从肩头卸下。所有的即刻义务和必需的抉择都被脱下了重负。诱惑不见了，其可能性也随之消失。更为重要的是，愤怒的负担也离他而去了，兴许永不再来。

如此说来，他在越来越沉的睡意里心想，约翰·格雷倒把他的使命还给了他。

他几乎可以心存感激。

CHAPTER 13

中　局

因弗内斯，1968 年 6 月 2 日

　　早晨，罗杰找到了她，她蜷缩在书房的沙发上，身上盖着火炉前的地毯，地上散落着某个文件夹里滑落出来的零散纸张。

　　阳光从落地长窗洒进书房，但沙发高高的椅背遮住了克莱尔的脸，因而晨光没有把她唤醒。这时候刚刚有些许光线从布满灰尘的弧形天鹅绒椅背上满溢下来，闪烁在她一缕缕的发梢之上。

　　一张透明的脸，看着她，罗杰心里想，从不止一层意义上来说。她的肤色是如此白净，以至于蓝色的血管在鬓角和咽喉处分明可见，肌肤之下那骨骼清晰的线条近在浅表，使她看上去宛如一尊象牙雕塑。

　　地毯滑落了一半，露出了她的肩膀。她一边胳膊轻放在胸口，抱着一张皱皱的文件。罗杰抬起她的胳膊，抽出那张纸，很小心地没有吵醒她。睡意沉沉的她四肢绵软，那肌肤握在手中令人感到出奇地温暖而光滑。

　　他一眼就看见了那个名字。罗杰就知道她一定是找到了。

　　"詹姆斯·麦肯锡·弗雷泽。"他轻声地念了出来，目光从纸上抬起，移到沙发上沉睡着的女人身上。日光刚刚照到她的耳郭，她动了一下，侧转了脑袋，随即又沉入梦乡。

"我不知道你是谁,伙计,"他对那无形的苏格兰人耳语道,"不过要能配得上她,你一定是个异乎寻常的人。"

他非常温柔地把地毯盖回到克莱尔肩上,把她身后的百叶窗放了下来。接着,他蹲下身子捡起那些从阿兹缪尔文件夹里散落的纸张。阿兹缪尔。这是现在他需要的唯一信息,即使詹米·弗雷泽的最终命运并未记录在这些文件里,它也应存在于阿兹缪尔监狱历史上的某处。也许他需要再扫荡一遍高地的史料,也许甚至要再去一次伦敦,然而,这条旅途的下一步已经迈出,路线清晰地呈现在眼前。

当他蹑手蹑脚地关上书房的门,布丽安娜正走下楼梯。见她询问地挑起了一弯眉毛,罗杰微笑着举起了文件夹。

"找到他了。"他小声道。

布丽安娜没有作声,只是回报以一个微笑,那笑容在她脸上舒展开来,灿烂得犹如屋外初升的太阳。

Part 04

湖区

CHAPTER 14

吉 尼 瓦

黑尔沃特，1756 年 9 月

"我认为，"格雷谨慎地说，"你可以考虑改个名字。"

他没有指望得到回答。一连四天在路上，弗雷泽一个字都没有对他说，甚至连投宿旅店时尴尬地同住在一间屋里，他都设法避免了任何直接的交流。没有手势，连看都没看他一眼，弗雷泽只是把自己往那破旧的斗篷里一裹，便躺倒在壁炉跟前。格雷见状，耸了耸肩睡到床上。当他被各色臭虫和跳蚤咬得瘙痒难忍时，格雷意识到，其实弗雷泽选的是更好的床位。

"你的新主人对查尔斯·斯图亚特及其党羽没有好感，他唯一的儿子在普雷斯顿潘斯战死了。"他自顾自地朝身边那个铜墙铁壁般的侧影介绍着。戈登·邓赛尼只比他大几岁，是博尔顿军团的一名年轻上尉。当时他们俩很有可能死在同一个战场——要不是因为凯瑞埃里克树林里的那次邂逅。

"你是苏格兰人，这点很难掩盖，而且明显是高地人。如果你肯屈尊考虑一下我善意的劝告，用个不那么容易被认出来的名字或许是明智的选择。"

弗雷泽冰冷的表情没有丝毫改变，他用脚后跟轻踢了一下自己的坐骑，绕到格雷的枣红马身前。此地新近发生过大水，弗雷泽走在前面探寻着隐约可见的小道。

傍晚时分，他们越过阿什内斯拱桥，开始下山向沃坦德拉斯湖进发。英格兰湖区虽说不像苏格兰，格雷心想，但至少有这些山脉，这些敦实圆润又如梦如幻的群山，论险峻巍峨，它们的确不如高地的那些悬崖峭壁，但也是很像样的山脉了。

沃坦德拉斯湖深邃的湖水在初秋的凉风里荡漾，湖边围着厚厚的莎草和湿草甸。这是一片潮湿的地带，今夏的雨水比往年更加丰富，湖面没过了堤岸，淹在水里的灌木只剩下疲软而破败的枝丫戳出水面。

下一个山头是道路的分岔点。走在前头的弗雷泽勒马停蹄，任风吹动着他的头发，等候下一步指示。这天早上他没有编起发辫，飘扬的散发像一缕缕火焰狂野地在头顶升腾。

约翰·威廉·格雷策马上坡，马蹄在泥泞的山路上踏出啪啪的声响。他抬眼望着前方马背上的身影，静如铜像，唯有长发如马鬃般在风中翻腾。喉头的气息顿感无比枯竭，他舔了舔嘴唇。

"明亮之星，早晨之子啊。"他心中默念，只是克制住自己没有加上后文①。

对于詹米，去往黑尔沃特的四天跋涉无比煎熬。自由的幻影突然降临，加上对随时又会失去自由的深信不疑，令他对未知的目的地充满着恐惧。

况且，与狱中弟兄们分别的愤慨和悲伤还记忆犹新；离开高地时，想到此番离别很可能一去不回，揪心的失落感愈加强烈；再加上醒着的

---

① 《圣经·以赛亚书》第 14 章第 12 节中描写晨星或启明星："明亮之星，早晨之子啊，你何竟从天坠落？你这攻败列国的何竟被砍倒在地上？"

每一刻都感受着长久未跨坐马鞍所带来的肌肉的痛楚，这所有的折磨交织在一起，足以持续整个旅途。唯一能给他安慰的是获得假释的消息，这使他不至于将约翰·威廉·格雷少校拽下马鞍，扼杀在某条安静的蹊径之上。

格雷的话在他耳边回响，一半淹没在他轰鸣着的怒血之中。

"本要塞的翻修工作已基本完成——那要归功于你和你手下人等的得力帮助，"格雷有意让自己的嗓音流露出一丝嘲讽，"囚犯们将被迁往别处，而后皇家龙骑兵十二队将进驻阿兹缪尔要塞。"

"苏格兰战犯将被转移到亚美利加殖民地，"他接着说，"他们将以契约为束缚被卖作劳工，为期七年。"

詹米一直小心地保持面无表情，但这个消息仍令他震惊得手脚发麻。

"契约？那根本就跟奴役相差无几。"他这么说着，但其实已经不在乎自己说了些什么。亚美利加！那是一片荒凉而野蛮的土地——而且唯有穿越三千里巨浪翻滚的茫茫海洋才能抵达！去往美洲的一纸契约将无异于离开苏格兰的永久流放。

"有时限的契约并不是奴役。"格雷向他保证道，但少校心里也很清楚两者间无非是法律意义的差别，差别只在于契约劳工——侥幸存活的那些——在既定期限之后将重获自由。除此之外，契约之内的劳工事实上几乎就是其雇主的奴隶——可以被随意滥用、鞭打或烫上烙印，且有法律明令禁止不经许可擅离雇主的领地。

如今詹姆斯·弗雷泽亦将受制于如此的禁令。

"你将不随其他囚犯同往，"格雷这么说时没有看他，"你不仅是一名战犯，你是个被定了罪的叛国者。监禁你是国王陛下的意愿，因而没有皇家准许，就无法将你改判转移。对此，国王陛下尚不认为核准改判的时机已到。"

詹米察觉到内心五味杂陈。瞬间涌起的愤怒之下渗透着为狱中弟兄未来命运的惶恐与悲哀，又掺杂着一丝令他深为羞耻的解脱感，当他意识到无论自己的命运究竟如何，最起码他无须将自身托付于大海。这种羞耻让他冷冷地瞪了格雷一眼。

"真正的原因，"他平淡地问，"是金子吧？"只要他还有丝毫的可能会透露出他所了解的、关于那近乎神话的宝藏的半点奥妙，英国王室就不会冒险将他拱手交给海洋中的恶魔，抑或是殖民地的野蛮人。

少校仍然没有看他，只是微微一耸肩，算是赞同。

"那我得去哪儿？"他听见自己的声音像生了锈一般，有些沙哑，他慢慢地平复着自己被新消息震慑了的情绪。

格雷忙着整理他的文档。九月初温暖的清风吹进半掩着的窗门，拂动着桌上的纸张。

"那地方叫黑尔沃特，在英格兰湖区。邓赛尼勋爵将为你提供住宿，而你将听其指派干些家仆的粗活儿。"说到这里，格雷抬起头，浅蓝色的眼睛里透出让人无法解读的表情，"我会每过一个季度前来察看——以保证你安然无恙。"

他注视着少校红色制服的后背，此时他们正一前一后地骑行在狭窄的小径上。眼前出现了一幅令他甚为满足的画面，画面中的格雷惊恐地睁大了布满血丝的蓝眼睛，詹米在那痛楚的神情中找到了自己的避难所，他的双手在那纤瘦的咽喉之上越勒越紧，拇指深深地陷进那晒红了的肌肤，直到少校瘦小而精干的身躯在他的掌握之内疲软下来，像只被杀死的野兔一般。

国王陛下的意愿，是吗？他可不那么好骗。这是格雷的安排，金子不过是个借口。他将被贩为奴仆，留在某一个格雷看得见的地方，供其垂涎觊觎。一切都是少校的报复。

每天晚上，他四肢酸痛地躺在旅店的壁炉前，警醒地注意着身后床铺上的每一声抽扯与响动，同时也深切地反感着自己的这种警醒。每当浅灰色的黎明到来，他的愤怒会又一次绷紧到上限，渴望那个人能从床上起来对自己做出些不雅之举，好让他有理由把满腔愤怒宣泄在谋杀的激情之中。然而，格雷却只是打着呼噜。

越过了赫尔维林桥，他们走过又一个草滩环抱的奇特的冰斗湖。红黄两色的枫叶和松针飞旋而下，扫过马身微微冒汗的侧翼，也打在他的脸上，细语呢喃着轻抚而过。

这时格雷在前方勒马驻鞍，回过身等着他。他们恐怕是到了。坡势急转直下进入山谷，一幢庄园宅邸坐落在一大片秋叶灿烂的大树之中。

他的眼前就是黑尔沃特，随之而来的将是耻辱的奴役生涯。他挺直后背踢了一下马肚子，踢得有点儿用力过猛。

邓赛尼勋爵在主客厅迎接了格雷，样子非常亲切，丝毫不在意他凌乱的衣冠和肮脏的马靴。邓赛尼夫人身材矮小浑圆，一头褪色的金发，殷勤好客得稍有点儿夸张。

"来喝一杯，约翰尼，你得喝一杯！哦，路易莎，亲爱的，要不你叫姑娘们下来跟我们的客人打个招呼？"

邓赛尼夫人转身去吩咐仆人时，勋爵举起酒杯靠近格雷，小声问道："那个苏格兰囚犯——你把他带来了？"

"是的。"格雷说。邓赛尼夫人这时正与管家热烈地讨论着晚餐的重新部署，几乎不可能听到他们的对话，但格雷想了想，还是压低了嗓音，"我把他留在了前厅——不清楚您准备如何处置他。"

"你说那家伙对马很在行？还是像你说的，让他做马夫吧。"邓赛尼勋爵瞥了一眼他妻子，小心地别转身背对着她，越发谨慎地进行着他们的对话，"我没有告诉路易莎他是什么人，"准男爵耳语道，"起义那会儿大家都害怕高地人——整个国家都恐怖到瘫痪的境地，你可知道？对戈登的死她还一直耿耿于怀。"

"我很明白。"格雷拍了拍老人的手臂让他放心。他觉得其实邓赛尼自己对儿子的死也从未释怀，只是为了妻女而勇敢地支撑着自己。

"我准备只告诉她那人是你推荐的下人。呃……他没什么危险吧，应该？我是说……嗯，对姑娘们……"邓赛尼勋爵不安地看了看妻子。

"没有危险，"格雷向男主人保证道，"他是个正人君子，而且已经获得了假释。没有您的明确许可，他不会进入您的宅邸，也不会离开您的领地。"他知道黑尔沃特有方圆六百多亩地，离自由，离苏格兰都遥不可及。然而，与阿兹缪尔逼仄的石牢和殖民地的艰难险阻相比，这里或许会好过一些。

听见门口的声响，邓赛尼一转身，他的两个女儿出现了，愉悦的笑容回到了他的脸上。

"约翰尼，你记得吉尼瓦吧？"他一边问一边把客人领上前去，"上次你来的时候伊莎贝尔还是个小娃儿呢——时间过得真快，不是吗？"他略显伤感地摇了摇头。

伊莎贝尔十四岁了，身材矮小浑圆，一头金发，开朗活泼，活像她的母亲。至于吉尼瓦，格雷其实不记得了——或者说他记得的是多年前的那个瘦瘦的小女学生，与眼前正把纤纤玉手递给他的十七岁的优雅女子几乎没有相似之处。如果说伊莎贝尔像她们的母亲，那吉尼瓦则更像她们的父亲，至少在身高和清瘦的身材上来说。邓赛尼勋爵花白的头发多半也曾经是如此闪亮的栗色，而姑娘清澈的灰色眼睛跟他的简直一模一样。

两个女孩向来客致以了礼貌的问候，但她们明显关心着其他事情。

"爹爹，"伊莎贝尔拉着父亲的袖子说，"走廊里有个好大个子的人！我们下楼时他一直看着我们，样子怪吓人的！"

"他是谁，爹爹？"吉尼瓦问道。比起妹妹她略显矜持，但显然也对此非常好奇。

"呃……啊，那一定是约翰给我们带来的新马夫了，"邓赛尼勋爵慌忙回答说，"我去叫个仆人把他带走——"正在这时，一个仆人突然出现在门口，打断了准男爵。

"大人，"他惊恐地报告说，"走廊里有个苏格兰人！"唯恐他这骇人听闻的消息得不到注意，他转过身夸张地指了指身后穿着斗篷不声不响的高大身影。

陌生人见状，便顺势走上前来，瞧见邓赛尼勋爵后，便立即恭敬地一低头。

"我叫亚历克斯·麦肯锡，"他用温和的高地口音说道，向邓赛尼勋爵鞠了一躬，神情庄重而没有戏谑，"您的仆人，大人。"

干惯了高地的农活和监狱的苦力，在这湖区马场当一个马夫对詹米·弗雷泽来说不算辛苦。然而，自从其他囚犯被迁往殖民地之后，他在牢房里关了足有两个月之久，眼前的活儿还是够他累的。他的肌肉开始重新适应这突如其来的没有停顿的需求，第一个星期，每晚一躺到干草棚里的草垫上他便累得连做梦的力气都没有了。

初到黑尔沃特时他处于一种身心俱疲的状态，把这里视作又一个远离高地，被陌生人包围着的监狱。一旦安顿下来，囚禁他的不再是铁窗而只是承诺，他发觉自己的身体与心灵都一天天地舒畅起来。有马匹无声地陪伴在左右，他的身体变得强悍了，心灵变得平和了，渐渐地，他发现自己又能够理性地思考了。

即使没有真正的自由，他至少已经拥有空气和光明，拥有舒展四肢的空间，抬眼可见的群山，以及邓赛尼培育的俊美的马匹。其他的马夫和仆人理所当然地对他心存狐疑，但敬畏于他高大的身材和冷峻的样貌，都倾向于退避三舍。这里的生活很孤寂——然而他早已经接受了这个事实，觉得对他来说，生活再也不可能是别的样子了。

大雪轻轻地覆盖了黑尔沃特。他很满足。就连圣诞节格雷少校的正式来访——无外乎一场紧张尴尬的会面——都没能打搅他与日俱增的满足感。

为了与高地的詹妮和伊恩取得联系，他尽可能做了各种安排，非常小心。偶尔通过间接的途径，他会收到家人的来信，出于安全的考虑，每次读完他便把来信销毁。除此之外，戴在脖子上的山毛榉念珠是他怀念家园的唯一信物，詹米总是把它深藏在衬衣底下。

每天，他会一遍又一遍地触摸心口上的小小十字架，每默念一句祈祷，心爱的亲人们的脸便如魔法般一一出现——姐姐詹妮、伊恩和孩子们——小詹米、玛吉、凯瑟琳·玛丽、双胞胎迈克尔和詹妮特，还有小伊恩。他也为拉里堡的佃农祈祷，为阿兹缪尔的弟兄祈祷。而每天清晨醒来后、夜晚睡下前，以及此间的许许多多瞬间，他都会为克莱尔一遍遍地默念：主啊，愿她平安，愿她和孩子平安。

当积雪融尽，新年展开了明亮的春光，詹米·弗雷泽发现自己的日常生活已近乎完美，除了一点美中不足——吉尼瓦·邓赛尼小姐的存在。

漂亮、任性而专横，吉尼瓦小姐习以为常地认为她理应在任何时候得到她想要的任何东西，至于妨碍她的人，就让他们见鬼去吧。她是个出色的女骑手——詹米承认——但她说话刻薄和随心所欲的个性使那些马夫宁愿抽签决定每天由哪个倒霉的家伙去陪她骑马。

不过最近，吉尼瓦小姐决定自己来挑选陪同的马夫——而她的选择是亚历克斯·麦肯锡。

"荒唐！"她说。为了避免带她骑进黑尔沃特庄园外那烟雾缭绕的幽静山麓，詹米一会儿请求她慎重考虑，一会儿借口身体一时不适，吉尼瓦很是气愤。考虑到山麓崎岖的地势和危险的迷雾，按规矩吉尼瓦小姐是不能去那儿骑马的。"别傻了。没人会看见我们的。来吧！"她猛蹬了一脚马腹，由不得他阻止便一溜烟地进去了，回头对着他哈哈大笑。

由于她对詹米显而易见的迷恋，每当她走进马厩，别的马夫都开始侧目偷笑，窃窃私语。而每每与她相处，詹米则有一种强烈的欲望，想要好好地踢她一脚，不过迄今为止他只是严格地保持着沉默，对她所有的试探都用一声咕哝作为回答。

他相信，受够了这种沉默寡言的对待，她迟早会厌倦地把那恼人的注意力转到别的马夫身上。或者——请求上帝——她能够快点儿嫁出去，远离黑尔沃特，远离他。

湖区的乡间，云层和地面的湿度往往很难分出高下，而这是一个难得的晴天。五月的午后很温暖，温暖到詹米发觉脱下衬衣非常舒服。这里是地势较高的田野，除了两匹板车马，贝丝和布洛瑟姆在无动于衷地拖着辊犁，几乎不可能有别人，他觉得足够安全。

这片田很大，两匹训练有素的老马对这项农活甚是喜爱，他只需偶尔抖抖缰绳，好保持马鼻子对着正确的方向。这个辊犁与老式的石辊或铁辊不同，是木制的结构，每两块犁板之间有一条狭窄的细槽，里面可以盛满充分腐烂的粪肥，随着辊犁的转动平稳地倾倒下来，逐渐减轻农具的负载。

詹米对这项发明深感赞同。他一定要告诉伊恩，给他画一幅示意图。吉卜赛人快来了，厨房的女佣和马夫们都这么说。也许他有时间在那封写了一半的长信里再加两页，让来到农庄的游民或吉卜赛人替他捎走。信送到的时间或许会延迟一个月，也可能是三五个月，但终有一天这封信会到达高地，手手相传地递交到拉里堡詹妮的面前，而她则会给信使一笔慷慨的酬谢。

拉里堡的回信也会以同样隐匿的途径传回——由于他是王室钦犯，任何通过普通邮差的信函都必须经过邓赛尼勋爵的查阅。想到家人的回信，他感到一阵兴奋，但努力让自己镇静下来，明白很有可能会收不到只字片语。

"吁！"他长呼一声，其实更是出于形式的需要。贝丝和布洛瑟姆与他一样能清楚地看见前方的石栏，它们也熟知，此地是应该开始慢慢往回转的地方了。贝丝晃了一下耳朵，哼哼了一声，把他逗笑了。

"哎，我知道，"他轻拉了一下缰绳回答说，"但他们雇我这么说来着。"

　　接着他们走上了新的轨道，农田尽头的板车上有高高堆起的粪肥，用来再次装载辊犁，回到板车之前他都无事可做。此时他把脸对着日头，闭上眼睛陶醉在阳光里，赤裸的前胸和肩膀暖意融融。

　　三刻钟之后，他睡眼惺忪地被一声马嘶唤醒。睁开眼，从布洛瑟姆的双耳之间他瞧见一个人顺着小道从低处的牧场赶来，他急忙坐起身，把衬衣套上脑袋。

　　"在我面前你不用害羞，麦肯锡。"吉尼瓦·邓赛尼的高音有点儿气喘吁吁，她把自己的母马牵到一条小路上与辊犁齐头并进。

　　"嗯哼。"他瞥见她穿着一身上好的马装，领口佩着烟晶宝石的胸针，通红的脸色超过了今天气温的限度。

　　"你在干什么？"他们沉默着并肩骑行了一会儿，她问。

　　"我正在撒大粪，小姐。"他实事求是地回答，没有瞧她一眼。

　　"哦。"她跟着继续走了半个来回，才接着尝试下一个话题。

　　"你知不知道我要结婚？"

　　他知道。仆人们知道这个消息都有一个月了，因为律师从德文特湖前来签署婚约的时候，是管家理查兹在书房招待的客人。吉尼瓦小姐是两天前才得知此事的。据她的女佣贝蒂说，这个消息遭到了强烈的抵制。

　　他仅仅不置可否地咕哝了一声。

　　"嫁给埃尔斯米尔！"她说着，脸颊越发潮红，紧紧地闭上了双唇。

　　"我祝您幸福，小姐。"走到农田尽头时詹米迅速地收回缰绳。没等到贝丝站稳，他就跳下马背，丝毫不想与情绪看似极其危险的邓赛尼小姐再多谈些什么。

　　"幸福！"她惊叫道，忽闪着灰色的大眼睛，拍了一下大腿，"幸福！嫁给一个足够做我祖父的老头儿？"

　　詹米猜想，比起她的幸福生涯，埃尔斯米尔伯爵的恐怕要有限很多了，但他忍住没有说出来，只是咕哝了一句"对不起，小姐"，接着走到后面解开了辊犁。

她下马紧跟着他："那是我父亲和埃尔斯米尔之间的肮脏交易！他把我卖了，一定是的。我父亲一丝一毫都不在乎我，否则他不会促成如此的姻缘！你不觉得我被深深地利用了吗？"

恰恰相反，詹米觉得邓赛尼勋爵，一位极其忠诚的父亲，为他任性的长女兴许是做了再好不过的安排。埃尔斯米尔伯爵确实是个老头。但几年之后，吉尼瓦非常可能成为一位富有之极的年轻寡妇，而且是一位伯爵夫人。然而另一方面，这种种考虑很可能根本不被一个十七岁的倔强的小姑娘所看重——不，是一个被宠坏了的、固执骄纵的小娼妇，他瞥见那暴躁的小嘴和眼睛，更正了自己的想法。

"我肯定您的父亲永远会将您的利益置于首位，小姐。"他木然地回答。这小恶魔怎么还不离开？

她没打算离开。她莞尔一笑，走到他身旁，挡住了他打开辊犁开口的去路。

"但是跟这么个干瘪的老头儿结婚？"她说，"父亲把我嫁给那老东西真是太狠心了。"她踮着脚瞥着詹米，"你几岁了，麦肯锡？"

他的心跳忽然停止了片刻。

"比您可要老太多了，小姐，"他生硬地回答，"对不起，小姐。"他尽可能不碰到她，从她身边挤过去，跳上装满粪肥的板车，颇为肯定她不会跟着上来。

"可你还没到要进棺材那么老吧，麦肯锡？"这时她走到他跟前抬眼望着他，一手遮着太阳，清风把她栗色的头发吹拂到脸上，"你结过婚吗，麦肯锡？"

他咬了咬牙，抑制住想要把一铲子大粪倒到她脑袋上的冲动，冷静地把铲子插进了肥料堆，只说了一句："结过。"严峻的口气不容更多的问话。

吉尼瓦小姐对他人的感受没有兴趣。"好，"她满意地说，"那你该知道怎么做。"

"怎么做？"他停下手中的活儿，一脚踏在了铲子上。

"在床上，"她平静地说，"我要你跟我上床。"

他惊呆了，脑海里出现了一幅可笑的画面，只见那优雅的吉尼瓦小姐展开着四肢躺在满载大粪的板车上，层层裙边翻起来盖在她的脸上。

他丢下了铲子。"在这儿？"他声音沙哑地问道。

"不，傻瓜，"她不耐烦地回答，"在床上，一张像样的床上。在我的卧室里。"

"您是失去理智了吧，我说，"詹米冷冷地说，先前的震惊稍稍消退了一点儿，"如果您还有过理智的话。"

她的脸上升起了怒火，眯起眼睛说："你怎么敢这么对我说话！"

"你怎么敢这么对我说话？"詹米激烈地回答，"一个有教养的年轻姑娘会对一个年龄比她大一倍的男人做出如此不雅的提议？何况这个男人还是她父亲的马夫？"意识到自己的身份，他补充了一句。他觉得还有好多话想说，但还是生生地咽了回去，因为他记起眼前这个可怕的姑娘确实是邓赛尼小姐，而他自己确实是她父亲的马夫。

"对不起，小姐，"他说，费劲地整了整自己的领口，"今天的太阳确实厉害，肯定是把您热得神志不清了。我想您应该回屋里去了，让女佣放些冷毛巾在您头上。"

邓赛尼小姐蹬着她穿着摩洛哥皮靴的双脚："我的神志一丁点儿都没有不清醒！"

她抬起下巴，怒视着他。那小巧的下巴尖尖地扬着，牙齿也一样细小而尖锐，此刻脸上的那副决绝的表情让他觉得她非常像一头嗜血的雌狐，而其实她根本就是。

"听着，"她说，"我没办法阻止这可恶的婚事，不过我——"她犹豫了一下又坚决地往下说，"见鬼，我可不愿意把我的贞操拱手交给一个像埃尔斯米尔那样恶心又堕落的老魔鬼！"

詹米用手揉了揉嘴，不由自主地对她心生起怜悯。但是，见鬼，他可不愿意把自己卷进这个女疯子的麻烦事儿。

"我非常明白您有您的尊严，小姐，"最后他说道，带着强烈的嘲讽，"但我真的不能——"

"哦，你能的，"她的目光直率地移到了他脏兮兮的马裤门襟，"贝蒂说的。"

他浑然不知说什么是好，先是语无伦次地嘀咕了一阵，最后深吸了一口气，鼓足气力严正地说道："贝蒂丝毫没有依据对我的能力做出任何定论。我从未碰过那个姑娘！"

吉尼瓦开心地笑了："那你没有跟她上过床？她说你不肯，但我以为她多半儿是想逃避处罚。那很好，我可不要跟我的女佣同享一个男人。"

他发出沉重的呼吸声。不幸的是，他不可能用铲子去砸她的脑袋，也不可能掐死她。慢慢地，他把自己的怒火平息下来。尽管她那么蛮横无理，但本质上她是个无力的女孩儿，强迫他上床是绝不可能的。

"祝您日安，小姐。"他极力保持恭敬，背转身开始把肥料铲进倒空了的辊犁。

"如果你不愿意，"她用甜甜的嗓音说，"我就告诉父亲说你对我不轨。他会让人打得你后背皮开肉绽。"

他的肩膀不自觉地弓了起来。她不可能知道。他自打来了这儿，始终小心着不在人前脱下衬衣。

他警惕地慢慢转过身，往下瞪着她，她的眼里闪着胜利的光芒。

"您父亲可能不太了解我，"他说，"但他从你一生下来就一直很了解你。去告诉他啊，见你的鬼去吧！"

她像只愤怒的斗鸡抖起了一头的羽毛，满脸是通红的火气。"是吗？"她喊道，"好啊，来看看这个，见你的鬼去吧！"她从马装的胸口掏出了一封厚厚的书信，在他鼻子底下挥舞着。詹妮刚直的黑色笔迹是如此熟悉，只消一眼他就足以确定。

"把它给我！"他霎时跳下板车朝她冲去，但她的动作太快了，没等他抓住就已经跨上马鞍，一手握紧缰绳向后退去，一手舞动着信封，调笑不已。

"想要，是吗？"

"是的，我要！给我！"他怒气冲冲，此时他会轻易地使出暴力，只要她落在他手里。遗憾的是，那匹枣红马可以感应到他的情绪，哼哼着连连后退，马蹄不安地蹬踏着地面。

"我可不觉得应该给你，"她愤怒的红晕开始从脸上褪下，朝着他飞着媚眼，"毕竟，我有责任把它交给父亲，不是吗？有下人在偷偷摸摸地传递密信，他一定得知道，不是吗？詹妮是你的小情人？"

"你读了我的信？你这肮脏的小婊子！"

"听听这词儿用的，"她责备地摆了摆手里的信封，"我有责任帮助我的父母，让他们知道下人们在干着哪些可怕的勾当，不是吗？而我是个多么尽责而顺从的女儿啊，一声不吭地就从了这桩婚事，不是吗？"她俯身靠着她的前鞍，嘲讽地微笑着。又一股怒气直冲上来，他发现对方正深深地沉浸在快意之中。

"我想爹爹读了这信会很有兴趣的，"她说，"尤其是关于把金子送到法国交给洛奇尔①的片段。安抚国王的敌人，这是不是仍旧该算作叛国罪啊？啧啧。"她调皮地咂着舌头说，"多么险恶的用心。"

极度的恐怖让他觉得自己随时可能恶心地作呕。她那精心修护的白皙的手里握着多少条人命，她可有丝毫的概念？姐姐、伊恩和六个孩子，加上拉里堡所有的佃农和他们的每家大小——也许还有那些在苏格兰和法国之间代为传送消息与资金的人，是他们维系着流亡在外的詹姆斯党人朝不保夕地生活。

他咽下口水，然后在开口之前又咽了一次。

"好吧。"他答应了。她的脸上一下子绽放出自然得多的笑容，这让

———
① 苏格兰高地氏族卡梅隆的首领。

他发现她其实有多么年轻。哎，不过是一条小蝰蛇，歹毒可并不亚于老蛇啊。

"我不会告诉别人的，"她恳切地保证道，"事后我会把信还给你，而且永远不会说出信中的内容。我发誓。"

"谢谢你。"他试图冷静下来，需要订一个合情合理的计划。合情合理？闯入主人的宅邸，夺走他女儿的贞操——并且还是应她之邀？他从未听说过任何比这个更不合情理的计划了。

"好吧，"他又说了一遍，"我们得多加小心。"他感到自己同她一样变成了一个阴谋家，心中充满了黯淡的憎恶。

"是的。别担心，我会安排把我的女佣支走，还会准备好男仆喝的酒，他总是不到十点就睡着了。"

"那你去安排，"说着，他觉得肚子里有什么东西变了味儿，"不过，记得选一个安全的日子。"

"安全的日子？"她一脸空白。

"你的周期结束后的那个礼拜，挑一天，"他直言不讳地回答，"那样你会不那么容易有孩子。"

"哦。"听到这个她的脸红了，继而却又用一种全新的兴趣打量起他来。

他们沉默地对视了许久，未来的前景把两人突然连在了一起。

"我会给你消息。"最后她这么说，一边掉转马头，穿过农田驰骋而去，马蹄下飞溅起刚刚铺就的粪土。

他匍匐在一行落叶松的底下，口中无声而又滔滔不绝地咒骂着。天上没有几分月色，这倒是件好事。一鼓作气地穿过一片六码宽的宽敞草坪后，他又陷进了花床里及膝的漏斗花和车前草之中。

他仰望着房子的侧面，巨大的体量阴暗而森严地压迫着他。是的，如她所说，窗口点着一根蜡烛。但他依然小心地点了点窗户的数目，好确认清楚。假如他选错了房间，求老天保佑！假如他选对了房间，他还得求老天保佑。他一边阴郁地想着，一边紧紧地抓住了覆盖着房子侧面的那片灰色的巨型藤蔓的枝干。

那叶子发出飓风般的沙沙声，那枝条尽管很粗实，却仍旧在他的体重下令人担忧地弯到嘎吱作响。没有别的办法，只能尽快往上爬，并且随时准备着，一旦任何窗户突然开启，便马上转身跳进夜空。

他喘息着爬到那小小的阳台上，一颗心狂跳不已，浑身浸透了汗水，虽然夜风很凉。在那春天微弱的星光之下，他独自停歇了片刻，稍作喘息。借此机会他再次诅咒了吉尼瓦·邓赛尼，然后推开了门。

她等在那儿，显然是听见了他从常春藤间爬上来的声音。坐在躺椅上的她站起身朝他走来，扬起下巴，一头栗色的长发披散在肩上。

她身穿的白色睡袍轻薄而透明，脖子上系着丝质的蝴蝶结。这不像是一个端庄的年轻小姐的睡衣，他惊恐地意识到，那正是她新婚之夜的装束。

"你倒真的来了。"他听出了她话里胜利的喜悦，也掺杂着一丝隐隐的颤抖。难道她并不那么确信他会出现？

"我别无选择。"他简短地回答，转过身把玻璃窗关上。

"你要点儿葡萄酒吗？"她努力显得亲切有礼，朝摆放着酒瓶和两个玻璃杯的桌子走去。她是从哪儿搞到这些的？他很惊愕。不过此情此景下，随便来一杯什么都不会有错。他点点头，从她手中接过了满满的酒杯。

他一边抿着酒一边偷偷地看了看她。那睡衣根本掩盖不了什么，当他的心跳从爬墙的恐慌里慢慢恢复了正常，他发现自己最大的担忧——对自己在这场交易中能否完成所担负的任务的担忧——已经解除，不需要任何刻意的努力。她身材纤瘦，髋骨窄窄的，胸脯小小的，然而却毫无疑问地是个女人。

他一饮而尽，放下了酒杯。没必要多做拖延，他心想。

"信呢？"他生硬地问。

"结束了再给你。"她答道，一边闭紧了嘴唇。

"现在就给，不然我这就离开。"他转向窗口，似乎真要执行他的威胁。

"等等！"

他转过头，眼里露出掩盖不住的焦躁。

"你不相信我吗？"她试图显出迷人的魅力。

"是的。"他回答得很直接。

她听了面露怒色，生气地努了努下嘴唇，可他只是侧着头冷冷地看着她，仍旧面对着窗户。

"哦，那好吧。"她耸耸肩妥协了，从缝纫盒里层层叠叠的绣花布之下摸索出那封信，扔向他身旁的洗脸台。

他一把夺了过来，打开信纸好确认一切无误。心中顿时涌上一股掺杂着解脱的愤恨，看着被撕开的封印和信纸上詹妮那熟悉的字迹，整洁而有力。

"好了？"吉尼瓦的声音打断了他的阅读，颇有些不耐烦，"把那个放下，到这儿来，詹米，我可准备好了。"她坐在床上，双臂环抱着膝盖。

他一下子抽紧了，蓝眼睛越过信纸冷冷地看着她。

"别用那个名字对我说话。"他说。她尖尖的下巴抬得更高了一点，扬起了修得细细的眉毛。

"为什么不行？那是你的名字呀，你姐姐就那么叫你的。"

他犹豫了一下，然后严肃地放下信纸，低下头看了看自己的裤腰带。

"我会好好地为你服务，"他说，手指已经开始解开裤腰带，"以我作为一个男人的荣耀为名，同样也为了你作为一个女人的尊严。但是——"他抬起头用那眯成了窄缝的蓝眼睛注视着她，"你利用对我家人的威胁迫使我与你同床，我不能允许你使用我家人唤我的名字。"他一动不动地盯着她的双眼，直到她轻轻地点了点头，垂下眼睛看着床上的被子。

她用手指描摹着被子上的花纹。

"那我该叫你什么呢？"最后她小声问，"我可不能再叫你麦肯锡了！"

他瞧着她，微微翘起了嘴角。她显得十分瘦小，抱膝蜷缩在那里，低垂着脑袋。他叹了口气。

"那就叫我亚历克斯吧，那也是我自己的名字。"

她无声地点点头，长发在脸庞周围像翅膀一样披散下来，但他看到那双眼睛偷偷瞥向自己时那一闪而过的光芒。

"没问题，"他粗声粗气地说，"你可以看着我。"他把松开的马裤褪到地上，一并脱下了长袜，抖了抖裤子和袜子，整齐地叠好放在一张椅子上，随后开始解开衬衣。觉察到她仍旧颇为羞涩，但此时那注视着他的目光已经非常直接。他脱下衬衣前转身面对了她，出于某种体谅，他不想让自己的后背一下子就把她给吓着了。

"哦！"她的惊呼很小声，但他听见后便停了下来。

"怎么了？"他问。

"哦，没有……我是说，我只是没想到……"她的头发又垂了下来，但他及时瞧见了她脸上泛起的红晕。

"你没见过男人不穿衣服？"他试探地问，她摇了摇那闪亮的栗色脑袋。

"不是，"她不太确定地回答，"我见过，只是……那东西可没有……"

"啊，它平时确实不会这样，"他就事论事地说，一边挨着她坐到床上，"但如果需要做爱的话，它还非得这样不可。"

"我明白了。"她仍旧有点儿怀疑，他努力地露出微笑，表示安慰。

"别担心，它不会再变大了，你要想摸一下，它也不会做出什么奇怪的事情来。"至少他希望不会。赤身裸体地与这么一个半遮半掩的女孩同坐在如此近的距离之内，他的自制力岌岌可危。那被压抑多年的、此刻正生生地背叛着他的肉体，丝毫不在意眼前的女人是个自私自利、爱敲诈勒索的小婊子。她谢绝了他的提议，不过那也未尝不是件幸事。
她朝背后的墙壁又缩回去了一点儿，但依然注视着他。他犹豫不决地摩
擦着自己的下巴。

"你知道多少……我是说，你到底知不知道怎么做？"

她的目光清澈而坦率，脸颊却烧得通红："嗯，就像马儿一样，
我想？"

他听了点点头，而心头却一阵酸楚地回想起了自己的新婚之夜，当
时，他也同样地以为一切就像马儿一样。

"差不多吧，"他清了清嗓子回答说，"只不过慢一点，也温和一点。"
见她担忧的样子，他连忙补充道。

"哦，那好。奶妈和女佣以前总会讲些故事,关于……男人,还有,呃,
结婚那些……听着都怪吓人的。"她用力地咽下口水，"会，会很疼吗？"
她一下子抬起头注视着他的眼睛。

"我不在乎疼，"她勇敢地说，"只是想知道会发生什么。"他发觉自
己对这姑娘产生了一丝意想不到的喜爱。她也许任性、自私又鲁莽，但
她至少很有性格。勇气，在詹米看来，远非微不足道的美德。

"我想不会，"他说，"如果我花点儿时间为你做好准备（如果他有
能力去花这点儿时间的话，他在心里补充道），我觉得应该不会比掐你
一下来得更糟。"他伸手在她的上臂拧了一把，她跳起来揉了揉痛处，
却露出了微笑。

"那个我可以忍受。"

"也就是第一次会那样，"他向她保证，"下一次就会好些了。"

她点点头，犹豫了片刻，侧着身慢慢地靠近了他，试探地伸出了一
根手指。

"我可以碰你吗？"这次他真的笑出声来,虽然立刻把笑声吞了回去。

"我想您还真得这么做，小姐，如果我要完成您交给我的任务。"

她的手从他胳膊上缓缓地往下移动，非常轻柔地触摸着他的肌肤，

把他痒得颤抖起来。渐渐地增添了信心，她的手开始环绕他的前臂，感觉着它的围度。"你的个子……好大。"

他笑了，但没有动，只是任由她慢慢地探索着他的身体。当她划过他一侧的大腿进而摸索到臀部的曲线，他感到自己腹部的肌肉抽紧了。她的手指靠近他左腿自上而下纠缠着的伤疤时，突然停了下来。

"没关系，"他安慰道，"那儿已经不疼了。"她没有回答，只是伸出两根手指缓缓地抚弄着那伤疤，没有用任何力气。

她探究的双手变得大胆起来，滑过他宽阔的肩膀上饱满的曲线，正游移到他的背后——却戛然而止。他闭上双眼等待着，床垫上的重量在转移，他感觉出姑娘挪到他的身后，哑口无言。过了一会儿，她颤抖着叹了一口气，双手又一次触摸到他，轻放到那残破不堪的背上。

"我说要鞭打你的时候，你居然没有害怕？"她的嗓音嘶哑得诡异，但他仍旧闭着眼睛静静地坐着。

"没有，"他说，"已经没有什么值得我害怕的了。"但事实上，他正在开始害怕，怕自己会无法克制住对她的欲望，怕自己到时候无法给她应有的温柔。强烈的需要令他的蛋蛋好疼，他感觉到太阳穴上扑腾着的脉动。

她下了床站到他跟前，他也倏地站起来，把她吓得退后了一步，他伸出双手扶在她的肩上。

"我可以碰你了吗，小姐？"他的问话带着调笑，但他的双手非常认真。她呼吸急促得难以开口，只是点了点头，于是他张开双臂将她环抱了起来。

他把她拥在怀中，一动不动，直到她的呼吸平稳下来。他意识到自己胸中异乎寻常地混杂着许多种感受。这一生他还从未不带任何爱意地把一个女人拥在怀中，然而此番际遇却不含丝毫爱的成分，而且，为她自身起见也不应当有。他呵护着她的年轻，怜悯着她的境遇，同时又愤恨着她对自己的无情操纵，恐惧着自身即将犯下的滔天罪行。但总的来说，他感受到的是一种可怕的欲念，一种紧紧地抓着他命脉的需要，使他即便能够承认这种力量，却仍为自己身为男人而感到羞耻。他一边恨着自己，一边低头用双手捧起她的脸庞。

他的嘴唇很轻柔，短短的一触，继之以长长的一吻。她感到那解开她领口丝带的双手把她的睡衣从肩头褪下，她偎着他的身子开始颤抖。他抱起她轻放在床上。

他在她身边躺下，一个胳膊揽着她，一手抚摸着她的乳房，从一边到另一边，逐个将它们捧起，让她能同他自己一样感觉到它们的重量和温度。

"一个男人应该向你的身体致敬，"他柔声说，一边轻绕着小圈让她的乳头不禁挺立起来，"因为你很美，而这是你的权利。"

她轻轻地喘出气来，让他的抚摸舒展开自己的身体。他不急不忙，尽可能慢地摩挲着，亲吻着，触摸着她的周身。他并不喜欢这个女孩，不想待在这儿，不想这么做，然而——他确实有三年多没有碰过女人了。

他试图估摸着她何时会准备就绪，可是，见鬼，他又怎么知道？满面红晕的她正连连喘着气，可她只是那么躺着，像一尊供人观赏的瓷器。诅咒这姑娘！她就不能给点儿暗示？

每一次心跳都激起一股混淆的情感涌动在他体内，他伸出一只颤抖的手抓着脑袋，努力压制住自己。他感到愤怒、恐惧和强烈的兴奋，此刻这些情感多半对他都毫无帮助。他闭上双眼深吸了一口气，争取平静下来，想找到温柔的可能。

从未碰过男人的她，当然没法儿给什么暗示。既已强迫他来到这里，她便是给予了他一种信任，一种可恶的、未经要求且不合情理的信任。就这样，她把这场关系完全扔给他一人操控了。

他继续抚摸着姑娘，手指轻柔地在她大腿之间游走。她没有为他敞开双腿，但也没有抗拒。她那里已有几分湿润。也许，是时候了？

"好吧，"他小声对她说，"别动，亲爱的。"他希望自己夹杂着盖尔语的悄悄话能给她安抚，一边把自己的体重移到她的身上，用膝盖分开了她的双腿。当他的身体压住她的一瞬间，当他的阳具接触到她的肌肤，他可以感觉到身下一记轻微的惊跳，他的双手随即穿过她的长发把她稳住，继续喃喃地说着温存的盖尔语。

他隐约庆幸自己说的是盖尔语，因为他已根本无法再去留意自己说了些什么。她那硬硬的小乳房顶着他的胸膛。

"我的姑娘。"他低语道。

"等等，"吉尼瓦说，"我说，是不是……"

他艰难地控制住自己，这让他头晕目眩，但他努力地放慢速度，只是分分寸寸地挺进着。

"呜！"吉尼瓦叫出声来，睁大了双眼。

"呃。"他说，又推进了一丁点儿。

"停！那个太大了！快拿走！"惊恐的吉尼瓦在他身下剧烈地扭动起身体，摇晃的胸脯摩擦着他，这突如其来的鲜明感触搞得他自己的乳头也跃立起来。

她的挣扎强行地达到了他试图凭借温柔却很难达到的效果。茫然失措的他奋力地阻止着她逃离，一边疯狂地搜肠刮肚，却难以找到只言片语来稳住她。

"可是——"他说。

"停下！"

"我——"

"快拿走！"她尖叫起来。

他一手啪的一声捂住了她的嘴，一边说出了他唯一能想到的连贯的句子。

"不行！"他语气坚决，并一推到底。

"咿！"显然是一声憋在他手掌里的惊叫，从指缝间传了出来。吉尼瓦的眼睛睁得又大又圆，却没有泪水。

一不做，二不休。这句话荒唐地在他脑袋里晃荡，其结果是一阵阵不可理喻的焦虑和不时穿插其间的可怕的急迫感。此时他有能力做到的只有一件事，他便也只有这么做了，让自己的身体无情地篡夺了所有的控制权，进入了那势不可当的节奏，那异教徒的快感的节奏。

不消几下子冲刺，一股浪潮就涌上前来吞没了他，顺着他的脊柱翻腾而下，有如扑打礁石的波涛一般喷发四溅，将他残余的意识里仅存着的一丝一缕清醒思维都一扫而尽。

片刻之后他侧身醒来，耳际响着自己缓慢而强烈的心跳。睁开一只眼睛，他看见那灯火照耀下的粉红色肌肤闪着微光。他得问问自己有没有把她伤得太厉害，可是上帝啊，再等一分钟吧。他再次闭上眼睛，只是静静地呼吸着。

"你……你在想什么？"她的声音有点儿犹豫，轻轻地震颤着，却不失平静。

他自己也同样处于一种震颤的状态，所以不但没有意识到这个问题有多荒唐，还颇为诚实地做了回答。

"我在想，看在上帝的分上，男人究竟干吗要跟处女睡觉？"

很长的一阵沉默之后，她轻颤着吸了一口气。

"对不起，"她的声音小得可怜，"我不晓得会把你也给弄疼了。"

他诧异地瞪大了眼睛，用手肘撑起身子，发现她看着自己的样子像只受惊的小鹿，脸色苍白地舔着干燥的嘴唇。

"弄疼我？"他惊讶而困惑地问，"哪里有弄疼我？"

"可是——"她皱着眉头，目光顺着他的身体慢慢地下行，"我以为肯定弄疼你了，你的表情可怕极了，好像疼得很呢，而且你……你还哼哼得像个——"

"哎，那个，"他赶忙打断，生怕她继而会披露自己更多不光彩的表现，"我不是说……我是说……只不过男人就是那样的，做那个的时候。"他傻傻地总结道。

她渐渐地从震惊变为好奇："所有的男人都那样吗……做那个的时候？"

"我怎么会知——"他先是很厌烦，而随即意识到自己的确知道问题的答案，打了个冷战停顿下来。

"哎，是的，"他简短地回答她，一边撑着坐了起来，一边把头发从额头捋到脑后，"男人都是恶心又可怕的野兽，你的奶妈说得没错儿。我有没有把你弄得疼得厉害？"

"我想没有，"她不太确定地说，同时尝试着动了一下自己的双腿，"刚才是有点儿疼，不过就一会儿，跟你说的一样，现在就不怎么疼了。"

他长舒了一口气，姑娘虽然流了血，但那毛巾上的血迹还淡，看来她没有疼得很厉害。她试探着摸了摸自己的大腿内侧，露出了一脸嫌恶。

"嗯！"她说，"好脏好黏啊！"

愤怒和尴尬同时涌上了他的脸颊。

"来。"他咕哝着从洗脸台上拿来一条手巾，可她没有伸手去接，只是张开了两腿微微地抬高了背脊，分明是指望他来收拾残局。他突然非常想把那破布塞进她的喉咙了事，但一瞥台上的书信便抑制住了这个欲望。这毕竟是一场交易，而对方信守了她的承诺。

他沉下脸来，浸湿了手巾开始为她擦拭干净，看着眼前的姑娘如此信赖地把自身交予其手中，一种异样的感动油然而生。他颇为温柔地服侍完毕，临了，不由自主地在她光滑的肚子上印了一个轻吻。

"好了。"

"谢谢。"她说着，小心地挪了挪臀部，伸出一只手够到他身上。他没有动，由着她的手指顺着自己的胸膛滑下来，拨弄着肚脐周围深陷的印痕。那轻浅的触摸犹疑着向下走去。

"你说……下一次会好一些的。"她耳语道。

他闭上眼做了一个深呼吸。离天亮还有很长时间。

"我想是的。"说完他又一次爬到了她的身边。

"詹——呃，亚历克斯？"

他仿佛觉得自己被下了迷药，连答应一声都很费劲："是的，小姐？"

她把双臂环绕过他的脖子，脑袋枕到他肩膀的弧线里，温暖的气息轻拂着他的胸口。

"我爱你，亚历克斯。"

费了一番功夫，他唤醒了自己，把她从身上移开。扶住她的双肩，他俯身注视着那双如雌鹿一般柔和的灰色眼眸。

"不，"他不失温柔地摇头说道，"这是第三条规则。你只可以有一个晚上。你不可以叫我的本名。你也不可以爱我。"

那双灰色的眼睛湿润了："可如果我忍不住怎么办？"

"你现在感觉到的不是爱。"为了他自己，也为了她，詹米希望自己说的是对的，"这只是我在你身体里激起的一种感觉。它很强烈，也很美好，但它并不是爱。"

"那有什么区别？"

他用双手狠狠地揉了揉自己的脸。一个未来的哲学家，他笑着心想。回答之前他又做了一个深呼吸。

"你看，爱是仅仅对一个人的、独一无二的感情。你对我的这种感觉——在任何男人面前都可能产生，不止我一人。"

独一无二。他的脑海中冒出了克莱尔的影子，他坚决地推开了那个念头，疲惫地俯下身继续手头的工作。

他重重地跌落在花床的泥土里，没有理会那几株被压毁的小嫩苗。他在瑟瑟发抖。黎明前的此刻不仅是最黑暗的，也是最寒冷的时分。被迫从一个温暖而又柔软的小窝里起身钻进冰冷的黑暗，他的身体在强烈地表示抗议，抵挡着寒风的只有身上薄薄的衬衣和马裤。

他记得自己临走时弯腰亲吻的脸颊，那温热而红润的光滑脸颊。她的轮廓还逗留在他的掌心，余温缭绕，他在回忆中弯起了指尖，即便此刻他正在漆黑中紧抓着马厩院子里那比黑夜更黑的石墙。虽然已经精疲力竭，但他宁可吃力地翻过围墙，也不想冒险让那嘎吱作响的大门吵醒了休斯——这儿的马夫总管。

他摸索着穿过了拥挤的内院，院里满是货车和捆好了的包裹，为吉尼瓦小姐前往新主人家的行程都已准备就绪，出发的时间就定在下周四的婚礼之后。最后，他推开马厩门板，摸上了阁楼，躺倒在冰冷的草垫上，拉起单薄的毛毯盖在身上，内心顿觉空无一物。

CHAPTER 15

不幸的意外

黑尔沃特，1758 年 1 月

　　消息传到黑尔沃特的时候，灰暗的天空风雨大作，倒是颇为应景。下午的练马因为大雨被取消了，此时马儿正偎依在底下的马厩里，那咀嚼声和呼气声平和而舒心，阁楼上，詹米·弗雷泽斜躺在那铺满干草的小窝里，胸前支着一本打开的书。

　　那是他从庄园的管家格里夫斯先生那儿借来的几本书之一，尽管屋檐下的猫头鹰洞里透不过多少光线，他还是深深地被书本吸引了。

　　我用嘴唇挡住了他的去路，那样他便无法不吻我。我用那嘴唇吸引着他，煽动着他，鼓舞着他。这时候，我的目光投射到他衣服上的那个部分，遮蔽着他快乐的本质，我清楚地发现了其中的膨胀与骚动。此时我自身的进程已无法轻易停止，到了真正难以自制的地步，亦无心等待他处男的羞涩继续缓慢前行，我的手便偷偷伸向他的大腿，顺着一侧滑向那个地方，在那儿我可以同时看见并且触摸到那个坚实的存在，包裹在他的马裤之中，任我的手指永无止境地去探索。①

----

① 出自约翰·克莱兰德所著的《芬妮·希尔回忆录》。

"哦，是吗？"詹米狐疑地自语道。他抬着眉毛在草堆上调整了自己的姿势。他以前也知道这类书的存在，但——因为拉里堡的读物全由詹妮掌管——从未亲眼见过。此类书对精神参与的要求相比笛福和菲尔丁两位先生的作品来说有那么点儿区别，不过他对多样性并无避嫌。

它惊人的尺寸令我再次畏缩了一下，然而我无法不充满快意地去注视它，去尝试着触摸它，那如此之长、如此之宽的象牙色的鲜活生命！它的角度与体形是多么完美，那骄傲的竖挺扩张着它的皮肤，那光洁的表面和天鹅绒般的柔软足以与我等女性最娇嫩的肌肤匹敌，而那细腻的白净色泽丝毫不因其根部生出的一丛黑色鬈发而打上折扣。它那略带蓝色的头部宽宽地昂起，与那蜿蜒在四周的蓝色血管一同构成了大自然最为触目的形与色。简言之，此物竖立着多少的惊恐与喜悦！

詹米瞥了一眼自己的胯下，轻轻地哼了一声，便翻到下页，外面雷电的轰鸣也顶多吸引了他片刻的注意。他全神贯注地读着，全然没有听见底下传来的声响，大雨沉重地打在他头顶上方几尺远的木板上，淹没了楼下的喊叫。

"麦肯锡！"那一遍遍的洪亮的吼声终于穿透了他的意识，他匆匆翻身站起，连忙拉直衣衫，爬下了梯子。

"哦，你在啊。"休斯闭上嘴，有点儿畏缩地向他招了招那粗糙的手。潮湿的日子里休斯的风湿病犯得厉害，大风暴雨的几天他只能躲在马厩储物室隔壁的小间里，蜷缩在床上，靠一壶粗制蒸馏酒为伴度日。阁楼上能够闻到酒味，詹米爬下梯子时那气味越来越浓烈。

"让你准备马车呢，要载邓赛尼勋爵和伊莎贝尔小姐去埃尔斯米尔。"休斯没等他在马厩的石板地上站稳脚跟就急着对他说道。老头儿令人担忧地摇晃着身体，轻轻地自顾自打着嗝儿。

"这会儿？你疯了吗，老兄？要不就是喝多了？"他瞥了一眼休斯背后打开着的半截门扇，雨水顺着往下直淌。正看着的当口儿，远处的天空爆出了耀眼的闪电，霎时间把群山映射成一幅鲜明的浮雕。而眨眼间一切又消失得跟出现一样突然，只留下那残影印在了他的眼底。他摇摇头甩掉了那幅画面，看见车夫杰弗里斯穿过院子走了过来，他低头顶着风雨，斗篷紧紧地裹在身上。看来，这可不是休斯喝醉了酒的幻想。

"杰弗里斯他需要个人帮他赶马！"休斯不得不靠近了大声喊着，才没被风雨淹没了声音。离得这么近，粗制的烈酒味儿闻着很呛人。

"哦，可这是为啥？邓赛尼勋爵干吗要——啊，算了吧！"马夫总管红着眼圈，目光呆滞，显然也问不出什么合情合理的解释。詹米厌烦地推开了他，一步两级地爬上了梯子。

他迅速地穿上了自己的旧斗篷，又很快把刚刚在读的书塞到干草底下——因为马厩的小伙子们从不讲究尊重别人的财产。不一会儿，他准备好后爬下了楼，走进了呼啸的风雨之中。

一路上折腾得够呛。大风穿过关隘发出刺耳的声音，笨重的马车被鞭打得摇摇欲坠。他高高地坐在杰弗里斯身边，倾盆大雨之下那斗篷几乎无力为他挡风遮雨，特别是他还不得不隔三岔五地跳下马车，用肩膀顶起车轮，从紧抓不放的泥坑里释放出那可怜巴巴的车子。

尽管如此，一路上种种具体的不便都几乎没有引起他的注意，因为他的心神完全专注于揣摩此行的起因。不可能有很多急事能迫使邓赛尼勋爵这样的老人在如此的天气下连夜起程，何况赶往埃尔斯米尔的路途还这么坑坑洼洼，车辙纵横。埃尔斯米尔有消息传来，而这个消息只可能与吉尼瓦小姐或她的孩子有关。

仆人们之间传言说吉尼瓦小姐的孩子会在一月里出生，他刚一得知便立马倒数了日子，再次诅咒了吉尼瓦·邓赛尼的同时，也草草地祈愿她能够平安生产。打那以后，他竭尽所能地不去想这件事儿。与她同床仅仅是婚礼前的第三天，他也无从确定。

此前一周，邓赛尼夫人已赶往埃尔斯米尔陪伴女儿。之后，她每日必会传信回黑尔沃特，索取十来件她忘了带去并必须立即送达的物品，截至今日，每次信报都是"尚无讯息"，然而今日的信报显然已有内容，而其内容必定不妙。

他刚刚又一次从泥坑里结束战斗，正要走回马车前，只见伊莎贝尔小姐的脸从透明的云母窗片背后向外探望着。

"哦，麦肯锡！"她满脸是恐惧和痛苦，"请问，还有多远？"

道路两边的水沟里汩汩的急流在耳畔震响，他靠近了对她喊道："杰弗里斯说还有四英里路，小姐！两个小时吧。"只要过阿什内斯拱桥的时候这背水一战的该死的马车不把一车倒霉的乘客翻入沃坦德拉斯湖就好，他默默地对自己补充道。

伊莎贝尔一边点头表示感谢，一边把窗户关好，而他适时地瞥见了女孩一脸掺杂着雨水的眼泪。缠绕着内心的焦虑顿时蛇行而下，在他腹中蜷曲翻滚。

马车最终驶进埃尔斯米尔庄园的庭院里时，已经过了将近三个小时。邓赛尼勋爵毫不迟疑地跳下了车，几乎来不及停下为小女儿伸出臂膀，便匆匆地进了屋。

又花了近一个小时，他和杰弗里斯才卸下马具，为马匹擦拭干净，洗去车轮上厚厚的泥土，并将一切完好就位于埃尔斯米尔的马厩之中。被寒冷、疲劳和饥饿折磨得麻木不堪，他们来到厨房寻求庇护和聊以果腹的食物。

"可怜的家伙们，你们都冻得发紫了！"厨娘感叹道，"到这边坐下，我这就给你们弄点热乎的。"她是个脸颊狭长、骨架消瘦的女人，身材与厨艺很不相符。没几分钟，他们面前就摆上了巨大而喷香的煎蛋卷，佐以丰盛的面包、牛油和一小罐果酱。

"好啊，太好了！"杰弗里斯感激地望着美食评论道，"不过要是能就着点儿啥可以喝的，那可就更好啦！我瞅着你像是个好心人，亲爱的，可怜可怜这两个快冻死的家伙吧？"

兴许是那爱尔兰口音的央求，要不就是他们身上一边滴着水一边冒着热气的衣裳，反正那话挺管用，一瓶烹饪用的白兰地立刻上桌，摆在了胡椒磨边上。杰弗里斯不假思索地斟满了酒，一口气喝完了，咂了咂嘴。

"啊，这才美呢！来，兄弟。"他把酒瓶递给詹米，便舒舒服服地开始享用热腾腾的晚餐和女佣们的长短闲话，"对了，这儿有啥新鲜的？娃儿生了没？"

"哦，生了，就在昨晚！"厨房女佣积极地回答说，"我们一整晚没睡，医生一来就不停地要干净的床单和毛巾，这屋子都快被翻得底儿朝天了。不过娃儿才不是最大的麻烦事儿呢！"

"好了，"厨娘打断了她，皱着眉责骂道，"有那么多活儿要干，还站在那儿嚼舌头！玛丽·安，上书房看看爵爷还需要点儿什么。"

詹米一边用一片面包抹着盘子，一边观察着那个女佣，她在责骂声中毫无愧意地欣然离去，这令他推测到，那书房里多半正发生着什么相当有趣的事情。

就这样，厨娘成功地获得了听众们的全部注意力，一番象征性的推托之后，她还是被说服了，同意把传言透露给大家。

"好吧，事情是几个月前开始的，那时吉尼瓦夫人才刚刚显肚子，可怜的人儿。打从他们成婚起，爵爷对她就比馅饼儿还甜，乐意没完没了地为她服务，从伦敦订了所有她想要的东西，不停地问她够不够暖和，有没有啥想吃的——可宠她了，爵爷。不过后来，他便发现夫人有了孩子！"厨娘停顿了一下，意味深长地皱起了她的脸。

詹米迫切地想知道关于孩子的一切，是男孩女孩，情况可好。但这个女人催不来，他只能控制住自己的表情，极力显出兴趣，鼓励地朝前探着身子。

"哎呀，那些喊叫啊，愚蠢的打闹啊！"厨娘说着，沮丧地把双手抛向空中比画起来，"他在那儿吼，她在那儿哭，两人还又是蹬脚又是摔门的，爵爷朝夫人骂的那些个话呀，放在牲口院里都不堪入耳——我这么跟玛丽·安说来着，她告诉我……"

"就是说爵爷他不乐意有孩子？"詹米打断了她。煎蛋卷变成了个硬块儿哽在他胸口的什么地方。他又喝下一大口白兰地，希望能把它给冲下去。

厨娘明亮的目光像鸟眼一般转向他，挑起眉毛欣赏着他的智慧。"啊，你觉着他一定会乐意的，对吧？可是，才不呢！正相反。"她强调着补充说。

"为啥不？"杰弗里斯问，兴趣不大的样子。

"他讲，"厨娘忌惮地压低嗓音，说出了那毁谤性的消息，"因为那孩子不是他的！"

杰弗里斯哼了一声，声调里充满了轻蔑的调侃，他的第二杯快喝完了。"老山羊跟个年轻妞儿？我猜那多半没错，可爵爷他到底怎么能肯定是谁的种？可能是别人的，也可能是他自个儿的呀，只好随夫人说了，啊？"

厨娘那薄薄的嘴唇咧开了一个灿烂的、不怀好意的微笑："哦，我可没说他知道那个种是谁的——不过，有一个可能准保能让他肯定那不是他自个儿的，对吧？"

杰弗里斯瞪着厨娘，靠到身后的椅背上。"什么？"他说，"你是讲爵爷他，不举？"揣摩着这个刺激的念头，他那张饱经风霜的脸上绽开了个大大的笑容。詹米感到煎蛋卷开始涌上喉咙，立刻又灌下好多白兰地。

"不过，我肯定是没法儿说啦。"厨娘一本正经地抿了抿嘴，接着又张口补充说，"不过从婚床上换下床单的那个女佣确实说了，那床单可真的是一干二净啊，就像才换上的一样！"

这已经超过了他的忍耐限度。詹米砰的一声放下酒杯，打断杰弗里斯高兴的笑声，直白地问道："孩子活下来了吗？"

厨娘和杰弗里斯同时投来惊异的目光，不过怔了一会儿之后厨娘点了点头。

"哦，没错儿。还是个很健康的小男娃儿呢，反正我听说是。我还以为你们都晓得了呢。不过他娘死了。"

那直言不讳的话音一落，整个厨房沉寂了。连杰弗里斯也没有了声音，仿佛被死亡驱散了醉意。他飞快地画了个十字。"主啊，让她的灵魂安息。"喃喃地默念完毕，便一口吞下了杯中所剩的白兰地。

詹米感觉到自己嗓子里烧得生疼，不知是因为白兰地还是因为泪水。震惊和悲痛哽咽在喉，像一团毛线卡在食管之中，他勉强地发出了低哑的声音："什么时候？"

"今儿早上，"厨娘悲哀地摇头说，"没到中午的时候，可怜的姑娘。娃儿刚生那会儿，他们还以为她没问题了。玛丽·安说她坐了起来，抱着那小东西哈哈大笑呢。"想到那个，她沉重地叹了口气，"可后来，天快亮的时候，她又开始大出血了。他们又去喊了医生，医生也尽快来了，可——"

门猛地被撞开，打断了她的话。进来的是玛丽·安，帽檐下的双眼睁得大大的，既兴奋又吃力地喘着大气。

"你们的主人叫你们过去！"她一边冲口而出，一边来回地看着詹米和马车夫两人，"你们俩，马上，哦，还有，先生——"她大口地喘息着，向杰弗里斯点点头，"他说看在上帝的分上，带上你的手枪！"

马车夫惊慌失措地与詹米对视了一眼，立刻跳起来朝马厩方向冲了出去。与大多的马车夫一样，他的车座下藏有两把上了子弹的手枪，为防范可能遇上的劫匪。

杰弗里斯找到武器得需要几分钟，如果他再花点儿时间去检查一下枪弹有没有受潮，就得等更久。詹米站起身，抓住了那不知所措的女佣的胳膊。

"带我去书房，"他说，"这就去！"

一旦走到楼梯口，靠着书房传来的叫嚷声就能够找到目的地。他随手推开玛丽·安，走上前去，在门口停顿了片刻，不太确定究竟应该立刻进屋，还是在此等候杰弗里斯。

"你竟如此薄情地做出这样无耻的非难！"老邓赛尼颤抖的声音里流露出愤怒与忧伤，"而我可怜的小羊羔还尸骨未寒！你这个浑蛋，你这个懦夫！我绝不会让孩子在你的屋檐底下受罪，哪怕就一个晚上！"

"小杂种得留下！"埃尔斯米尔沙哑地嘶叫着，在没有经验的看客听来，一定以为这位爵爷醉得不行了，"他虽是个杂种，却还是我的继承人，他得留下！他身上可是银货两讫了的，他娘虽是个婊子，却至少给我生了个男孩。"

"你这该死的！"邓赛尼发出了尖叫般刺耳的高音，但其间的愤怒了然无疑，"银货两讫？你——你——你竟敢做此暗示……"

"我没有暗示。"埃尔斯米尔仍然哑着嗓门，但激动的情绪已有收敛，"你把闺女卖给了我——我得说，当时显然是蒙混过关了，"那嘶哑的声音冷笑道，"我花了三万英镑，买的首先是个处女，外加一个体面的名字。第一个条件就不符合，我自然有理由怀疑第二个了。"房门背后传来了倾倒液体的声响，紧接着似乎有玻璃摩擦过木制的桌面。

"我看您已经喝得太多了，大人，"邓赛尼的嗓音震颤着，但明显在努力地压制自己的情绪，"对您就我女儿的纯洁做出的种种恶心的辱骂，我只能归咎于您显而易见的醉酒之实。既然如此，我将带着我的外孙离开。"

"哦，你的外孙，是吗？"埃尔斯米尔含糊其辞的话里充满了嘲讽，"你他妈的如此肯定你闺女的'纯洁'，你就确信这小杂种不是你的？她说——"

他的话被一声惊叫打断，伴随着一记重击声。詹米不敢再等了，猛地冲进房门，发现埃尔斯米尔与邓赛尼勋爵扭打在壁炉前的地毯上，来来回回地滚动着，衣襟与四肢搅成一团乱麻，两人都义无反顾地无视着身后的熊熊火焰。

他稍稍估量了一下事态，接着，正好挑了一个空当，立刻把手伸进那混乱之中，把他的雇主一举扶了起来。

"别动，大人。"詹米一边把邓赛尼从喘着气的埃尔斯米尔身上拉回来，一边对他耳语道。随后，当邓赛尼盲目地挣扎着扑向他的对手时，他改为低声呵斥："住手，你这老笨蛋！"埃尔斯米尔的年纪与邓赛尼相近，虽然醉意醺醺，却比邓赛尼强壮多了，而且健康状况也明显更好。

伯爵摇摇晃晃地站起身，稀疏的头发凌乱不堪，布满血丝的双眼狠狠地瞪着邓赛尼。他用手背擦了擦嘴上的点点唾沫，肥厚的肩膀上下起伏着。

"垃圾，"他用近乎是闲聊的口气说，"你敢……打我？"仍旧喘着粗气，他突然向召唤侍从的小铃扑倒过去。

邓赛尼勋爵自己能否站得住，这点看来很成问题，但此刻已经没有时间担心这个了。詹米放开他的雇主，纵身冲向了埃尔斯米尔正在摸索着的手。

"不，我的大人，"他竭力表示尊敬，一边紧抱住埃尔斯米尔，强行地引领着伯爵那粗壮的身躯一直退后到书房的另一头，"我觉得……如果把您的仆人们……卷进这事儿,恐怕……不太明智吧。"他嘴里嘟哝着，一把把埃尔斯米尔推进了一张椅子，"还是待这儿最好，大人。"

这时候，杰弗里斯两手各举着一把手枪，警惕地走进屋里，目光迅速地来回扫视着埃尔斯米尔和邓赛尼勋爵，前者正极力想从深陷的扶手椅中撑起身子，后者正摇摇欲坠地紧抓住身边的桌沿，苍老的脸庞白得像张纸一样。

杰弗里斯望了望邓赛尼，想寻求指令，当他发现其需要无从获取时，便本能地转向詹米。詹米感觉到一种令人憎恶的气恼，干吗要指望他来处理这场纠葛？然而，黑尔沃特一行人等确实需要尽快撤离此地，这点着实重要。他上前一步，扶住了邓赛尼的胳膊。

"我们这就走吧，大人。"说着，他把憔悴的邓赛尼从桌边拉开，试图侧身将勋爵高大而年迈的身躯挪向门口。可就在他们即将逃离的一刻，书房的出口被挡住了。

"威廉？"邓赛尼夫人圆圆的脸庞出现在眼前，那张脸上斑驳地刻写着新近的悲恸，而此时面对书房中的情景又流露出一种呆滞的困惑。她抬了抬怀中抱的一大捧乱糟糟的、貌似待洗的衣被，依稀带着询问的神情，"女佣说你要我把娃儿抱过来，这是要——"而埃尔斯米尔的一声怒吼打断了她。只见伯爵全然不顾那指着他的手枪，从扶手椅中跃起，猛地推开了目瞪口呆的杰弗里斯。

"他是我的！"埃尔斯米尔粗暴地把邓赛尼夫人撞到了板墙上，一把抢过她怀中的被包，紧紧地抱在胸口，朝窗口方向退去。他怒视着邓赛尼，像一头困兽般喘着粗气。

"我的，你们听见没？"

说罢，那团被包里发出一阵高声尖叫，俨然在抗议刚才的那句宣言。见自己的外孙被埃尔斯米尔抱在手里，邓赛尼从震惊中清醒过来，走上前去，扭曲的眉目间透着怒火。

"把他给我！"

"见鬼去吧，你这没种的废物！"埃尔斯米尔显出意想不到的敏捷，躲过了邓赛尼的攻击，继而甩开窗帘，一只手摇开了窗户，一只手抱紧着那号啕大哭的孩子。

"给、我、滚、出、去！"他一圈圈地摇着窗把手，一声声地喘息着，而那窗扇越开越大，"滚！马上滚，不然我就摔死这个小杂种，我说到做到！"为了证实他的威胁，他把号哭着的婴儿推向窗台，直冲着窗外黑暗的夜空，三十尺之下是庭院里被雨淋湿的石板地。

詹米·弗雷泽将所有理智的思考以及对任何后果的担忧抛在脑后，靠着直觉开始行动，这也是陪伴他历经十多场战役的直觉。他从惊呆了的杰弗里斯手中夺下一把手枪，一边转身一边立即开了火。

枪声的巨响让所有人都怔住了，就连孩子也停止了哭叫。埃尔斯米尔的脸变得一片煞白，浓密的眉毛不解地抬了起来。接着，他跟跄地倒了下去，而詹米则纵身上前，注意到手枪子弹在婴儿被包之下悬垂着的布料上留下了一个小小的圆洞，一切在某种超然的状态下显得尤为清晰。

他站直了身子，脚踩着地毯，仿佛生了根一般，浑然不觉背后的炉火正灼烧着他的双腿，埃尔斯米尔正跌倒在他的脚跟，身躯仍在上下起伏，邓赛尼夫人正发出一阵阵歇斯底里的啼哭，尖厉得像孔雀的哀鸣。他紧闭双眼站在那里，如枯叶般抖瑟着，既无法移动也无法思考，双臂牢牢地包裹住那团正在不停扭动着、不停叫喊着的乱得不成形的被包，那裹着藏着他的儿子的被包。

"我想和麦肯锡单独谈谈。"

邓赛尼夫人的身影在马厩中显得格格不入。矮小、圆润，一袭黑色亚麻衣裙纹丝不乱，她就像壁炉台前安放着的一件珍贵的瓷器饰品，被生生地取下，放置到这属于粗野的牲畜和不修边幅的男人的世界之中，无时无刻不面临着被打碎的危险。

休斯相当惊讶地望了一眼他的女主人，一边鞠躬行礼，一边扯了扯自己脑门上的头发，然后退回到储物间背后他自己的小屋里，留下麦肯锡面对面地站在夫人眼前。

近距离之下，她苍白的面孔，加上鼻翼和眼睛周围淡淡的粉红色，令她显得格外脆弱，俨然一只弱小而不乏端庄的、身着丧服的野兔。詹米觉得他应当请她坐下，然而这里除了一堆干草和一个倒置的木桶之外，着实无处可坐。

"验尸官法庭今早开庭了，麦肯锡。"她说。

"是的，夫人。"他已经知道了——所有人都知道了。整个上午，其他马夫全都对他退避三舍,并非出于尊敬,而是出于一种对身患绝症的人的恐惧。在埃尔斯米尔庄园会客室里发生的一切,杰弗里斯一清二楚,这就意味着全体下人都一清二楚。然而所有人都对此闭口不提。

"法庭的判决认定埃尔斯米尔伯爵之死纯属意外。验尸官认为伯爵大人当时属于——精神错乱,"她隐约做出一个厌恶的表情,"是我女儿的去世所致。"她的声音略显颤抖,却不失连贯。此番悲剧之下,弱不禁风的邓赛尼夫人远比她的丈夫更能够承受得住。仆人们传言说,勋爵大人自打从埃尔斯米尔归来,就一病不起。

"是的,夫人。"他们传唤了杰弗里斯上庭做证。没有找麦肯锡。就验尸官法庭所知,马夫麦肯锡从未涉足埃尔斯米尔庄园。

邓赛尼夫人的眼睛径直地注视着他,那是一双淡淡的蓝绿色的眼睛,跟她女儿伊莎贝尔的一样,而伊莎贝尔的一头灿烂的金发在她母亲这里已经褪去了色泽,阳光从马厩敞开的大门里射进来,把她那掺杂着缕缕白发的头顶照得银光闪闪。

"我们很感激你,麦肯锡。"她安静地说。

"谢谢您,夫人。"

"非常感激。"她仍旧专注地望着他,说道。"麦肯锡不是你的真名吧?"她突然这么问。

"不是,夫人。"一股凉意从他的脊柱倾泻而下,尽管午后的阳光正暖暖地流连在他的肩头。吉尼瓦小姐临死前会告诉她母亲多少事情?

她似乎感觉到他的紧张,因为詹米认为她此刻上扬着的嘴角是她意欲安抚自己的一个微笑。

"我想我不用问你的真名,现在还不用。"她说,"但我确实有个问题要问你。麦肯锡——你想回家吗?"

"回家?"他一脸不解地重复道。

"回苏格兰。"她目不转睛地观察着他,"我知道你是谁,"她说,"不知你尊姓大名,但我清楚你是约翰的詹姆斯党囚犯之一。我丈夫告诉了我。"

詹米小心翼翼地看着她，而她并不介意。起码，作为一个不久前刚失去了一个女儿却得到了一个外孙的女人来说，她的情绪很自然。

"我希望您能原谅我的谎言，夫人，"他说，"勋爵大人他——"

"他是想要保护我不至于伤心难过，"邓赛尼夫人替他说了出来，"是的，我知道。威廉担心的太多了。"即便如此，想到丈夫的担忧，她眉间的那些深深的皱纹舒展了些许。眼前这一切，以及此情此景所暗示的那种矢志不渝的婚姻，令他意外地有点儿心生酸楚。

"我们并不富有——你从埃尔斯米尔的话语里也一定有所推测，"邓赛尼夫人接着说，"黑尔沃特其实负债累累。但如今，我的外孙却拥有着整个郡里屈指可数的庞大财富。"

对此，他似乎别无选择地只能以"是的，夫人"作为回答，虽然这让他感觉更像那个住在客厅里的鹦鹉。昨天他还看见那鹦鹉来着，那是日落时他悄悄爬过花床的时候，想趁着全家人在晚餐前穿衣整装的机会，好透过窗户偷瞟一眼新一世的埃尔斯米尔伯爵。

"我们在这儿与世隔绝得厉害，"她接着说，"很少会去伦敦，而我丈夫在显贵的圈子里也几乎没有影响力。然而——"

"是的，夫人。"这时候，他对勋爵夫人这番迂回的谈话将何去何从已略知一二，一时间的兴奋之情仿佛掏空了他的胸腔。

"约翰——我是说约翰·格雷勋爵——他来自一个颇具影响力的家族。他的继父是——那点倒也并不重要。"她耸了耸那黑色亚麻衣裳下窄小的肩膀，省略了那些细节。

"而重要的是，如果施加足够的影响，完全有可能解除你的假释条件，让你回到苏格兰。正因如此，我才过来问你的想法——你想回家吗，麦肯锡？"

他觉得快要窒息了，就像有人狠狠地在他肚子上打了一拳。

苏格兰！远离这里潮湿而沉闷的气息，踏上那条禁止通行的大路，迈出自由的大步，去攀登悬崖峭壁，去跟踪野鹿的足迹，去感觉那令人神清气爽的空气之中弥漫着的金雀花与石楠的香气。终于可以重归故里！

可以不再是异乡人，可以远离孤独与敌意，可以奔向拉里堡，见到姐姐的脸庞，点燃起重聚的喜悦，感觉她的双臂环绕在他的腰间，伊恩的拥抱覆盖在他的肩头，还有孩子们的小手，捶打着他，紧抓着他，拉扯着他的衣襟。

然而离开这里，则永远无法再次看见他的孩子或听到他孩子的消息。他望着邓赛尼夫人，一脸空洞的表情，如此她便无从猜测这一提议在他内心掀起了什么样的轩然大波。

昨天，他最终找到了他的宝贝。透过二楼育婴房的窗口，他看到他正躺在摇篮里熟睡着。他蹲在一棵高大的挪威云杉的枝头，摇摆不定，透过遮蔽着他的层层针叶，一直望到两眼发酸。

他只能看见孩子小脸的侧影，胖胖的脸颊倚靠在布满花边的肩膀上。小帽子歪到一边，这样他正好可以看见那小小的头颅的光滑弧线，上面淡淡地覆着一层浅金色的绒毛。

"感谢上帝他不是红头发！"那是他首先的想法，随后立刻本能地在身上画了个谢恩的十字。

"上帝啊，他好小！"他的第二个念头伴随着一股强烈的冲动，想要踏进窗户把小家伙一把抱进怀里。那光滑而轮廓优美的小脑袋刚好可以拢在他的手心，他可以感觉到回忆里那短暂的瞬间，感觉到那扭动的小小身体被他抱紧在心口之上。

"你是个强壮的小伙子，"他小声道，"又强壮又勇敢又帅气。可我的上帝啊，你好小！"

邓赛尼夫人耐心地等待着。他恭敬地低下头，不清楚自己是否即将犯下可怕的错误，然而却无法做出别的选择。

"谢谢您，夫人，可是——我还不想离开。"

　　一条淡淡的眉毛稍稍颤抖了一下，但她同样优雅地向他点了点头。

　　"如你所愿，麦肯锡。想走时你只需随时提出。"

　　她转身离去，宛如一个小小的发条玩偶，走回到黑尔沃特的世界里。而今，这个世界对他来说更像是一座囚牢，比从前的任何时候都要难熬一千倍。

CHAPTER 16

威　利

　　詹米·弗雷泽非常吃惊地发现，从很多方面来说，接下来的几年时间是他一生中除了婚姻生活的那几年之外，最快乐的时光。

　　生活相对来说很简单，只要管好自己和他掌管的马匹，此外再也无须为佃农、追随者或任何其他人尽职尽责。验尸官法庭虽说并没有注意到他，但关于埃尔斯米尔之死，杰弗里斯已在无意中透露了足够多的细节，以至于其他仆人都对他敬而远之，不敢冒昧地与他同处。

　　他有足够的食物，有足够的衣裳得以御寒并保持体面，间或还有来自高地的隐秘信函，让他放心地知道那里也同样保持着温饱与平安。

　　除此之外，黑尔沃特的平静生活还出乎意料地使他与约翰·格雷勋爵恢复了他们非同寻常的友谊。少校每过一个季度就如期出现，每次会在邓赛尼家留宿几日。尽管如此，他并未贪慕垂涎于詹米，甚至除了基本的礼节性问话外，从未对他多说些什么。

　　慢慢地，詹米开始理解邓赛尼夫人提议将他释放的时候，言语中的所有弦外之音。"约翰——我是说约翰·格雷勋爵——他来自一个颇具影响力的家族。他的继父是——那点倒也并不重要。"那时候她这么说。

其实,那点却很重要。事实上,当年并不是国王陛下的意愿把他带到此地,他得以逃脱漂洋过海的凶险以及远赴美洲被半奴役的厄运,全都是因为约翰·格雷的影响力。

而格雷此举的目的也并不是复仇,抑或是任何不雅的动机,因为他没有贪念觊觎,没有越雷池半步,也没有说过任何超越平日谦恭的话语。相反,他把詹米带到此地,因为这是他力所能及的最理想的结果。当时,在无法释放他的情况下,格雷尽其所能地缓解了他被囚禁的状况——给了他空气、阳光和马匹。

此举并非易事,但他做到了。当下一个季度格雷再次造访并出现在马厩院子里时,詹米便开始安静地等待,一直等到少校只身一人伫立着欣赏一匹健壮的栗色骟马的时候。詹米上前站到格雷身边,倚上围栏。两人默默无言地端详着那匹马,足足看了好几分钟。

"王前兵开步,上至第四行。"最终詹米轻声说道,目光并没有转向身边的人。

他感觉到格雷惊诧的目光向他投来,但没有动弹。接着,手臂底下的木条发出了吱嘎的响声,格雷背过身靠在围栏上。

"后翼马上至象路第三行。"格雷回答,音色比平日稍显沙哑。

此后,格雷每次来访都会到马厩歇脚,坐在詹米粗陋的板凳上天南海北地消磨一个晚上。他们没有棋盘,也很少再空口对弈,但深夜长谈成了一种习惯——那是詹米与黑尔沃特之外的世界的唯一交流,也是他们两人同样期待的、每季度一次的小小乐趣。

而撇开一切,最为重要的是,他有威利。黑尔沃特庄园是为马而存在的。早在小伙子还站不稳的时候,外祖父就让他坐在小马驹背上围着牧场骑行——由马夫麦肯锡小心看护。

威利是个强壮、勇敢又英俊的小男孩,那令人目盲的笑容,如有必要,足以让着迷的鸟儿跌落树梢。同时,他受娇宠的程度也异乎寻常。作为第九世埃尔斯米尔伯爵,同时又是埃尔斯米尔和黑尔沃特的两处庄园共同的唯一继承人，没有父母管制的他终日横行于溺爱的外祖父母、年轻的小姨和所有的仆人之间——不过麦肯锡是个例外。

而这一点也如履薄冰。到目前为止，要想压制威利在马厩里最过分的行为，他还可以威胁小家伙不让他在马厩帮忙，但迟早有一天，仅靠威胁将不再管用。马夫麦肯锡常常担忧，当他有朝一日无法自制地揍了这个小恶魔，一切又会怎样。

他自己小的时候，如果胆敢对一位女士像威利对小姨或女佣所用的语气说话，只要被任何男性亲戚听见，必会遭到毫不留情的一顿痛打。如今他越来越频繁地有一种冲动，想要把威利拖到马厩废弃的隔间里，好好地纠正一下他的举止礼仪。

尽管如此，大部分的时间威利给他带来的是无尽的欢乐。随着年龄的增长，对麦肯锡崇拜有加的威利常会与他共度好几个小时的时光。当马儿在高场农田里拉着沉重的耙犁，威利会骑在那巨大的驮马背上；夏日里当他们从高处的牧场回到庄园，威利会趴在摇摇欲坠的草车上。

然而，这宁静的生活中有一个威胁在与日俱增。具有讽刺意味的是，这个威胁来自威利本身，并且完全由不得他自己。

"多帅的小伙子啊，真的！还是个非常可爱的小骑士！"发表感叹的是格罗泽夫人，她正与邓赛尼夫人一同站在露台上，观赏威利骑着小马在草坪边缘巡游。

威利的外祖母笑了，怜爱的目光紧跟在男孩儿身上。"哦，是啊。他可喜欢他的小马驹儿了。我们叫他进屋吃饭都得花好大的功夫。他更喜欢他的马夫呢，我们有时候开玩笑说，他老跟着麦肯锡，都开始长得越来越像他了！"

格罗泽夫人理所当然地从未多看过任何马夫一眼，这时候，她瞥了瞥麦肯锡。

"啊，一点儿不错！"她嬉笑着惊呼道，"瞧啊，威利挺着脑袋的样子跟他一模一样，还有那肩膀！太有意思了！"

詹米恭敬地朝两位夫人鞠了一躬，感到自己脸上冒出了冰冷的汗珠。

他早有预料，只是不愿相信他们之间的相似之处会明显到被除他之外的旁人察觉。婴儿时的威利，那布丁一般的胖脸儿不像任何人。渐渐长大后，他肉鼓鼓的脸颊和下巴已不再那么圆润，虽然他的鼻子依然短短翘翘的，孩子气十足，而未来高挺而显著的颧骨却已露出明确的征兆，婴儿时期灰蓝色的双眼开始变得深蓝而透明，围绕以浓厚的黑色睫毛，微微地向上扬起。

直到夫人们走进屋子，他可以确定没人看见的时候，詹米才偷偷地伸手摸了一下自己的五官。真的有那么像吗？威利的头发是一种柔和的中褐色，闪着一丝他母亲的那种栗色高光。而那双半透明的大大的耳朵——他自己的耳朵一定不会这般迎风招展吧？

问题是詹米·弗雷泽有好些年没有清楚地看过自己的模样了。马夫是没有镜子可照的，唯一可能向他提供镜子的是那些女佣，而她们是他一向刻意回避的对象。

他走到水槽边弯下腰，故作随意的样子，好像在端详那滑过水面的水蜘蛛。摇晃着的水面上漂浮着星星点点的干草，纵横游弋着的水蜘蛛推开一阵阵涟漪，透过这一切，他看见自己的脸庞出现在水面上，注视着自己。

他咽下口水，那倒影的喉头一动。他们的相似绝非彻头彻尾，但确实存在。比较明显之处在于头部和肩膀的形态和轮廓，就像格罗泽夫人指出的一样——然而最为显著的是他们的眼睛，那弗雷泽家族的眼睛。他父亲布莱恩的就是，他姐姐詹妮的也一样。要是让这小家伙的骨骼继续撑起他的肌肤，让他那稚气的小鼻子长得高挺起来，让他的颧骨变得更宽——那时候任何人都能看出来了。

他直起腰，水槽里的倒影消失了，于是他站在那里茫然地凝望着马厩，多年来这里已成为他的家。七月了，赤日炎炎下他却仍旧感到一股寒气袭来，他手指发麻，后背一阵战栗。

是时候该找邓赛尼夫人谈谈了。

到了九月中旬，一切全都安排就绪了。他的赦免已经达成，约翰·格雷一天前就把文件带了过来。詹米有一笔小小的积蓄，足够支付旅途的开销，邓赛尼夫人还给了他一匹好马。剩下的就只有与黑尔沃特的熟人一一告别了——当然还有威利。

"我明天就要离开这儿了。"詹米就事论事地说道，两眼始终盯着那匹枣红马马蹄上的球节。他刚刚锉掉的那层增生的角质剥落下来，在马厩的地上留下了一片黑色的粗糙粉末。

"你要去哪儿？德文特湖吗？我能跟你一起去吗？"威廉，邓赛尼子爵，埃尔斯米尔伯爵九世，这时候从隔间边缘一跃而下，落地的扑通一声响，把枣红马惊得连连喷出鼻息。

"别这样，"詹米自然而然地训斥道，"我没跟你说过吗？在美莉周围走动要安静。她容易受惊。"

"为什么？"

"你也一样的，如果我捏捏你的膝盖的话。"一只大手蹦了出来，在孩子膝盖上方的肌肉那儿拧了一把。威利尖叫着缩了回去，咯咯地傻笑不已。

"你弄完以后我可以骑美莉吗，麦克？"

"不行，"詹米耐心地回答他，这起码是今天的第十次了，"我跟你说了一千遍了，她个子太大，你还不能骑。"

"可我就要骑她！"

詹米叹了口气，没有回答，他走到美莉的另一侧，抬起了她左边的马蹄。

"我说了，我就要骑美莉！"

"我听见了。"

"那就给我套上马鞍！就现在！"

埃尔斯米尔伯爵九世的下巴抬得要多高就有多高，但当他的双眼遇见了詹米冷冷的蓝色目光，那目中无人的神态便缓和了几分，带着些许疑虑。詹米缓缓地放下马蹄，同样缓慢地站起来，挺直了他六英尺四英寸的身躯，双手叉腰，俯视着三英尺六英寸的伯爵，非常柔和地说："不行。"

"行！"威利在满地的干草上跺着脚，"你必须按我说的做！"

"不，我不用。"

"用的，你必须要！"

"不，我……"詹米使劲地摇着头，一头红发在耳边飞扬，他紧闭住嘴唇，在男孩面前蹲了下来。

"你瞧，"他说，"我不用按你说的做了，因为我不再是这里的马夫了。我不是告诉你了吗？明天我就要离开了。"

威利吃惊得满脸苍白，鼻子上的雀斑在白净的皮肤上显得颜色很深。

"不行！"他说，"你不能走。"

"我必须走。"

"不行！"小伯爵咬紧了牙关，这让他看起来简直像极了他的曾祖父。詹米感谢他的幸运之星，因为在黑尔沃特没有人可能见过洛瓦特勋爵——西蒙·弗雷泽。"我不会让你走的！"

"这次，我的大人，你倒还真的没法儿阻止这件事。"詹米坚决地回答。终于有机会对孩子说出自己的想法，他心中的离愁别绪多少得到了一些缓解。

"如果你要走……"威利无可奈何地环顾了四周，寻找可以作为威胁的东西，很快就在手头找到了一件，"如果你要走，"他充满自信地重复了一遍，"我就大哭大叫，把所有的马儿都给惊了，就这么定了！"

"你要敢吭一声，小恶魔，我就好好地给你一巴掌！"想到这被宠坏的小东西会如何惊扰这些脆弱而宝贵的马匹，他很是担忧，既然已不再受制于平日的矜持，詹米狠狠地瞪着男孩儿。

伯爵怒目圆睁，脸涨得通红，他深吸了一口气，转身撒腿就跑，一边挥舞着胳膊，一边尖叫着穿过了马厩。

由于刚刚被整了马蹄，美莉已经十分焦躁不安，此刻她后腿直立地扑腾着，开始大声嘶鸣。美莉的困扰在临近的隔间里得到了回应，威利所到之处，马儿们纷纷踢着腿，嘶叫起来，小伙子吼着他知道的所有脏话——数量还颇为可观——同时疯狂地踹着隔间的木门。

詹米费了好大的劲终于成功地抓住了美莉的缰绳，把她牵到马厩之外，险些伤着自己或母马。他把马拴在围场的栏杆上，然后蹚回马厩去对付威利。

"该死，该死，该死！"伯爵号叫道，"垃圾！他妈的！放屁！操！"

詹米一声不吭地揪起孩子的衣领，把他当空拎了起来，一直把乱踢乱扭着的小家伙拎到了他先前修铁蹄的板凳上。他坐上板凳，把伯爵翻转到自己的膝盖之上，接着狠狠地在他屁股上一连揍了五六下，毫不留情。完事之后，他一把将男孩拽起身站好。

"我恨你！"小爵爷涨红了泪迹斑斑的脸，哆嗦着两个愤怒的拳头。

"是吗，我也不见得喜欢你，你这小杂种！"詹米厉声回应他。

威利面色发紫地挺起身，握紧了拳头。

"我不是杂种！"威利哭喊道，"我不是，我不是！收回你的话！没有人可以这么叫我！收回去，听见没有！"

詹米震惊地呆望着男孩。如此看来，确实有人说闲话了，而且威利已有所耳闻。他却拖了太久，迟迟没有离开这里。

他深呼吸了一次，又重复了一次，希望自己的声音不要发抖。

"我收回我的话，"他柔和地说，"我不该用那个词，大人。"

他想要跪到地上给孩子一个拥抱，或许把他举到肩头抚慰一番——然而，那样的动作不符合一个马夫面对一位伯爵的礼数，即使只是一位年幼的伯爵。左手的掌心刺痛着他，他曲起手指，紧紧地按捺住自己唯一可能给予儿子的慈父般的抚爱。

威利明白一个伯爵应当有怎样的举止，他熟练地克制住泪水，狠狠地吸了吸鼻子，用袖口抹了抹脸颊。

"让我来吧，大人。"此时詹米方才跪到地上，用自己粗糙的手帕轻轻擦拭小伙子的脸庞。越过那棉布手帕的折痕，威利红着眼圈哀怨地望着他。

"你真的要走吗，麦克？"他非常小声地问道。

"哎，是的。"注视着那对深蓝色的眼睛，与他自己的如此令人心碎地相似，他突然觉得：让礼数见鬼去吧，要有谁看见也让他们见鬼去吧。他粗鲁地将威利一把拉过，牢牢地拥在自己的心口，让那伏在肩头的小脸不至于看见自己瞬间滴落的泪水滚进他浓密而柔软的头发。

威利用胳膊使劲地环抱住他的脖子。他感到那结实的小身体紧挨着他，颤抖地强忍着抽泣。他拍拍那平实的小小背脊，轻捋起他的头发，用盖尔语在他耳边开始低声细诉，心中期许这一切威利不会听懂。

直到最后，他移开了脖子上的小胳膊，轻柔地把他拉开。

"跟我到屋里来，威利，我有件东西要给你。"他从干草棚阁楼搬到楼下已有多时，自从年迈的马夫总管休斯退休之后，他就接手了储物室隔壁那间舒适的小屋。屋子很小，陈设也极其简单，但温暖与私密这两大优点毋庸置疑。

除了床、板凳和便壶，屋里还有一张小桌子，桌上摆着他自己的几本藏书，一把陶制烛台上插着一支大蜡烛，还有一支粗短的小蜡烛，立在桌子另一侧的一尊小小的圣母马利亚雕像跟前。那是詹妮寄给他的一尊木雕，虽说不值钱，却也是法国制造，不乏艺术匠心。

"那个小蜡烛是干吗用的？"威利问，"外婆说只有臭天主教徒才会在他们野蛮的塑像面前点蜡烛。"

"其实，我就是个臭天主教徒，"詹米狡黠地努着嘴说道，"不过这可不是什么野蛮的塑像，这是圣母马利亚。"

"你真的是吗？"显然詹米的坦白让小伙子的痴迷有增无减，"那天主教徒为什么要在塑像前点蜡烛呢？"

詹米抓了抓头："哎，这个嘛……可能就是一种祈祷的方式——用来纪念什么人。你点亮一根蜡烛，说出你的祈祷，开始想念你关心的人。就这样，点燃的蜡烛会帮你纪念他们。"

"你都纪念些什么人？"威利抬眼望着他。由于先前的一番煎熬，他的头发一根根凌乱地竖在那儿，但一双蓝眼睛兴趣盎然地透亮着。

"哦，那可多啦。有我在高地的家人——我的姐姐和她全家。有我的朋友、我的妻子。"间或，他也会点亮一根蜡烛怀念一个名叫吉尼瓦的年轻而鲁莽的姑娘，不过他没有这么说。

威利皱皱眉头："你没有妻子啊。"

"嗯。她不在了。可我永远都记着她。"

威利伸出一根短短的食指，小心翼翼地摸了摸那小小的塑像。马利亚展开双手迎向前方，一张甜美的脸庞上镌刻着温柔的母性。

"我也要做个臭天主教徒。"威利坚决地说。

"你可不能！"詹米惊呼道，威利的声明使他心中既有几分好笑，又有几分感动，"你的外婆和小姨一定会气疯了的。"

"她们会气得嘴里冒泡泡吗？像那只生气的狐狸，被你杀了的那只？"威利眼睛一亮。

"毫无疑问。"詹米干巴巴地回答。

"我要！"他那小巧而清晰的五官显出一副决绝的样子，"我不会告诉外婆和伊莎贝尔小姨的。我不会告诉任何人。求你了，麦克！让我做个臭天主教徒吧！我要像你一样！"

詹米开始犹豫，孩子的热忱让他感动，他刻了一匹木马准备送给他作为临别礼物，可突然之间，他好想能给儿子留下一点别的什么。他努力地回忆着学校里麦克默特里神父教他们的关于洗礼的点点滴滴。非神职人员是可以施洗的，他觉得，只要在紧急的情形之下，并且没有神父在场。

把此时此刻称作紧急情形也许有点牵强，可是……一种突如其来的冲动驱使他把手伸向窗台上摆着的水壶。

那双与他一模一样的眼睛睁得大大的，严肃地看着他。他小心地把那柔软的棕色头发从高高的眉骨上方梳理到脑后，用三个手指蘸了点儿水，仔细地在男孩的额头描了个十字。

"我为你施洗，威廉·詹姆斯，"他轻声念道，"以圣父、圣子与圣灵之名。阿门。"

威利眨了眨眼，一颗水珠滚下了他的鼻梁，他马上把两眼对到了一块儿，舌头一伸，接住了水滴。詹米不由得哈哈笑了。

"你为什么叫我威廉·詹姆斯？"威利好奇地问，"我的名字是克拉伦斯·亨利·乔治。"他说着做了个鬼脸，他总觉得克拉伦斯这个名字不怎么样。

詹米藏起笑容："你受洗的时候会得到一个新的名字。詹姆斯是你作为天主教徒特殊的名字，也是我的名字。"

"真的？"威利一脸欢欣，"我是个臭天主教徒了，就像你一样？"

"哎，应该是的，至少在我能力所及之内。"他微笑着俯视着威利，接着，又一个冲动使然，他把手伸进衬衣领口。

"给，戴着这个，好让你记得我。"他把那串山毛榉木念珠轻轻套上威利的脖子，"不过，可别让任何人看见，"他警告道，"还有，看在上帝的分上，别告诉任何人你是个天主教徒。"

"我不会的，"威利许诺，"谁都不告诉。"他把念珠塞进衬衣，小心地拍打了一番，保证它不露出一点痕迹。

"好的，"詹米伸手拨弄了一下威利的头发，算是打发他离开，"马上是你的下午茶时间了。这就回屋里去吧！"

威利朝大门跑了几步，突然又苦恼地停了下来，一手按在胸口。

"你说让我戴着这个好记得你。可我没有东西给你,好让你记得我啊！"

詹米报以微微一笑。他的心被揪紧了，他觉得自己都无法吸一口气开口说话，不过还是努力地回答道："别发愁，我会记得你的。"

CHAPTER 17

水怪升腾

尼斯湖，1968 年 8 月

布丽安娜眨了眨眼，把被风吹散的耀眼的乱发捋到脑后。"我几乎忘了太阳长什么样子了。"她说着，朝着她所说的太阳眯起了眼睛，后者那少有的猛烈光芒照耀着尼斯湖深邃的湖水。

她母亲奢侈地伸了个懒腰，享受着轻风吹拂。"就更别说新鲜空气了。我感觉自己就是个蘑菇，在黑暗里长了几个星期的湿乎乎的大白蘑菇。"

"你们俩都该成为优秀的学者了。"罗杰说着咧嘴笑了。三人的情绪都很高。先前他们步履艰难地从各大监狱的记录里把研究范围最终缩小到了阿兹缪尔，而此后倒是好运连连。阿兹缪尔的记录很完整，也很集中，而且——相比其他大部分监狱而言——尤其井井有条。阿兹缪尔作为监狱只有十五年历史，自从詹姆斯党囚犯劳工将监狱整修完毕，它就被改造为一处小型的永久性卫戍驻地，而其中的犯人则被悉数遣散——其中大部分被转移到美洲殖民地。

"我还是没法儿想象为什么弗雷泽没跟其他人一起被送到美洲。"罗杰说。为了这点他一度非常恐慌，一遍遍地检查阿兹缪尔的遣送犯名单，逐一搜索每个人名，几乎是一个字母一个字母地进行比对，却仍没能找到任何叫弗雷泽的。他一度都已确信詹米·弗雷泽死在狱中了，正在为如何告诉兰德尔母女而捏着一把冷汗——直至翻到了这么一页纸，才看见关于弗雷泽获得假释、被送往黑尔沃特的记载。

"我说不清楚，"克莱尔说，"反正他没去美洲实在是件大好事。他一直有——他从前一直有——"她总是不习惯用过去时描述他，虽然很快意识到这点，但还是让罗杰注意到了，"有特别特别严重的晕船反应。"她指了指面前微波荡漾的湖面，"即使在这样的水面上，不用几分钟他就会脸色发青。"

罗杰颇感兴趣地看了布丽安娜一眼："你会晕船吗？"

她摇摇头，闪亮的头发迎风飘舞着。"不会，"她俏皮地拍了拍肚子，"铸铁的胃！"

罗杰大笑："那你想游湖吗？这可是你的假期啊。"

"真的？可以吗？那里可以钓鱼吗？"布丽安娜遮着太阳，热切地眺望着深邃的湖水。

"当然。我在尼斯湖抓到过好几次鲑鱼和鳗鱼呢，"罗杰一副担保的样子，"来吧，咱们去德拉姆纳德罗希特，到那儿的码头租个小船。"

开往德拉姆纳德罗希特的一路上，风景非常怡人。这是一个清丽而明朗的夏日，八九月间的这些日子吸引着许多南方游客成群结队地来到苏格兰。有菲奥娜的一顿丰盛的早餐下肚，另有一篮她准备的午餐装在后备厢里，再加上身边坐着长发飘飘的布丽安娜·兰德尔，罗杰强烈地感觉到这个世界非常完美。

他对他们的调查结果颇为满意。虽然他不得不向学院申请了额外的暑期休假，但一切都非常值得。

自从发现了詹米·弗雷泽的假释记录，他们又花了两个星期时间辛苦地研究查询——其中罗杰和布丽安娜利用一个周末走访了湖区，另一个周末他们三人则一同去了一次伦敦——于是便有了促使布丽安娜在大英博物馆神圣不可侵犯的阅览室中惊呼起来的那一大发现，导致他们最终不得不在一番番冷酷的责难下匆匆离开。而这项发现便是那份一七六四年盖有英格兰国王乔治三世大印的皇家赦免授权书，其上赫然书写着"詹姆斯·亚历山大·麦肯锡·弗雷泽"的姓名。

"我们越来越接近了，"当时罗杰心中暗喜地端详着赦免书的影印件，"见鬼，真是太接近了！"

"太接近了？"布丽安娜有点疑惑，但面前驶来的公共汽车分散了她的注意力，便没有再问。不过罗杰瞥见了克莱尔注视他的目光，她非常明白罗杰话中的蕴意。

她必已想到了这点，罗杰只是不清楚布丽安娜有没有。克莱尔于一九四五年失踪，消失在纳敦巨岩竖立的巨石阵，随即重现于一七四三年。她与詹米·弗雷泽共同生活了将近三年时间，然后经石阵回归。回归之时为一九四八年四月，距其初次失踪同样将近三年之久。

这一切意味着——很有可能——假如她愿意再次尝试穿越巨石，她会回到距离当年离开之时的二十年之后——也就是一七六六年。而一七六六年，离詹米·弗雷泽被证实健在的最近的年份仅差两年。只要他再活两年时间，只要罗杰可以找到他……

"那儿！"布丽安娜突然叫道，"'游船出租'。"她指向码头小酒馆窗户上的招牌，罗杰把车驶入酒馆外的停车位，把詹米·弗雷泽抛在脑后。

"我真不明白为什么矮个儿男人常常会迷恋高挑的女人？"克莱尔的声音从背后传来，诡异地附和着罗杰的想法——这已经不是第一次了。

"兴许是飞蛾扑火综合征？"罗杰提议道，眉头紧锁地望着那显然痴迷于布丽安娜的小个子酒保。他和克莱尔站在出租柜台前等着店员签收据，而布丽安娜在为他们的午餐添购可口可乐和棕色麦芽酒。

那年轻的酒保的个头大约只到布丽安娜的胳肢窝，正上蹿下跳地向她送上腌鸡蛋和熏牛舌，两眼崇拜地仰视着面前身穿黄色露背上衣的女神。从布丽安娜的笑声判断，她似乎认为这人还挺"可爱"。

"我一直让布丽别与矮个子男人掺和。"克莱尔观望着那一幕，评论道。

"是吗？"罗杰嘲讽地说，"看不出你还是那种充满慈母般谆谆教诲的类型噢。"

她笑了笑，没多理会他一时的挖苦："啊，我可不是，没那么厉害。不过碰到像这样重要的原则嘛，作为母亲的责任还是要把它传承下去的。"

"矮个子男人有什么不对劲儿吗？"罗杰询问道。

"他们往往会变得很刻薄，如果得不到想要的东西，"克莱尔回答，"像汪汪乱叫的小狗。它们毛茸茸的挺可爱，但惹恼了它们，你的脚脖子没准儿会被咬得很惨。"

罗杰哈哈大笑："这一定是多年的经验了，我猜？"

"哦，没错。"她点点头，抬头看了他一眼，"我遇到过的交响乐队指挥没有一个高过五英尺的，几乎全都是恶毒的样本。可高个子男人嘛——"她打量着罗杰六英尺三英寸的身材，微微一笑，"高个子男人几乎都很甜蜜温柔。"

"甜蜜，噢？"罗杰说着，猜疑地瞥了一眼那酒保，此时他正为布丽安娜切着一盘鳝鱼冻。布丽安娜显出一种警惕的厌恶之意，却仍俯身上前，皱着鼻子在他献上的叉子上咬了一口。

"对待女人。"克莱尔着重指出，"我总觉得那是因为他们不认为自己需要证明什么。很明显他们有能力做任何事情，不管你对他们有没有要求，他们无须去努力证明自己。"

"而一个矮个子男人——"罗杰提示着。

"而矮个子男人觉得，除非有你准许，不然他什么也做不到，而这点足以令他疯狂。因此他会时刻做着各色努力，只为证明他有这个能力。"

"嗯哼。"罗杰从喉头发出一种苏格兰人独有的声音，既表示赞许克莱尔的敏锐观察力，又表示怀疑那酒保究竟想对布丽安娜证明些什么。

"多谢，"他谢过了从柜台另一边递过收据的店员，转身问道，"走吗，布丽？"

湖水很平静，鱼儿迟迟没有上钩。但水面上颇为令人惬意，八月的阳光暖暖地照耀着他们的后背，近旁湖岸上拂过树莓枝条的果香和日照下松木的气息。吃饱了午餐，大家都渐生倦意，不一会儿，布丽安娜便在船头枕着罗杰的外套弓身睡着了。克莱尔坐在船尾眨着眼睛，仍旧醒着。

"那高个儿女人和矮个儿的女人呢？"罗杰在湖面上缓缓地荡着双桨，接过先前的话题问道。他越过肩膀侧眼望向布丽安娜修长无比的双腿，此时正尴尬地蜷曲在身下。"也一样吗？小个子比较恶毒？"

克莱尔沉思着摇摇头，松脱的鬈发开始从发卡里跑了出来。"没有，我不觉得。这个好像跟个子无关，我觉得主要取决于她们是把男人看作撒旦呢，还是仅仅把他们看作男人，从而——总的来说，因此对他们产生好感。"

"哦，跟妇女解放有关，是吧？"

"不，完全无关，"克莱尔说，"我见过的那些一七四三年的男女之间就表现得跟你如今看见的一模一样。当然区别是有的，区别在于他们各自的行为，至于他们相互之间的举止表现，却差得不多。"

她举手遮着眼睛，向深色的湖水之外望去。她兴许是在留心着避开水獭或浮木，但罗杰觉得那眺望的眼神其实聚焦在比对岸山崖更远的地方。

"你对男人有好感吧？"他轻声问，"高个子男人。"

她简短地一笑，没有看他。

"有那么一个。"她柔声回答。

"那你会去吗——如果我能找到他？"他停下手中摇着的桨，看着她。

她回答之前先深吸了一口气。清风令她的脸颊泛起微红，白色的衬衣贴在身上，凸显着她丰满的胸部和玲珑的腰身。做寡妇她太年轻了，罗杰心想，美好得让人不忍见她无谓地终老。

"我不知道，"她的声音有些颤抖，"只要冒出这个念头——或者说，这些念头，我便情难自禁。一方面，想象能找到詹米——但另一方面，想象再次进入石阵……"她不寒而栗地闭上了眼睛。

"那是多么难以形容，你知道。"她依然紧闭着双眼，仿佛这样她可以看见巨石环绕的纳敦巨岩，"恐怖，然而却与任何其他恐怖的事物不尽相同，说不清道不明的。"她睁开眼，苦笑着看看他。

"有点像跟一个男人描述生孩子。他多多少少能领悟到这个过程是痛苦的，可是要真的理解那种感觉，他缺少必需的装备。"

罗杰乐得哼了一声："哦，是吗？不过有一点区别，你知道，我其实能够听见那些该死的石头。"说完他情不自禁地哆嗦了一下。他一直不愿去回忆三个月前吉莉安·埃德加斯消失在石阵中的那个夜晚，但它却不止一次地走进他的噩梦。他伏在船桨上用力地喘息着，想抹去那记忆。

"像是被撕裂的感觉，是不是？"他注视着她，"像有一种牵引的力量，扯着你，拽着你，而且不仅仅是外力——它同时存在于你的体内，让你感到自己的头颅会随时碎成千万片,灰飞烟灭。还有那肮脏的声响。"他又是一阵哆嗦，克莱尔的脸色显得有点儿苍白。

"我不知道你能够听见，"她说，"你没告诉我。"

"当时那点似乎并不重要。"他一边拉动船桨一边端详着她，片刻之后，他轻声补充道，"布丽也能听见。"

"我明白了。"她转身回头望着湖面，小船驶过的地方展开着 V 字形的翅膀。更远处，一艘大船开过的水域，两侧波浪从悬崖岸边反弹回来，重新交汇在湖面当中，形成一道长长的拱起的水体，闪着亮光——他们管这个叫驻波，是湖里的一种自然现象，经常被误以为是水怪出没。

"它就在那儿，你知道。"克莱尔突然说道，向那黑色的、充溢着泥炭的湖水点头示意。

他刚一张嘴准备问她什么意思，转念意识到自己其实明白她说的是什么。他此生的大部分时间都住在尼斯湖附近，在它的水里垂钓湖鳗和鲑鱼，从德拉姆纳德罗希特和奥古斯都堡的酒馆里曾流传出许多关于"骇人的怪兽"的故事，其中的每一个他都听过——并且一笑了之。

或许因为此情此景实在让人难以置信——他竟坐在这里，与身边这个女人平静地讨论着她是否应该冒着无法想象的风险去投身于一个未知的过去。无论是什么原因，此时他突然觉得不仅有可能，而且很肯定，觉得那深黑色的湖水中必然潜藏着一个未知的，却又有血有肉的秘密。

"你觉得那是什么？"他问道，既是出于好奇，也多少是为了给自己不安的内心平复的时间。

克莱尔侧过身，专注地看着一段浮木漂进视野。

"我见过的那个多半是一头蛇颈龙，"她过了许久这么说道，没有看罗杰，只是朝后望着，"不过当时我没有做什么记录。"她咧了咧嘴，但不像是在微笑。

"一共有多少石阵？"她唐突地问，"英国也好，欧洲也好，你知道吗？"

"不太清楚。几百个，也许，"他谨慎地回答说，"你觉得它们全都是——"

"我怎么知道？"她打断了他，有点不耐烦，"重要的是，有这个可能。它们的存在是作为某种记号，那就意味着发生过同样的事情的地方很可能要多得多。"她把头一倾，将开被风吹在脸上的头发，朝他咧嘴一笑。

"要知道，这也解释得通。"

"解释什么？"罗杰被她飞快转换的话题弄得一头雾水。

"解释怪兽啊，"她指了指湖水，"如果那儿也有一个类似的地方——在湖底，又会怎样？"

"一个时间走廊——通道——之类的？"罗杰望向潺潺的水波，这个念头让他颇为震撼。

"那就能解释很多事情了，"她那笼罩在乱发之间的嘴角隐藏着一个微笑，罗杰分不清楚她是不是认真的，"关于怪兽的身份，最接近的选项全都是灭绝了几十万年的物种。如果真有个时间通道在湖底的话，这个小小的问题就迎刃而解了。"

"那也就能解释为什么各种口供会不尽相同了，"罗杰开始对这个念头着迷起来，"如果每次来的都是不同的动物。"

"那也就能解释为什么这个怪兽——或者这些怪兽——从来都没被捉到过，而且并不经常出没。可能它们也会回去，因此并不老待在湖里。"

"精彩的推理！"罗杰说罢，与克莱尔相视而笑。

"你猜怎样？"她说，"我敢打赌这个理论不会有人问津。"

罗杰哈哈大笑，一边钓起一只螃蟹，水滴一连串地溅在布丽安娜身上。她忽然坐起身，哼了一声，眨了眨眼，接着重又沉入梦乡，红红的脸，不消几秒钟便已呼吸沉重。

"昨天她很晚才睡的，一直帮我把寄回利兹大学的最后一批文件打包装好。"罗杰为她解释着。

克莱尔凝视着女儿，心不在焉地点点头。

"詹米也是这样，"她温柔地说，"能在任何地方倒头就睡。"

她陷入了沉默。罗杰继续慢慢地划着桨，此时他们可以看见厄克特城堡阴郁的废墟矗立在松林当中。

"问题是，"最后克莱尔说，"一切好像越来越难。第一次走进石阵，是我当时经历过的最为恐怖的事情。但归来的旅途比那次要糟糕一千倍。"她呆望着若隐若现的城堡。

"我不清楚那是不是因为我回来的日子不对——我去的那天是五朔节，而回来的时间是五朔节前两个星期。"

"吉莉——吉莉安，我是说——她也是五朔节走的。"虽然气温很高，但罗杰还是觉得有点儿冷，他仿佛又一次看见那个既是他的同龄人，又是他的祖先的女人，看见炙热的篝火勾画出她那一瞬间静止不动的身影，片刻后永远消失在巨石的裂隙之间。

"她的笔记本里是这么说的——说大门总是在日光节令与火光节令期间敞开。或许，接近这些时节的日子里大门是半开着的。又或许她完全错了，毕竟，她以为你必须以活人献祭。"

克莱尔重重地咽了咽口水。警方在五朔节那天发现了吉莉安的丈夫，格雷格·埃德加斯的尸体，淋满了汽油。关于他的妻子，案卷记录上只有"已逃逸，去向不明"几个字。

克莱尔伏在船身一侧，把手浸入水中随波滑行着。一小片云朵飘来，掩住了阳光，湖水一下子变成灰色，清风吹起水面上无数的细小波纹。船身之后的正下方，暗沉的湖水深不可测。七百英尺深的尼斯湖水冰凉彻骨，什么样的生命能够居住在那般境地？

"你会跳进这水里吗，罗杰？"她轻柔地问道，"跳下船，潜进水里，一直潜到那片漆黑之中，直到胸口快要破裂，不去管有没有尖牙利齿的巨大身躯在那里等着你？"

罗杰觉得手臂上的汗毛直立起来，原因绝非只是那忽然吹起的凉风。

"不过那不是问题的全部，"她仍旧盯着那空洞而神秘的湖水，接着问，"你会吗？如果布丽安娜在底下？"她坐起来转而面向罗杰。

"你会吗？"一双琥珀色的眼睛直视着他，像老鹰一般不眨一下。

他舔了舔被风吹得有点干裂的嘴唇，回过头瞥了一眼沉睡的布丽安娜，随即转身面向克莱尔。

"对，我想我会的。"

她久久凝视着他，最终点了点头，没有笑意。

"我也会的。"

铁 葫 芦

铁肩担道义　葫芦藏好书